Flensburger Hefte

Lex Bos

– ein Lebensbild

Form kann Freiheit schaffen

Aus dem Inhalt

Vorwort 7

von Wolfgang Weirauch, Herausgeber

Geleitwort 8

von Renate Hasselberg

Sozialmusiker 10

Interview mit Lex Bos, *Sozialgeograph*

von Renate Hasselberg und Dierk Lorenz

Lex Bos spricht in diesem Interview über seinen persönlichen Lebensweg, über Kindheit, Jugend, Studium, Beruf und Familie, er berichtet von seiner Liebe zur Musik, von persönlichen Inspirationsquellen und über wiederkehrende biographische Motive. Er beschreibt seinen gradlinigen Weg zur Anthroposophie und zur Organisationsentwicklung und schildert sein früh einsetzendes und sich ständig fortentwickelndes Engagement für die soziale Frage. Er erzählt aus der Pionierzeit des NPI, blickt auf gescheiterte und geglückte Erneuerungsimpulse, an denen er beteiligt war, beleuchtet Gegenwart und Zukunft von moderner Gesellschaft, gelebter Anthroposophie und sozialer Verantwortlichkeit und behält dabei immer das fragile Gleichgewicht zwischen Ideal und praktischem Leben im Auge.

Eine kurze Geschichte des NPI 45

Artikel von Lex Bos

In diesem Artikel beschreibt Lex Bos den Werdegang des NPI von seinen Anfängen über die Gründung 1954 bis in die heutige Zeit. Er untergliedert die Institutionsbiographie in sechs Entwicklungsphasen und beleuchtet Veränderungen im weiteren unter dem Aspekt von Nachfrage, Kundenkreis, Organisationsstruktur, Methoden und Konzepten, Finanzen, Wirkungsradius, Krisen und Neuimpulsen, Mitarbeiterstruktur und geistigen Quellen.

Ich war dabei 60

Interview mit Adriaan Bekman, *Geschäftsführer des IMO (Institut für Mensch und Organisationsentwicklung)*

von Renate Hasselberg und Dierk Lorenz

Adriaan Bekman schildert in diesem Interview sein breitgefächertes internationales Engagement für die Organisationsentwicklung auf Grundlage von NPI-Impulsen, berichtet über die kreative berufliche Zusammenarbeit mit Lex Bos bei der Triodos Bank, am NPI und in Brasilien; er beschreibt Werdegang, Entwicklung und Krisen des NPI, berichtet über soziale Impulse in Brasilien, und er spricht offen über Lex Bos als Pionier, sozialen Gestalter, formvollendeten Denker und Menschen mit geistiger Größe und leisen sozialen Schwächen.

Der Wert bildet sich am Kunden 83

Interview mit Peter Blom, *Mitbegründer und Direktor der Triodos Bank*
von Renate Hasselberg und Dierk Lorenz
Peter Blom zeichnet ein lebendiges Bild von Urimpuls, Gründung, Entwicklung und inzwischen internationalem Wirkungskreis der Triodos Bank, beschreibt deren Beitrag zur Metamorphose des Geld- und Bankwesens und des Dreigliederungsgedankens und schildert Lex Bos´ zentrale Rolle als Initiator und Begleiter der Verwirklichung dieses Impulses. Er beleuchtet die Wichtigkeit des Wirtschaftslebens und setzt sich in diesem Gespräch für eine praxisorientierte, weltoffene Anthroposophie ein, wie sie in seinen Augen auch von Lex Bos vorgelebt wird.

where more than money counts – wenn mehr als Geld zählt....... 97

Artikel über die Triodos Bank
und verschiedene von ihr geförderte Initiativen

Die Entwicklung der Dynamischen Urteilsbildung und die Stiftung Dialoog 99

Artikel von Martin van den Broek
Mit diesem Artikel gibt M.v.d.Broek einen kurzen geschichtlichen Überblick über die Entstehung und Verbreitung der Dynamischen Urteilsbildung, die sich aus einem Forschungsthema von Lex Bos zu einem vielfach angewandten Arbeitsmodell in der Organisationsentwicklung entfaltete, das heute in der Stiftung Dialoog einen rechtlichen Träger hat.

Dynamische Urteilsbildung ist Tiefgang 101

Interview mit Martin van den Broek, *Organisationsberater und Mitbegründer der Stiftung Dialoog*
von Renate Hasselberg und Dierk Lorenz
Martin van den Broek spricht über sein früh einsetzendes Engagement zur praktischen Umsetzung der Dynamischen Urteilsbildung und schildert Lex Bos als wegweisende Persönlichkeit für die eigene Biographie und für seine beruflichen Impulse. Er beschreibt, wie es u.a. auf seine Initiative hin zur Gründung der Stiftung Dialoog kam, die sich für die Vermittlung der Dynamischen Urteilsbildung verantwortlich erklärt, nachdem diese im NPI nicht als Arbeitsmethode in Fragen der Organisationsentwicklung anerkannt und angewandt wurde.

Dynamische Urteilsbildung – kurzgefaßt! 109

Artikel von Lex Bos
L. Bos beschreibt die Dynamische Urteilsbildung als Suchprozeß und lemniskatische Bewegung zwischen auf die Vergangenheit gerichteter Er-

kenntnis und zukunftszugewandter Entscheidung. Auslöser für diese Bewegung ist die Sachfrage, die sich im Prozeß der Urteilsbildung verändern kann.

Hüter der Quelle 123

Interview mit Jos Schoenmaker, *Unternehmer in Brasilien*
von Renate Hasselberg
Jos Schoenmaker beschreibt den unermüdlichen Einsatz von Lex Bos zur Verbreitung und Erneuerung sozialer, wirtschaftlicher und anthroposophischer Impulse in Brasilien, schildert deren Erfolge und Auswirkungen, auch auf die eigene unternehmerische Tätigkeit und geistige Orientierung; und er spricht von Lex Bos als Leuchtturm für diejenigen, die einen spirituell orientierten, praxisnahen Lebensweg gehen wollen, der sich günstig auf soziales Leben, Unternehmergeist und Gesellschaft auswirkt.

Sternstunden im Geistigen 128

Interview mit Lex Bos, *Sozialgeograph*
von Renate Hasselberg und Dierk Lorenz
Lex Bos schildert in diesem Gespräch geistige, soziale und wirtschaftliche Motivationen, innere und äußere Entwicklungswege sowie Konflikte und Krisen der Initiativen, an denen er maßgeblich mitwirkte: NPI, Organisationsentwicklung, Dynamische Urteilsbildung, Triodos Bank, Arbeit an der Anthroposophie und Vermittlung geistiger Impulse und sozialer Neuerungen weltweit. Er geht den eigenen Fähigkeiten und Begabungen ebenso auf die Spur wie ungelösten Lebensfragen und offenen Herausforderungen, entwirft ein Bild der eigenen Spiritualität und ihrer Auswirkungen auf andere Menschen und sein Lebenswerk. Lex Bos blickt auf Abgeschlossenes und noch zu Entwickelndes, sowohl aus persönlicher als auch aus gesellschaftlicher und anthroposophischer Perspektive; und zuletzt spricht er von Versäumnissen, Sternstunden und Leitmotiven des eigenen Lebensweges.

Meine Bio-Bibliographie 182

Bibliographischer Überblick von Lex Bos über seine Aufsätze, Artikel, Forschungsarbeiten, Vorträge und Bücher.

Zu den Steiner-Zitatangaben in den FLENSBURGER HEFTEN: Die GA-Nummern beziehen sich auf die jeweilige Bibliographie-Nummer der Rudolf Steiner Gesamtausgabe im Rudolf Steiner Verlag, Dornach/Schweiz. Danach sind in der Regel das Erscheinungsjahr der benutzten Ausgabe, das Vortragsdatum bzw. Kapitel und die Seitenzahl angegeben, von der Autor-, Titel- und Ortsnennung wird abgesehen. Nach Bibliographie-Nummern geordnet ist die Rudolf Steiner Gesamtausgabe im Katalog des Rudolf Steiner Verlags aufgeführt. Der Katalog ist durch den Buchhandel erhältlich.

Liebe Leserinnen und Leser!

Die Biographie eines Menschen ermöglicht den Blick auf das Gegenwärtige, vor allem aber auch auf das Vergangene und Geschaffene. Gleichzeitig eröffnet sie den Blick auf die nähere und entferntere Zukunft dessen, was ein Mensch an Früchten auf der Erde hinterlegt hat und was aus ihm selbst werden wird.

In diesem Buch widmen wir uns der Biographie von Lex Bos. Das Herausragende seines Lebens sind zum einen seine Leistungen, zum anderen, daß sein Schaffen einen Lichtstrahl in die Zukunft wirft und Hoffnung und Mut für junge Menschen entfacht, die sich beruflich orientieren müssen, ihr Leben gestalten und die Welt verändern wollen.

Lex Bos spricht über sein Engagement für die soziale Frage und über seine Tätigkeitsfelder – über die Organisationsentwicklung und das NPI (Niederländisches Institut für Organisationsentwicklung), die Mitbegründung der Triodos Bank, die Entwicklung der Dynamischen Urteilsbildung und über sein Engagement in Brasilien –, gleichzeitig über seine privaten Lebensstationen und sein Verhältnis zur Anthroposophie. Vollständig wird das Leben von Lex Bos aber erst durch die Beiträge von vier seiner wesentlichsten Mitarbeiter: Adriaan Bekman, Peter Blom, Martin van den Broek und Jos Schoenmaker.

Als wir im März 2004 den Plan verwirklichten, ein FLENSBURGER HEFT der Arbeit von Lex Bos zu widmen, hatten wir keine Ahnung, welchen Stellenwert dieses Heft in seiner Biographie haben würde. Kurz nach seinem 80. Geburtstag offenbarten sich Krankheitssymptome, deren Diagnose schlagartig seine Lebensperspektive änderte. Seine scheinbar unerschöpfliche Leistungsenergie versiegte dramatisch. Er mußte sich aus manchem zurückziehen und ist vor kurzem mit seiner Frau ins Altersheim der Christengemeinschaft in Zeist eingezogen.

Damit ist diese Schrift – ungewollt – zur Markierung der Abrundung seiner vorletzten Lebensphase geworden. Wir hoffen von Herzen, daß ihm trotzdem in dieser letzten Phase noch eine Lebensstrecke erlaubt ist, die seinem Schaffensdrang und seinem inneren Wesen entspricht.

Wir wünschen Ihnen viel Freude beim Studium dieses Buches.

Es grüßt Sie
Ihre
FLENSBURGER HEFTE-Redaktion

Geleitwort

von Renate Hasselberg

Mit diesem Buch würdigen wir einerseits die äußere Biographie eines Menschen, der durch seine Leistungen auf unterschiedlichen Lebensgebieten segensreich für die Welt gewirkt hat und der mit

❶ der Mitbegründung des Niederländisch-Pädagogischen Instituts (NPI) in Holland;
❷ der Aufbauarbeit für die Organisationsentwicklung aus dem Impuls der Anthroposophie in Brasilien;
❸ dem Einsatz für die Entstehung der Triodos Bank aus einem anderen Verständnis für Geld
❹ und vor allem durch seine originäre Forschungsleistung: der **Dynamischen Urteilsbildung**

dazu beigetragen hat, daß innovative Impulse wirklich in die Praxis umgesetzt werden konnten.

Wir wollten vor allem aber noch etwas entscheidend anderes: Es ging uns nicht nur um die Würdigung seiner äußeren, sondern auch seiner inneren Biographie. Gibt es wahrnehmbare und beschreibbare Wachstumsbedingungen, die als innerer Entwicklungsweg seine Lebensleistung erklären und verständlich machen? Beides gehört zusammen, und deshalb haben wir uns zum Ziel gesetzt, diese beiden Wege mitzuvollziehen.

Vor etwa zwölf Jahren begegnete ich Lex Bos in Dornach bei einer gemeinsamen Tagung der Sozialwissenschaftlichen Sektion am Goetheanum. Was mir sofort an ihm auffiel, waren seine schlichten, attitüdenfreien Gesprächsbeiträge, die sein inneres Ringen um einen wirklichkeitsgemäßen Beitrag zu Problemen oder zu einer Fragestellung aufzeigten.

Was er inhaltlich vortrug, war durch einen inneren konsequenten Entwicklungsweg gedeckt – was in anthroposophischen Lebens- und Arbeitszusammenhängen durchaus nicht selbstverständlich ist. Anders als noch vor zwölf Jahren sind wir heute keineswegs nur daran interessiert, *was* ein Mensch ausspricht, sondern *wer* etwas sagt. Es geht um die Authentizität, die Echtheit, um das innere Ringen!

Vor zwei Jahren nahm ich an einer Fortbildung für Dynamische Urteilsbildung mit Lex Box teil. Seine fast „gemeißelten“ inhaltlichen Beiträge waren durch ihre Klarheit und Beseeltheit nicht nur hoch inspirierend, sie waren auch schön! Es war eine innere Freude für alle mitzuerleben, wie er die sozialkünstlerischen Übungen, die das seelische Erleben – außer der gedanklichen Arbeit – beleben sollten, eifrig

Lex Bos und seine Frau Johanna 1990

mitvollzog. Und da war er – obwohl doch bald 80 Jahre alt – jung, frisch an Geist und Seele!

Die Dynamische Urteilsbildung, so sagte Lex Bos, sei seine eigentliche Forschungsleistung. Form kann Freiheit schaffen! Die Dynamische Urteilsbildung ermöglicht bei richtiger Anwendung ein wirklichkeitsgemäßes Urteil, bereinigt von Verzerrungen, Verstellungen, persönlichen Stellungnahmen, unreflektierten Sympathie- und Antipathiebekundungen.

Ein reifes Urteil setzt aber einen Entwicklungsweg voraus, der ein Maximum an persönlicher Freiheit schenkt. Und so ist es konsequent, daß gerade Lex Bos die Dynamische Urteilsbildung geschaffen hat – sie ist das Ergebnis seines persönlichen Schulungs- und Entwicklungsweges.

Ähnlich wie die innere und die äußere Biographie eines Menschen auf wunderbare Weise ein sinnvolles Ganzes bilden, so handelt Lex Bos aus dem Geist der Anthroposophie, aus der Be-geisterung und der Gewißheit, daß wir diese Welt zum Guten verändern können.

Die gemeinsamen Tage in Holland mit Lex Bos, aber auch mit den Freunden von ihm, die wir während der Interviews kennenlernten, haben uns sehr dafür begeistert, dort mitzuhelfen, wo wir gebraucht werden – mutig, bedingungslos und mit großer Freude.

Wenn der Begriff Vorbild nicht billig, sondern anspruchsvoll verstanden wird, dann ist Lex Box für viele Menschen ein Vorbild. Wir danken ihm und allen Interviewpartnern von Herzen für diese gemeinsame Erfahrung in Holland.

Sozialmusiker

Interview mit Lex Bos

von Renate Hasselberg und Dierk Lorenz

Wenn sich das Lebenswerk eines Menschen, wie hier bei Lex Bos, in einem persönlichen Gespräch entfaltet, so wird diese Begegnung bei allen Beteiligten mit Freude und Erstaunen begleitet. Der Befragte ist oft erstaunt, was ihm im Laufe eines langen Lebens alles begegnet ist und was durch ihn initiiert wurde. Durch das Gespräch mit Lex Bos riefen wir gemeinsam viele kostbare Erinnerungen wach, und wir waren dankbar, an diesem Prozeß teilnehmen zu dürfen.

Im ersten Teil der Interviews befragen wir Lex Bos nach seinem persönlichen Lebensweg. Im zweiten Interview wenden wir uns seinen Arbeitsgebieten zu.

Dierk Lorenz: Wo stehst Du heute in Deinem Leben?

Lex Bos: Ich bin pensioniert; äußerlich ist mein Leben also gesichert, um einmal mit der materiellen Seite zu beginnen. Wir trafen seinerzeit am NPI die Regelung, daß jeder NPI-Kollege Rente beziehen solle, wenn er sich aus dem Arbeitsverhältnis löst. Ich bin nun 80 Jahre alt und freue mich über meine Vitalität.

In meiner Privatsphäre gibt es aber dennoch einige Sorgen: Meine Frau hatte in den letzten Jahren einige Schlaganfälle, die ihr Denken und die Feinmotorik des Gehens und Sprechens beeinträchtigen. Dadurch arbeite ich nun meist als Hausmann

Lex Bos mit Enkel 1990 bei einer Schüleraufführung

und kann mit leiser Selbstironie sagen, daß ich jetzt lernen muß, was Dienstleistung bedeutet. Ich habe zwar mein ganzes Leben lang in einem Dienstleistungsberuf gearbeitet, jedoch war das immer mit positiver Anerkennung, professionellem Ehrgeiz und beruflicher Befriedigung verbunden. Jetzt heißt es einfach, zur Verfügung zu stehen, um meiner Frau zu helfen. – Ab und zu breite ich aber noch meine Flügel aus, um ins Ausland zu fahren und Seminare und Vorlesungen zu halten; das beflügelt mich, so daß ich danach wieder als motivierter Hausmann tätig sein kann. In den Zeiten meiner Abwesenheit bewohnt meine Frau ein Zimmer im Altersheim der Christengemeinschaft. Die Situation mit meiner Frau ist offen, und ich weiß nicht, wie es sich mit ihrer Gesundheit weiterentwickeln wird.

D.L.: Wie sind Deine familiären Beziehungen?

L. Bos: Der Kontakt zu den Kindern ist nicht besonders intensiv, denn wir lebten nie sehr familienbetont. Inzwischen haben wir neun Enkelkinder im Alter von 19 bis 27 Jahren. Es macht Freude, am Werdegang der eigenen Enkel Anteil zu nehmen und zu beobachten, wie sie ihre Berufe ergreifen und wie sie sich nach und nach für ihre Lebenspartner entscheiden – oder eben auch nicht. Das ist ungemein spannend.

Musik ist für mich lebensnotwendig

D.L.: Ruhestand bedeutet ja, wesentlich mehr Zeit zu haben. Wie ist das bei Dir? Hast Du eine Leidenschaft, die nichts mit Deinem Beruf zu tun hat?

Biographie von Dr. Alexander H. Bos

Dr. A H. Bos

1925: Am 3. April 1925 wurde Lex Bos in Tember (Ost-Java, Indonesien) als drittes Kind geboren. Der Vater ist Oberingenieur bei der Eisenbahn in Indonesien
1927 bis 1932: Die Familie lebt in Eindhoven (Niederlande). Der Vater arbeitet jetzt als Bauingenieur bei Philips
1932 bis 1945: Die Familie lebt in Rotterdam. Der Vater arbeitet als Direktor des Wohnungsamtes
1932 bis 1944: Besuch der Montessori-Schule in Rotterdam

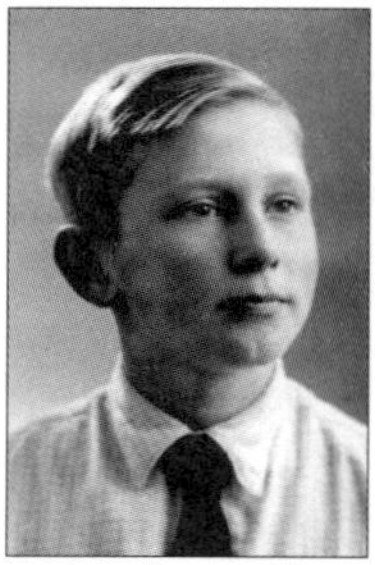

Lex Bos 1938

1944: Während der deutschen Besatzung der Niederlande macht er sein Abitur
1945: Freies Jahr: Untertauchen wegen illegaler Arbeit gegen die Besatzer
1945-1946: Ökonomie-Studium
1946: Beginn der Zusammenarbeit in der sozialpädagogischen Studentengruppe
1946 bis 1950: Studium im Fach „Soziale Geographie“
1949: Beginn der Tätigkeit im Rationalisierungsbüro der Firma Bureau Berenschot
1953 bis 1985: Die Familie lebt in Den Dolder/Zeist (Niederlande)
1954: Gründung des NPI
1957: Eintritt in das NPI
1963 bis 1975: Arbeit im Vorstand der Anthroposophischen Gesellschaft
1967: Beginn der Arbeit an der Doktorarbeit zur Urteilsbildung in Gruppen
1968: Beginn der Initiative zur Gründung einer Bank
1971: Mitarbeit an der von Bernard Lievegoed gegründeten Vrije Hogeschool
1971 bis 1975: Vier Reisen nach Brasilien, Gründung des NPI do Brasil

Lex Bos 1951 mit Kind

1974: Promotion
1976 bis 1983: Versuch, ein Zentrum für soziale Entwicklung zu gründen
1976 bis 1982: Versuch, eine freie Handelsakademie zu gründen
1976 bis 1980: Versuch, ein Werkstudio (Pädagogisches Job-Center) zu gründen
1979 bis 1985: Weitere sechs Arbeitsbesuche in Brasilien (Beginn der sozialpädagogischen Kurse)
1980: Gründung der Triodos Bank
1985: Die Familie lebt wieder in Zeist/Niederlande
1985 bis 1997: Weitere zwölf Arbeitsbesuche in Brasilien
1986 bis 1992: Arbeit im Vorstand der Anthroposophischen Gesellschaft
1990: Eintritt in den Ruhestand und Gründung der Stiftung Dialoog
1992 bis 1994: Drei Arbeitsbesuche in Armenien
1992 bis 1997: Drei Arbeitsbesuche in Argentinien
1996 bis 2003: Masterclasses in Dynamischer Urteilsbildung in Holland, Deutschland, Dänemark
1999: Eröffnung des neuen Bankgebäudes der Triodos Bank. Beginn der Arbeit in Ungarn. Erste Zeichen der Erkrankung der Ehefrau und Beginn der intensiven Tätigkeit als Hausmann

Promotion 1974

L. Bos: Mein Cello ist mir besonders wichtig, denn meine liebste Freizeitbeschäftigung ist es, zu musizieren und ins Konzert zu gehen. Ich höre mir liebend gern Kammermusik oder Orchesterkonzerte an, und ich spiele fast jeden Tag abends eine Stunde Cello. Außerdem musiziere ich beinahe wöchentlich in einem Streichquartett oder Trio, manchmal auch mit einem Pianisten. Das ist für mich lebensnotwendig.

D.L.: Welche Rolle spielt für Dich heute Deine schriftstellerische Arbeit?

L. Bos: Ich habe in den letzten Jahren recht wenig geschrieben. In den 90er Jahren veröffentlichte ich fast jedes Jahr ein Buch und durchlebte damit eine Art biographischen Verdauungsprozeß. In den vier bis fünf Jahrzehnten Berufsleben hatte ich mein Augenmerk immer auf bestimmte soziale Kernfragen gerichtet; und so konnte ich einiges aus meiner Berufserfahrung ernten, was in die Bücher einfloß. Ich wollte meine Erfahrungen in eine Form bringen, die anderen Menschen ermöglicht, Nutzen aus ihnen zu ziehen.

Weltweite Aktivitäten

Renate Hasselberg: Was an Deiner jetzigen Lebenssituation findest Du befriedigend?

L. Bos: Es befriedigt mich, daß ich immer noch hin und wieder andere Länder bereisen kann. Ich reise z.B. nach Deutschland, Dänemark oder Ungarn, um dort Seminare zu verschiedenen Themen zu halten. In Ungarn bin ich kürzlich in ein interessantes Projekt eingestiegen: Es gibt dort einen ehemaligen Unternehmer, der anthroposophisch interessiert ist und der mich in einem Brief darum bat, ihm beim Aufbau eines Beratungsinstituts behilflich zu sein. Ich reise nun in größeren Abständen jeweils für eine Woche dorthin, um mit seinen Kunden und einem kleinen Kreis zukünftiger Kollegen intensiv zu arbeiten. Darüber freue ich mich sehr, denn ich kann meine langjährige Erfahrung dabei sinnvoll einsetzen.

Darüber hinaus ist es für mich befriedigend zu sehen, daß einiges, was gesät wurde, aufgeht und blüht. Die Methoden und Konzepte, die wir am NPI entwickelten, fanden bei einem weltweiten Netz von Beratern und Trainern Anwendung, die jährlich im Rahmen des ASD (Association for Social Development) konferieren. Mit einer Zeitverzögerung von etwa zehn bis 20 Jahren finden unsere Fragestellungen auch immer wieder in einschlägiger Fachliteratur ihren Niederschlag. Man greift Themenbereiche auf, die wir in den Raum gestellt und ausgearbeitet haben: Integration, Holismus, Identität, Prozeßorganisation, Kundenorientierung, Lean-Organisationen, Pädagogische Führung, Lernende Organisationen und dergleichen.

Auch die Dynamische Urteilsbildung ist auf einem guten Weg, denn sie erobert sich Schritt für Schritt neue Arbeitsfelder wie Gruppenarbeit, Organisationsentwicklung, Biographiearbeit und Konfliktberatung. Im Augenblick wird sie sogar in Seminaren für Führungskräfte der Armee angewandt, und zwar in bezug auf Fragen, wie man mit moralischen Dilemmas umgeht.

Ein weiteres Beispiel für ein Projekt, mit dem ich zufrieden bin, ist die Triodos Bank. Sie ist ein blühendes Unternehmen, gründet neue Niederlassungen, erschließt neue Arbeitsgebiete und ist weltoffen. Auch die Entwicklung in Brasilien ist höchst befriedigend. Dort gibt es inzwischen drei bzw. vier Beratungsbüros mit ca. zwei Dutzend Mitarbeitern. Und mit der ASD hat sich ein Netzwerk gebildet, in dem eine Handvoll Menschen überaus aktiv mitarbeiten.

Keine Reise mit Arbeitseinsatz!

R.H.: Wo viel Licht ist, da ist auch viel Schatten. Kannst Du diesen Satz auf Dein Leben anwenden? Gibt es Dinge, die Du gerne anders gestalten würdest?

L. Bos: Ja, es gibt Aspekte in meinem Leben, die ich heute als problematisch einschätze. Ich denke da an meine Kinder, die immer darunter gelitten haben, daß Vater und Mutter eigentlich durchgehend arbeiteten. Meine Frau arbeitete als Waldorflehrerin und engagierte sich später stark am Lehrerseminar. Ich arbeitete am NPI, widmete mich meiner Promotion, rief mit drei Freunden die Triodos-Initiative ins Leben und übernahm auch darüber hinaus zahlreiche Aufgaben. Unsere Kinder waren zwar nicht grundsätzlich vernachlässigt, aber heute wird mir klar, was sie alles entbehren mußten. Selbst nachdem meine Frau sich längst vom Lehrerseminar verabschiedet hatte und ich meine Arbeit beim NPI aufgegeben hatte, waren wir weiterhin als freie Mitarbeiter tätig. Unsere Kinder spiegelten uns auch, was ihnen gefehlt hat, wie ich an folgendem Ereignis verdeutlichen kann:

1990 verließ meine Frau das Lehrerseminar, und ich verabschiedete mich vom NPI; und so organisierten wir ein großes Fest unter dem Motto: „Wir verabschieden uns aus unserem institutionsgebundenen Arbeitsleben". Unsere Kinder betrieben Fundraising, um uns aus dem zusammengetragenen Betrag ein Geldgeschenk zur Verfügung zu stellen, mit dem wir eine große Reise machen sollten. Wir schmiedeten sofort Pläne, nach Georgien oder Armenien zu reisen, um dort Seminare oder Vorträge anzubieten. Unsere Kinder waren empört und sagten: „Das geht nicht, denn dann bekommt ihr das Geld nicht. Keine Reise mit Arbeitseinsatz, keine Vorträge, keine Seminare! Ihr sollt einmal nur für euch eine Reise machen, aus reiner Freude." – Wir reisten dann nach Indonesien, denn dort lebt kein einziger Anthroposoph. Die strenge Reisebedingung, die die Kinder an uns stellten, war für mich ein Zeichen, wie stark sie erlebten, daß in unserem Leben Anthroposophie und Arbeit immer die Hauptrolle spielten.

Ich sehe dies also im Rückblick recht deutlich, aber ich denke, daß es keinen Sinn hat, sich große Vorwürfe zu machen. Eigentlich bin ich ein Mensch, der nicht dazu neigt, Schuldgefühle zu kultivieren. Was ich allerdings tun kann, ist, die Dinge im nachhinein klar zu erkennen.

R.H.: Gab es menschliche Beziehungen, die für Dich besonders schwierig waren?

L. Bos: Ja, die gab es. Menschlichen Beziehungen, die konfliktreich wurden, bin ich meist ausgewichen, denn ich stellte mir in solchen Fällen die Frage: Hat es Sinn, diese Beziehung weiter zu pflegen? Im nachhinein habe ich aber das Gefühl, daß es vielleicht gut gewesen wäre, einiges zu korrigieren und einige Fragen anders anzugehen. Ich denke nicht, daß es angebracht wäre, hier Namen zu nennen.

Immer kreativ sein, nie in Routine verfallen

D.L.: Obwohl Du schon lange pensioniert bist, fällt auf, daß Du sehr aktiv mit den Früchten Deines Berufslebens weiterarbeitest. Welche Grundeinstellung hast Du zu Deiner Arbeit?

L. Bos: Meine heutigen Aktivitäten sind das Ergebnis eines Arbeitslebens, das von folgender Grundhaltung geprägt war: immer kreativ sein, nie in Routine verfallen, immer wieder neue Herausforderungen suchen, neue Fragen stellen und die Dinge immer wieder anders betrachten. Wer sich dies zur Lebensgewohnheit macht, kennt keinen Ruhestand. Er bleibt aktiv.

D.L.: Schauen wir ein wenig auf Dein Leben: Wie verlief Deine Kindheit?

L. Bos: Ich bin in Indonesien geboren. Mein Vater war Oberingenieur bei der niederländisch-indischen Eisenbahngesellschaft. Er hatte dort als junger, frisch verheirateter Ingenieur einen sechsjährigen Arbeitsvertrag unterzeichnet. Innerhalb dieser Jahre wurden meine beiden Brüder und ich geboren. Nach der vereinbarten Zeit entschied er sich, den Vertrag nicht zu verlängern, denn er erlebte sich als Sozialist und empfand furchtbaren Ekel vor der Lebensweise des kolonialen Establishments. So bin ich dann mit zweieinhalb Jahren nach Holland gekommen. An Indonesien habe ich also keine persönlichen Erinnerungen, aber mein Lebensweg hat dort begonnen.

Mein Vater war dann in Eindhoven als Bauingenieur bei Philips tätig, und wir blieben ein paar Jahre in dieser Stadt. Während der Weltwirtschaftskrise 1929/30 wurden viele Menschen entlassen. Es blieb nicht verborgen, daß mein Vater rot angehaucht war, und solche Leute wollte man als erstes loswerden. Er wurde also arbeitslos und suchte sich in Rotterdam eine neue Stelle als Beamter. Dort nahm er eine führende Stellung ein und war verantwortlich für den Wohnungsbau.

Biographische Motive

D.L.: Wie verlief Deine Schulzeit?

L. Bos: Ich war zwölf Jahre auf einer Montessori-Schule. Obwohl die Montessori-Schule sehr intellektuell und wenig künstlerisch geprägt war, bewerte ich meine Schulzeit im nachhinein insgesamt sehr positiv.

In der Oberstufe zeigte sich etwas, das für meine gesamte Biographie bezeichnend ist: Ich gelangte in eine Pioniersituation, als die Oberstufe der Montessori-Schule aufgebaut wurde. Mein Vater war an der Gründung dieser Schule beteiligt, und meine Klasse war die Pionierklasse. Das war 1937, als ich zwölf Jahre alt war. Drei Jahre später kam mit dem Zweiten Weltkrieg der große Einschnitt. Und auch während dieser schrecklichen Zeit zeichnete sich etwas ab, was als Motiv immer wieder in meiner Biographie auftauchte: daß mir Leid erspart blieb. Ich spreche vom Bombardement Rotterdams am 14. Mai 1940, das ich nicht miterlebte, da unsere Klasse gerade an diesem Tag einen Ausflug zu einer Schwesterschule in Amersfoort unternahm. Als ich am 15. Mai nach Rotterdam zurückkehrte, sah ich die verheerenden Folgen: Die gesamte Altstadt war zerstört und brannte immer noch. Daß ich dieser Bombardierung entging, ist für mein Leben charakteristisch.

In Amersfoort besuchte ich eine jüdische Familie, ohne einen Schimmer davon zu haben, was ein Jude ist. Dort erlebte ich den Vater eines jüdischen Kameraden; und ich sehe ihn noch heute vor mir, wie er völlig verzweifelt, eine Zigarette nach der anderen rauchend, auf und ab lief – denn er wußte natürlich, was ihn erwartete.

1943: Lex Bos oben links im Bild

Durchgefallen – ein Glücksfall!

1943 legte ich meine Abiturprüfung ab, mußte aber das Jahr wiederholen, da mir in einem Fach ein halber Punkt fehlte. Ich ärgerte mich maßlos: Wegen eines halben Punktes ein ganzes Jahr wiederholen! Wenn ich aber heute biographisch auf dieses Ärgernis blicke, sehe ich wiederholt, wie mir damit Leid erspart blieb. Hätte ich mein

Abitur bestanden, so hätte ich 1943 mit meinem Studium beginnen müssen. Da ich aber durchfiel, wurde ich ein Jahr später fertig, zu einer Zeit, als alle Universitäten bereits geschlossen waren. Die Studenten aber, die 1943 mit dem Studium begannen, wurden allesamt nach Deutschland abtransportiert. Manche sind nicht wieder zurückgekehrt. Sie mußten als Zwangsarbeiter in der Kriegsindustrie arbeiten. Dieses Los blieb mir erspart – wegen des halben Punktes.

D.L.: Was hast Du nach dem Abitur gemacht, da Du nicht studieren konntest?

L. Bos: Ich spielte ein Jahr lang hauptsächlich Cello, musizierte zusammen mit meinen Eltern, die beide sehr musikalisch waren. Mein Vater war eigentlich ein berufsmäßiger Violinist, meine Mutter hatte am Konservatorium Klavier studiert. Wir begannen also schon früh, im Trio zu spielen: Cello, Violine, Klavier.

Inzwischen hatte ich auch die Anthroposophie kennengelernt. Meine Eltern wuchsen beide in recht freidenkerischem Milieu auf, ohne einen entschiedenen geistigen Standpunkt zu finden. Sie waren auf der Suche nach geistiger Verankerung und beschritten alle möglichen Wege: Sufismus, Buddhismus, hatten Kontakt zur katholischen Kirche und den Rosenkreuzern. Bis ein Herr Leiste, ein Vortragsredner aus Dornach, in Rotterdam einige Vorträge hielt. Meine Eltern hörten ihn und hatten das Gefühl, daß er genau das ansprach, was sie suchten. Dies war übrigens schon im Jahr 1938, also kurz vor Ausbruch des Krieges. Und bald schon tauchten die ersten lilafarbenen Bände im Bücherschrank meiner Eltern auf.

Ich war jung und neugierig und wollte wissen, wofür sich meine Eltern interessierten. Mit 16, 17 Jahren nahm ich mir also einige Bücher heraus, las sie und merkte sofort: Das hat Substanz. Bald schon besuchte ich Einführungskurse zur Anthroposophie bei einem Pfarrer der Christengemeinschaft in Rotterdam. Anthroposophie begann also recht früh in meinem Leben, eine Rolle zu spielen. Im Jahr nach dem Abitur las ich – neben dem Cellospielen – viele anthroposophische Bücher, aber auch anderes, wie z.B. „Les grandes Initiées" von Eduard Schuré, „La vie de Michelangelo" von Mereschkowsky, „Avant la mort" und „Après la mort" von Flammarion usw. Ich erinnere mich auch, daß ich einige Bände Weltgeschichte durcharbeitete. Und in dem dunklen letzten Kriegswinter nahm ich es als geistige Herausforderung, das Johannesevangelium aus dem Griechischen zu übersetzen.

Begegnung im Schneetreiben

Das Jahr 1945 begann mit einem kalten Januar. Ich war inzwischen in die Untergrundarbeit eingestiegen und druckte gemeinsam mit einigen anderen eine kleine Zeitung, deren Anliegen es war, entgegen dem Verbot der Deutschen Nachrichten zu verbreiten. Das strikte Verbot der Deutschen untersagte, ein Radio zu besitzen oder Nachrichten in Umlauf zu bringen. Wir arbeiteten also illegal. Weil mir so viel erspart geblieben war, verspürte ich eine gewisse Sehnsucht, noch etwas zu bewirken und etwas zu erleben, denn mein Leben erschien mir zu geschützt. Aber schließlich wurde mir der Boden unter den Füßen zu heiß. Heute bin ich mir nicht sicher, ob eine reale Gefahr bestand, aber wir mußten immer fürchten, entdeckt und verhaftet zu werden.

Ich stieg also am 8. Januar 1945 auf mein Fahrrad und fuhr Richtung Norden. Dort lebten einige Bekannte von uns auf dem Lande, die noch zu essen hatten. Es herrschte Schneesturm, und es war bitterkalt. Da begegnete ich am Rande Rotterdams einem älteren Herrn, der im Schneetreiben aus einem Seitenweg auf mich zukam. Wir setzten unseren Weg gemeinsam fort. Gemeinsam im dichten Schneetreiben unterwegs nach Norden – so etwas verbrüdert natürlich. Er gab mir Unterkunft für eine Nacht. Am nächsten Tag mußte ich weiter, und er gab mir ein Büchlein mit auf den Weg, das den Titel trug: „Modern Bedrijfsbeheer", also etwa „Moderne Betriebsverwaltung". Es war eine kleine Schrift, die von der Arbeit des Büros Berenschot handelte, einer klassischen Beratungs- und Rationalisierungsfirma. Ich bedankte mich, steckte das Buch in die Tasche und fuhr weiter zu den Landwirten, bei denen ich daraufhin unterkam. Gleichzeitig hatte ich zwei andere Bücher als geistige Nahrung mitgenommen: „Die Philosophie der Freiheit" von Rudolf Steiner und die „Briefe über das Johannesevangelium" von Rittelmeyer. Im Norden wohnte ich zunächst bei einem Pfarrer und dann bei einem Landwirt. Im April 1945 kehrte ich zurück nach Rotterdam, als die Befreiung kurz bevorstand.

Hast Du eine Alternative?

R.H.: Welche Pläne hattest Du, als der Krieg zu Ende war?

L. Bos: Nach diesem intensiven Jahr des Cellostudiums hatte ich den Wunsch, Berufsmusiker zu werden. Ich wollte aber auf keinen Fall am vierten Pult irgendeines Orchesters landen, sondern, ehrgeizig, wie ich als junger Mann war, natürlich Solist werden. Ich fragte einfach verschiedene Menschen, die diesen Weg eingeschlagen hatten: „Wie ist dieser Weg?" – Einer von ihnen stellte mir eine ganz schlichte Gegenfrage, die für mich wie eine Rettung war. Er fragte ganz einfach: „Hast Du eine Alternative?" Damit drückte er nichts anderes aus als: Es ist ein sehr anstrengender Weg, den Du nur beschreiten solltest, wenn Du weißt, daß in Dir eine heilige Flamme brennt. Diese Flamme brennt nur, wenn es keine Alternative zu ihr gibt; wenn Du Dir sagst: Alles andere hat keine Bedeutung.

Ich hatte aber Alternativen. Ich interessierte mich für die Naturwissenschaft, für die Sozialwissenschaft, und meine Interessen waren breit gefächert. Die Frage nach der Alternative genügte also, um sofort einzusehen, daß Cellospielen für mich immer nur ein Hobby bedeuten konnte; und so richtete ich es dann auch mein ganzes Leben über ein. Ich spielte immer mit großer Freude und lernte über die Musik viele Menschen kennen.

Soziale Geographie

Als Jugendlicher wollte ich zunächst großer Entdecker und Forschungsreisender werden. Dieses Ideal verbürgerlichte sich später ein wenig in die Berufsvorstellung, Botschafter werden zu wollen. Ich stellte mir das herrlich vor: Man wird von Buenos Aires nach Tokio versetzt und von Tokio nach Toronto und anschließend nach Kapstadt. Was das für Familie und Kinder bedeutet hätte, machte ich mir nicht klar, denn es hatte den Geruch einer einzigen Entdeckungsreise. In Holland gab es aber keine Ausbildung zum Konsulardienst, sondern man konnte lediglich ein Examen ablegen. Dazu mußte man verschiedene Studiengänge kombinieren, wie etwa Jura und Wirtschaftswissenschaften. Ich begann also ein Wirtschaftsstudium, innerhalb dessen ein Buchhaltungsexamen abgelegt werden mußte. Dies kostete mich enorme Überwindung, denn ich fand es entsetzlich langweilig, stundenlange Vorlesungen über Preise und Kosten zu hören. Einfach unerträglich!

Damals gab es an den Universitäten unzählige Studenten, denn nach dem Kriege herrschte großer Nachholbedarf. Also schraubte man die Anforderungen nach oben, um zu selektieren. Das widerstrebte mir, und ich merkte bald, daß dieser Studiengang nicht mein Weg war. Ein Freund von mir studierte „Soziale Geographie" an einer winzigen Fakultät. Man saß dort mit 20 Studenten um einen Tisch und kannte die Professoren persönlich. Mir gefiel der überschaubare Rahmen, und ich hoffte, daß der Studiengang rasch zu bewältigen wäre. Wofür „Soziale Geographie" gut sein sollte, war mir völlig unklar. Es mußte ja wohl etwas mit Menschen zu tun haben und irgend etwas Soziales sein; soviel ahnte ich. Also entschied ich mich dafür und sattelte 1946 um. 1948 machte ich das erste Examen. Ich empfand das Studium schon bald als zu theorielastig und hatte das Bedürfnis, Praxisluft zu atmen. Also fragte ich mich, wie ich einen Einstieg in die Praxis finden könne.

1948 erstes Examen (Candidaat)

Ich hatte meinen Beruf gefunden

In dieser Situation fiel mir das Büchlein „Modern Bedrijfsbeheer" ein, das ich 1945 während des Schneetreibens bekommen hatte. Ich hatte es nicht einmal gelesen! Ich fand es wieder, angefressen von Mäusen, las darin und fand es hochinteressant. Es hatte wirklich mit Menschen, Arbeit und sozialen Fragen zu tun. Also rief ich den Mann an, der es mir mit auf den Weg gegeben hatte, und fragte ihn: „Erinnern Sie sich noch an mich? Wir sind uns am 8. Januar 1945 begegnet." Er antwortete: „Ja, natürlich, Du bist Lex Bos, der junge Mann im Schneesturm." – Ich erzählte ihm, daß ich die Hälfte meiner Studienzeit hinter mich gebracht hätte und fragte ihn, ob ich mich in seinem Büro ein wenig an der Praxis erproben könne. Er war sofort einverstanden. Daraufhin erklärte ich ihm, daß ich aber auf Organisationsberatung und Rationalisierung gar nicht vorbereitet sei, worauf er entgegnete: „Macht nichts. Was Du für diese Arbeit brauchst, ist lediglich ‚Sophisticated common sense'" – auf deutsch würde man sagen: veredelter allgemeiner Menschenverstand. Er wollte damit sagen: Was wir tun, hat zwar eine Art Schein-Aura von Professionalität, aber wenn man geistesgegenwärtig ist, klar denkt und wach wahrnimmt, kann man auch ohne spezifische Qualifikation einsteigen. Ich begann also im Alter von 24 Jahren, im Büro Berenschot halbtags zu arbeiten. Und ich spürte, daß es das war, was ich eigentlich wollte: Ich hatte meinen Beruf gefunden.

Nebenbei brachte ich mein Studium zum Abschluß, was nicht einfach war, denn die Arbeit zog mächtig an mir. In der Firma traf ich auf einige Menschen, die ihr Studium abgebrochen hatten, und faßte daraufhin den festen Entschluß, daß mir das nicht passieren dürfe. Als ich mein letztes Examen ablegte, sagte der Professor zu mir: „Herr Bos, wir schätzen Ihren Eifer, aber die Universität ist keine Rennbahn." Das letzte Jahr war unschön, und ich wollte so schnell wie möglich zum Ende kommen. Nach Beendigung des Studiums stieg ich dann voll in die Firma ein.

Das Schicksal winkt

D.L.: Hatten diese Arbeit und Dein Interesse an der Anthroposophie schon damals miteinander zu tun?

L. Bos: Nach sieben Arbeitsjahren spürte ich eine wachsende Diskrepanz zwischen meiner geistigen Orientierung an der Anthroposophie und meiner beruflichen Tätigkeit, denn ich führte sozusagen ein zweispuriges Leben. Ich arbeitete in einer Art Ingenieurbüro, in dem rein rationalistische Ansätze in die Tat umgesetzt wurden; aber immer hatte ich das Gefühl, daß es möglich sein müsse, diesen Beruf aus der Anthroposophie heraus zu erneuern. Um mich herum konnte ich diese Art der Erneuerung ja überall wahrnehmen: In den Waldorfschulen, im Gesundheitswesen, in der Kunst und in der Landwirtschaft tat sich so manches.

Als ich mit solcherlei Gedanken beschäftigt war, kreuzte das NPI meinen Lebensweg. Schon seit 1945 kam wöchentlich einmal eine Gruppe junger Studenten zusammen, deren Gemeinsamkeit im Interesse an sozialen Fragen und an der Anthroposophie bestand. Wir kamen aus den verschiedensten Fakultäten. In diesem kleinen Grüppchen waren u.a. ein Psychologe, ein Soziologe, ein Jurastudent, ein Indologe und ein Wirtschaftswissenschaftler. Wir trafen uns jahrelang jeden Mittwoch und studierten Texte Rudolf Steiners zur sozialen Frage: den „Nationalökonomischen Kurs", die „Kernpunkte der sozialen Frage" und eine ganze Reihe von Einzelvorträgen. Es wurde auch allgemeine Literatur soziologischer Art gelesen.

Nach einiger Zeit kam die Frage auf: Können wir die Substanz, die wir uns erarbeitet haben, irgendwie für die Welt produktiv machen? Wir ersannen also alle möglichen Projekte und hatten so manchen phantastischen Plan. Wir wollten z.B. anfangs eine Alternativ-Universität gründen, fanden aber schnell heraus, daß diese Dinge nicht wirklich Hand und Fuß hatten. Schließlich entschieden wir uns einfach zu warten, bis sich von außen eine Frage ergäbe.

Und nun geschah das Faszinierende, daß ungefähr zeitgleich an einem anderen Ort ein Mensch namens Dr. Lievegoed einen neuen Lebenspfad betrat und sich Beratung und Organisationsgestaltung zur Lebensaufgabe machte. Besagter Pionier war auf der Suche nach einer Menschengruppe, mit der er gemeinsam ein Institut gründen könne. Gleichzeitig gab es unser kleines Grüppchen, das händeringend auf eine Aufgabe wartete. Ist das nicht ein phantastisches Arrangement des Schicksals?

Das NPI: Geh doch rein! Da ist Dein Ort!

Als Bernard Lievegoed mit seinem Anliegen, ein Institut zu gründen, in unserem Blickfeld erschien, war die erste Reaktion dieser Studentengruppe, daß sie sich in ihrem Hochmut fragte: Warten wir wirklich auf diesen Psychiater aus Zeist? Auf einen Kinderpsychiater und Heilpädagogen? Was soll der schon von Management und Sozialwissenschaft wissen? – So vermessen waren wir jungen Dachse damals. Wer dann die Geschichte ein wenig weiterverfolgte, sah zwei oder drei Menschen unserer Gruppe sofort in die Sache einsteigen, nachdem Lievegoed 1954 ernsthaft loslegte. Vier weitere Studenten schlossen sich im Laufe der nächsten zwei bis drei Jahre an. Damit bildeten zwei Drittel unserer Studentengruppe die Grundsubstanz des NPI für die nächsten 30 Jahre!

Dr. Bernard Lievegoed

R.H.: Welche Menschen waren das?

L. Bos: Die ersten waren der kürzlich verstorbene Hans von Sassen, Cees Sanders, der schon bald wieder ausgestiegen ist, und Wil Brokerhof. Die fünf, die später noch hinzukamen, waren Jack Moens, Coenrad van Houten, Gert Jan Avelingh, der vor zwei Jahren verstarb, Koos Kraak, der auch nicht mehr lebt, und ich.

R.H.: Wie alt warst Du, als Du eingestiegen bist?

L. Bos: Ich bin 1957 im Alter von 32 Jahren eingestiegen, als es das Institut bereits seit drei Jahren gab. Anfangs hatte ich ein paar bürgerliche Hindernisse zu überwinden: Ist da für die Rente gesorgt? Wie sind die Arbeitsbedingungen? – und ähnliche Fragen, bis jemand zu mir sagte: „Mensch, Du bist verrückt! Geh doch rein! Da ist Dein Ort!“ Ich stieg also ein und blieb 33 Jahre lang am NPI.

Nachdem ich mich in diese Art von Arbeit eingelebt hatte – besonders in Gruppenarbeit und soziale Gestaltung –, entdeckte ich: *Ich bin doch Musiker geworden! Sozialmusiker!* – Denn ich erlebte das Gespräch immer als eine Art musikalische Komposition. Das Ganze beginnt wie in der Musik mit einem Einstiegsthema, dann folgt ein zweites Thema und ergänzt das erste; die beiden erklingen nebeneinander oder nacheinander, bis sie durchgearbeitet werden. In dieser Phase prallen die Themen aufeinander, es will noch nicht so recht zusammenpassen, und einige Musiker erheben Anspruch auf Solopartien. Die Baßstimme sorgt für ein Fundament, indem sie sich ständig wiederholt; und bisweilen übernimmt ein Dirigent die Leitung. Zu Zeiten gibt eine Partitur vor, was erklingt, und gelegentlich wird improvisierend ohne Führung gespielt. Mal ist das Ganze dissonant, dann löst es sich wieder auf in Harmonie. Die Arbeitsteilung besteht darin, daß jeder das passende Instrument erklingen läßt und gleichzeitig auf die anderen horchen muß.

Das Soziale als musikalische Komposition

Erst wenn man das Soziale musisch erlebt, wird es inspirativ und wohlklingend: Was spielt sich zwischen den Menschen ab? Was geschieht in den Zwischenräumen? Die Musik gibt Antwort, denn ein A oder ein C kann man sehr wohl hören, aber die Terz, die zwischen den beiden liegt, ist unhörbar. Ähnlich ist es auch mit menschlichen Beziehungen: Was sie ausmacht, liegt zwischen den Menschen und ist nicht so leicht zu benennen.

Letztlich wurde ich also doch Musiker! Im Leben gibt es ja oft die Verführung, alte Fähigkeiten, die vielleicht aus einem früheren Leben herrühren, aufzugreifen – nach dem Motto: Das kann ich schon, deswegen mache ich es. Wenn man so verfährt, trägt man aber zu der gegenwärtigen Inkarnation nichts Neues bei. Vor diesem Zurückgreifen auf das Bekannte rettete mich damals die Frage: Hast Du eine Alternative? Ich entschied mich also, das Alte nicht weiter zu pflegen, sondern es in etwas Neues zu verwandeln. Ich gestaltete die Fähigkeit, zu Musizieren, um in ein neues Musizieren, nämlich in soziales Musizieren.

Mit dem Einstieg beim NPI geriet ich wiederholt in eine Situation, in der Pionierarbeit zu leisten war. Strenggenommen gehörte ich dort über 33 Jahre hinweg durchgehend zur Pioniergruppe; zunächst an der Seite Bernard Lievegoeds, später ohne ihn.

Im Verlauf meiner langjährigen Tätigkeit am NPI ergaben sich immer wieder auch andere Pionieraufgaben; denn z.B. auch meine Doktorarbeit war eine Pionierinitiative, die eng mit meinem Arbeits- und Forschungsgebiet zusammenhing. Es ging in ihr um Zusammenarbeit und Urteilsbildung in Gruppen. Eine weitere Pioniertat war mein Engagement in Brasilien, das auch mit dem NPI zusammenhing. Und zuletzt ist auch die Mitbegründung der Triodos Bank ein Pionierprojekt gewesen.

Natürlich gab es in meinem Leben aber auch Initiativen, die nicht gelandet sind oder sich nicht fruchtbar entfalteten.

Wenn man mein Leben also in groben Zügen betrachtet, ist mein Werdegang damit eigentlich erzählt. In bestimmter Hinsicht ist meine Biographie sehr langweilig: Ich übte nur einen Beruf aus, zog sehr bald nach Dolder in Zeist, lebte dort fast die ganze Zeit nur in einem Haus, und ich blieb immer einer Frau treu, der ich schon sehr früh begegnete – nämlich noch zu Kriegszeiten, etwa 1943. Wir sind nun also schon 60 Jahre zusammen. In der großen Linie ist mein Leben also nicht besonders abwechslungsreich.

R.H.: Du bist aber schließlich doch vom NPI weggegangen. Fehlen da nicht einige wichtige Stationen?

L. Bos: Ja, das stimmt. Aber alles Weitere ist weder besonders dramatisch noch besonders spannend. Im Ruhestand habe ich im Grunde genommen einfach die Sachen fortgeführt, die schon angebahnt waren; und ich bearbeitete die Dinge fortan als Freelance, also auf eigene Verantwortung. Auch die Dynamische Urteilsbildung betrieb ich weiter und arbeite auch heute noch als Berater und Trainer; zur Zeit hauptsächlich beim CCS (Clinic Catering Service), dem späteren „Pro Curatio“, dessen Gründer und leitendem Manager, K-H. Wagner, ich im letzten Monat meiner NPI-Zeit begegnete.

Hochzeit

R.H.: Kannst Du noch etwas zu Deiner Familie sagen?

L. Bos: Meine Frau lernte ich, wie gesagt, schon zu Zeiten des Krieges im Zusammenhang mit einer Jugendgruppe der Christengemeinschaft kennen. Nach dem Kriege begegneten wir uns in den ersten Jugendlagern wieder; und uns wurde bald deutlich, daß wir unseren weiteren Weg gemeinsam gehen wollten. Wir heirateten 1949, und 1950 wurde unser erster Sohn geboren; 1951 kam unsere Tochter zur Welt und 1954 dann die zweite Tochter. Als 1956 unser zweiter Sohn geboren wurde, dachten wir, vier Kinder seien eigentlich genug. Das Schicksal schickte uns aber noch zwei Pflegekinder aus der Familie meiner Frau, und wir nahmen die beiden auf. Das war nicht so einfach, denn wir waren eine gefestigte Familie mit ganz bestimmtem Lebensstil, und wir mußten uns erst einmal auf den Jungen und seine etwas ältere Schwester einstellen. Meine Frau hatte es besonders schwer damit. Unsere eigenen Kinder waren zu dem Zeitpunkt drei, fünf, sieben und neun Jahre alt. Der Junge lag vom Alter her genau zwischen unseren Kindern, und das Mädchen war zehn Jahre älter als unser älteste Sohn.

Meine Frau war staatlich ausgebildete Lehrerin. Als unser erstes Kind zur Welt kam, ließ sie das Unterrichten sein und widmete sich fortan ganz den Kindern. Im Jahr 1962, als unsere Jüngste sechs Jahre alt war, veranstaltete die Christengemeinschaft ein Richtfest für ihr neues Kirchengebäude. Wir waren damals beide Schatzmeister in der Christengemeinschaft und mit der Finanzierung der neuen Kirche befaßt. Bei diesem Fest sprach eine Waldorflehrerin aus Zeist meine Frau an und fragte sie, ob sie eine Woche für eine erkrankte Lehrerin einspringen könne. Meine Frau sagte zu. Aus einer Woche wurden zwei, aus den zwei Wochen wurde ein Monat, aus dem Monat wurde ein Jahr, bis daraus schließlich 18 Jahre Einsatz an der Waldorfschule entstanden. So trickreich arbeitet das Schicksal, um einen Menschen an den Ort zu bringen, an den er hingehört. Sie arbeitete also 18 Jahre als Waldorflehrerin. Kurz danach stieg sie im Lehrerseminar ein und arbeitete dort ungefähr gleich lang.

Wunder

R.H.: Hast Du im Laufe Deiner Biographie lebensbedrohliche Situationen durch Krankheit oder Unfall erlebt? Gab es Schwellenerlebnisse dieser Art für Dich?

L. Bos: Im Dezember 1959 hatten wir einen lebensgefährlichen Autounfall. Ich überquerte eine Vorfahrtstraße, stieß mit einem anderen PKW zusammen, und unser Auto drehte sich mehrmals um die eigene Achse; meine Frau und ich wurden aus dem Auto geschleudert. Wie durch ein Wunder blieb ich fast völlig unverletzt, und auch meine Frau verletzte sich nur leicht und war nach wenigen Tagen wiederhergestellt. Das Auto hatte einen Totalschaden, aber wir waren unversehrt geblieben. Dennoch war es ein Schock, den wir als großen Einschnitt erlebten.

Zwei Jahre später, im Februar 1961, waren wir in der Schweiz, um Seminare abzuhalten. Ich war damals 34 Jahre alt, und wir reisten mit einer ganzen Mannschaft dorthin. Lievegoed hielt die großen Vorträge, einer von uns leitete die Gruppenarbeit und wertete sie aus, ein anderer war für die Rollenspiele verantwortlich – und der Dritte machte zu Lievegoeds Vorträgen die Notizen. Wir waren also ein wenig überbesetzt, aber jeder von uns hatte gern dabeisein wollen. Auch unsere Frauen waren mitgekommen, denn jede genoß es, eine Woche in der Schweiz auf dem Rigi Kulm verbringen zu können. Nachdem Lievegoed und die anderen Kollegen schon wieder abgereist waren, hatten meine Frau und ich uns entschlossen, noch etwas länger zu bleiben. In einer der darauffolgenden Nächte entwickelte sich im Hotel ein Brand, der das ganze Gebäude zerstörte. In fast völliger Dunkelheit fanden wir eine Dienstbotentreppe und eilten im letzten Augenblick im Schlafanzug ins Freie, ehe das ganze Gebäude brennend einstürzte. Einige Menschen kletterten an zusammengeknoteten Bettüchern aus den Fenstern, einige sprangen mutig hinaus; und von denjenigen, die versucht hatten, ihre Wertsachen zu retten, sind einige leider zu Tode gekommen.

Ich bin also in der Lebensmitte, mit 34 und 36 Jahren, in lebensbedrohliche Situationen geraten. Ich sagte ja bereits, daß mir immer wieder Leid erspart blieb, und das gilt auch hier: Das Auto hatte Totalschaden, ich kam heil heraus. Das ganze Hotel brannte nieder, ich blieb unversehrt – eigentlich wie durch ein Wunder.

Gesundheitliche Probleme hatte ich manchmal mit dem Rücken. Das trat in gewissen Abständen bei mir auf und war vielleicht immer Anzeichen eines Burnout-Syndroms; denn Streß schlug sich bei mir wiederholt am Rücken nieder. In dieser Sache verbrachte ich einmal eine Woche in Arlesheim zur Therapie. Auch später hatte ich noch einmal mit dem Rücken zu tun, aber ich maß dem keine schwerwiegende Bedeutung zu. Meine Rückenschmerzen waren jedoch immer ein Signal, auf das ich achtgeben mußte. Hier liegt eine Schwachstelle! Auch heute noch merke ich an meinem Rücken, wenn ich mich übernommen habe. Allmählich lerne ich, die Sprache meines Körpers ein wenig zu verstehen.

R.H.: Martin van den Broek erzählte, daß Du einmal einen unerwarteten Klinikaufenthalt hattest. Für ihn sah das sehr bedrohlich aus, denn er fürchtete wohl, daß du sterben könntest.

L. Bos: *(lacht)* Ja, das war diese Rückensache.

R.H.: Aber das war nicht lebensbedrohlich?

L. Bos: Nein, ich wußte, daß es vorbeigehen wird und spürte, daß es sich nicht um ein konstitutionelles Problem handelte.

Anthroposophie kann auch einsam machen

R.H.: Hattest Du in deinem Leben engere Freundschaften, über dein Arbeitsleben hinaus?

L. Bos: Im Rückblick empfinde ich manchmal als eine Art Schattenseite, daß die Arbeit in meinem Leben so stark dominierte und ich streng genommen darüber hinaus keine Freundschaften pflegte. Wenn wir Gäste hatten oder irgendwo zu Gast waren, dann waren das meist Menschen aus dem anthroposophischen Umkreis, aus der Anthroposophischen Gesellschaft oder aus dem Berufsleben. Einzig über die Musik gab es einige andere Kontakte; andere Freunde hatte ich eigentlich nicht. Die Kinder bemerkten das sehr wohl und zogen den Schluß daraus, daß ihnen das nicht passieren darf.

R.H.: Siehst Du die fast ausschließliche Verbindung mit der Anthroposophie im Rückblick auch selbst als ein Problem, oder ist das für Dich eher stimmig?

L. Bos: Eigentlich herrscht bei mir das Gefühl vor, daß es stimmig ist, denn es gehört zu mir. Für mich stimmt es, wie ich gelebt habe.

R.H.: Kann es sein, daß die Trennungslinie zwischen Beruflichem und Privatem deswegen wegfällt, weil Dein Lebensentwurf so eng mit Kreativität und Entwicklungswillen verknüpft ist? Hast Du denn Freundschaften ohne geistige Gemeinsamkeiten oder gemeinsame Aufgaben vermißt?

L. Bos: Nein, ich habe das nicht wirklich vermißt; aber ich empfinde auch, daß Anthroposophie einsam machen kann. Zu so vielen Dingen bildet man sich ganz andere Gedanken als die Menschen, die einen umgeben; und es gibt breite Gebiete, über die man sich nicht austauschen kann. Ich erlebe das manchmal als eine Kluft zwischen mir und den Menschen. Wenn ich mit Menschen nicht über die Musik, die Anthroposophie oder den Beruf in Kontakt treten kann, wird es schwierig für mich.

D.L.: War Dein Werdegang in der Anthroposophie ein eher gerader, ruhiger Verlauf, oder gab es auch eine dramatische Seite?

Ein gradliniger Weg

L. Bos: Ein Drama war dieser Weg überhaupt nicht. Hin und wieder blickte ich aber ein wenig neidisch auf diejenigen, die intensiv nach einer spirituellen Verankerung ihres geistigen Lebens suchten und dabei alles mögliche abgrasten, bis ihnen mit einem Mal schlagartig klar wurde, daß die Anthroposophie das war, wonach sie immer gesucht hatten. In mein Leben trat die Anthroposophie, wie gesagt, als ich etwa 16 Jahre alt war, und sie blieb von da an mein geistiges Zuhause. Da gab es kein „Sich-erstmal-Verlieren" in Kommunismus, Materialismus oder Buddhismus. Nichts dergleichen war nötig. Der Weg war gradlinig.

Im Rückblick fällt mir auf, daß die Anthroposophie über die Christengemeinschaft (CG) wirklich verbindlich in mein Leben trat. Nachdem ich an den Jugendlagern und an einem Einführungskurs bei besagtem Priester teilgenommen hatte, besuchte ich regelmäßig die Menschenweihehandlung und erlebte sie intensiv mit. Schließlich entschied ich mich, Mitglied zu werden. Aber wir stießen uns ein wenig an der strikten Priester-Hierarchie in der CG und gewannen den Eindruck, daß sie zuwenig Raum für Eigeninitiative ließe. Es schien, als müsse man für alles, was man in Bewegung setzen wollte, bei der Geistlichkeit Erlaubnis einholen. Und die Geistlichen waren oft im Glauben, sie verstünden von allem und jedem etwas: von Musik, Architektur, sozialen Fragen und Landwirtschaft. Das widerstrebte uns. Wir sind noch immer Mitglieder, leisten unseren Beitrag und besuchen hin und wieder die Menschenweihehandlung, aber unser Schwerpunkt verlagerte sich deutlich auf die Anthroposophische Gesellschaft. Dort gab es Freiraum, und man konnte Initiativen auf den Weg bringen.

Dogmatik und Weltorientierung

Dr. Willem Zeylmans van Emmichoven

Ganz zu Beginn landeten wir in der „falschen" Gesellschaft. Unsere Eltern standen in Beziehung zur Dornacher Gruppe, und wir dachten, das sei die Anthroposophische Gesellschaft an sich. Wir suchten diese Gruppe auf und entdeckten sehr bald, daß das nicht die Umgebung war, die wir brauchten. Also wandten wir uns der Gruppe von Dr. Willem Zeylmans van Emmichoven zu. Dort fühlten wir uns sofort heimisch, und wir hatten den Eindruck, in der Gruppe unseren Kampfgenossen und karmischen Brüdern zu begegnen.

R.H.: Was habt Ihr an der Dornacher Gruppe erlebt? Kannst Du das beschreiben?

L. Bos: Wir erlebten diese Gruppe als dogmatisch. Man orientierte sich stark an Traditionen und betrieb Personenkult. Es kam uns alles ein wenig muffig vor, wir empfanden es als zu intellektuell und zu wenig lebendig.

R.H.: Kannst Du etwas über Willem Zeylmans sagen? Was hat er Dir bedeutet?

L. Bos: Bei Zeylmans erlebte man einerseits tiefe Esoterik, andererseits eine deutliche Orientierung zur Welt, zum Handeln, zum Praktischen. Ora et labora, tiefe innere Arbeit und äußere Tätigkeit, gehörten da zusammen.

Man spürte bei ihm ein helles Licht, das aus einer ganz tiefen Quelle kam. Alles, was er aus dieser inneren Weisheitsquelle heraus beleuchtete, bekam unerwartete Leuchtkraft. Außerdem war ihm große Wärme und Menschenliebe eigen. Die Art und Weise, wie er Menschen begrüßen konnte, war sehr beeindruckend. Er war an die zwei Meter groß und mußte sich immer zu den anderen niederbeugen, um ihnen die Hand zu reichen.

Wenn ich zurückblicke, sehe ich, daß mein anthroposophischer Werdegang stark von der Teilnahme an Gruppen geprägt war. Auch Lievegoed nahm uns schon früh in verschiedene Gruppen mit, wie z.B. 1961 in die Bielefelder Gruppe. Dort kamen hin und wieder ältere Anthroposophen zusammen, die über die alten Mysterien und über neue Ansätze zu Mysterienfragen sprachen. Manchmal gingen solche Inhalte noch ein wenig über unsere Köpfe hinweg, aber es war einfach das Anliegen Lievegoeds, die junge Generation mit einzubeziehen und damit für Kontinuität zu sorgen. Er war wie ein Vater, der seine Kinder mitnimmt.

Im Dornacher Sarg beerdigt

Auch in die Initiativgruppe Zeist, in der es um die Erneuerung der Zweigarbeit ging, stiegen wir sofort ein. Lievegoed nahm uns auch zur Arlesheimer Gruppe mit, die sich unter dem Leitthema „Das Fortwirkende der Weihnachtstagung" traf. Die Menschen, die dort zusammenkamen, nahmen besorgt wahr, daß der Impuls der Weihnachtstagung am Goetheanum nicht lebendig war. Man sah den Grundsteinspruch dort lediglich als Wahrspruch an und betrachtete den vierten Teil als eine Art schönen Weihnachtsspruch. Die Freunde des Arlesheimer Kreises waren aber tief überzeugt davon, daß Rudolf Steiner mit der Weihnachtstagung und dem Grundsteinspruch im Winter 1923 nicht allein der Anthroposophischen Gesellschaft ein neues Fundament gegeben hatte, sondern daß er mit dieser Tat in viel umfassenderem Sinne Keime für eine grundlegend neue, aus dem Geist lebende, humane Sozialgesellschaft gelegt hatte. In diesem Sinne beschäftigte man sich dort mit dem Prozeßcharakter und dem Fortwirkenden der Weihnachtstagung.

Bernard Lievegoed war außerdem auf der Suche nach einer Gruppe, mit der er seine neuesten Initiativen erörtern könne, wie z.B. das Konzept einer „Vrije Hogeschool", also einer Freien Hochschule. Er beabsichtigte, eine Freie Studienstätte für Schulabgänger zu gründen, und wollte mit anderen Menschen über seine Pläne laut nachdenken. Diese Gruppe traf sich immer sonntags nach der Klassenstunde und nannte sich „Noorder Licht", also Nordlicht, womit man andeuten wollte, daß man diese Initiative im Zusammenhang mit dem nordischen Mysterienstrom sah. Auch in dieser Gruppe war ich dabei.

Eine wichtige Rolle spielten außerdem die Jugendkonferenzen. Die erste Jugendkonferenz fand im Sommer 1963 in Zeist statt, gefolgt von Järna 1966, Forrest Row 1968 und Spring Valley 1970. Dazwischen tagte man einmal in Krefeld. Zu den Konferenzen kamen meist mehrere Hundert junger Menschen. Das Ganze ging sehr gut, und der Strom der Jugendtagungen verbreiterte sich zusehends, so daß wir dachten: Jetzt ist es soweit! Wir bringen diesen Impuls zum Zentrum nach Dornach. Doch dort erstarb der Impuls sofort. Ein merkwürdiges und tragisches Phänomen: Es war eine lebendige Initiative, die im Dornacher „Betonklotz" gewissermaßen eingesargt und beerdigt wurde.

Die gleiche Erfahrung mußte ich später noch einmal machen. Um Jörgen Smit herum gab es einen Kreis von Menschen, die in der Erwachsenenbildung tätig waren. Dies waren Leute, die an der Eurythmieakademie, der Alanus-Hochschule, am Emerson College oder beim Kunststudiengang in Dornach mit jungen Menschen arbeiteten, die in der Berufsausbildung waren und das vierte Lebensjahrsiebt erreicht hatten. Wir trafen uns jährlich zwischen Himmelfahrt und dem darauffolgenden Sonntag abwechselnd am Emerson College, an der Alanus-Hochschule oder in Zeist. Schließlich entstand auch hier der Vorschlag, nach Dornach zu gehen. Wir setzten die Idee in die Tat um, veranstalteten eines der Treffen in Dornach – und alles Leben war aus dem Impuls entwichen. Das Programm wurde nach Dornacher Tagungsroutine gestaltet, und in dieser Form war die Initiative schlagartig nicht mehr lebensfähig.

Für die Anthroposophische Gesellschaft tätig

Bernard Lievegoed bot mir 1967 an, die Klassenstunde zu halten. Er war Leser in Zeist und Amsterdam, und er bat mich, die Klasse in Amsterdam zu übernehmen. Ich willigte ein und halte nun schon seit 38 Jahren dort jeden Monat die Klassenstunde.

Als ich damit begann, war ich gerade 42 Jahre alt; vielleicht ein wenig jung für einen Klassenleser – aber das war Lievegoeds Art: immer mutig voran! Vielleicht bist du noch nicht reif, aber reif wird man immer unterwegs, im Tun. Wenn man abwartet, bis man ausgereift ist, kann man bis zum Tode warten.

Lex Bos 1961

Ich gelangte dann auch recht früh in den Vorstand der Anthroposophischen Gesellschaft in Holland. 1961 verstarb Zeylmans, und Bernard Lievegoed wurde sein Nachfolger. Um Lievegoed bildete sich ein neuer Kreis. Er erneuerte den Vorstand und berief mich hinein. Ich blieb, bis Lievegoed ausstieg und Ate Koopmans sein Amt übernahm. Insgesamt arbeitete ich über zehn Jahre im Vorstand der AG, und mein Schicksal dort stand immer in Verbindung mit Initiativgruppen und Gremien.

R.H.: Ich komme noch einmal auf Dornach zurück. Du hast doch auch lange Zeit in der Sozialwissenschaftlichen Sektion gearbeitet.

L. Bos: Ja. Die Sozialwissenschaftliche Sektion war verwaist, nachdem Witzenmann sie eine Zeitlang erfolglos betreut hatte. Nach ihm übernahm Schmidt-Brabant die Fahne und versammelte um sich einen Menschenkreis, mit dem er die Sektion weiterführen wollte und zu dem auch ich gehörte. Über mehr als 20 Jahre hinweg fand zweimal jährlich ein Treffen statt. Schmidt-Brabant holte sich eine ganze Reihe NPI-Kollegen in das Sektionsgremium: Jack Moens, Coen van Houten, Leo de la Houssage, Cees Zwart, Jean Jaques Sick, Chris Schäfer und mich.

Die Arbeit hatte manchmal etwas von einem Leidensweg, denn es gelang uns nicht, NPI-Qualitäten in die Sektion einfließen zu lassen. Wir plädierten für eine Erneuerung der sozialen Formen: mehr Gruppenarbeit, echte Gesprächskultur, Üben und Auswerten; aber all das war Schmidt-Brabant eher fremd. Er war kein guter Zuhörer und schien nicht an Gesprächen interessiert.

Form kann Freiheit schaffen

Einmal bot man uns das Forum, eine gesamte Sektionssitzung nach NPI-Methoden zu gestalten. Wir begannen also mit ganz einfachen Übungen; mit Sprechen und Zuhören. Wir bildeten kleine Gruppen von drei Menschen. Einer sagte etwas, während der andere nichts tat, als ihm zuzuhören. Dann gab der zweite wieder, was er vom Gesagten behalten hatte, und der erste mußte zuhören. Dann durfte der zweite etwas Eigenes sagen, und der erste sollte zuhören. Daraufhin wiederholte der erste das

Gesagte des Zweiten usw., im ständigen Wechselspiel. Der dritte sollte nichts tun als beobachten. Das war hochinteressant. Im selben Augenblick, als wir mit den Übungen begannen, kam Rudolf Grosse herein, der damalige erste Vorsitzende der Anthroposophischen Gesellschaft. Sonst hatte er sich nie zu einer Sitzung der Sozialwissenschaftlichen Sektion blicken lassen, aber er schien gespürt zu haben, daß diesmal etwas veranstaltet wurde, das Konsequenzen haben könnte: moderne Gruppenarbeit und Gruppendynamik. Verschiedene Menschen wehrten sich zunächst auch energisch gegen die strengen Formen, die wir vorgaben. Im nachhinein kamen aber doch noch einige zu uns und sagten: Es war für uns ein großartiges Erlebnis zu entdecken, daß Form Freiheit schaffen kann! Das empfanden wir als sehr positive Resonanz.

Bisher hatte man freies Geistesleben mehr oder weniger gleichgesetzt mit formlosem Geistesleben. Das alte Prinzip lautete: erst der Vortrag, dann die freie Aussprache. Die sogenannte freie Aussprache bedeutete aber meist nichts anderes, als daß keiner dem anderen zuhörte und jeder sagte, was ihm eben in den Sinn kam.

Regeln verabreden und konsequent anwenden!

Einmal hatte ich während eines Sektionstreffens die Diskussionsleitung. Ich sollte zunächst einen Vortrag halten und anschließend die Gesprächsrunde leiten. Ich sprach also über mein damaliges Forschungsthema: Vertrauen. Die Aussprache wollte ich aber anders gestalten als üblich. Ich begann sie folgendermaßen: „Wir sind hier als Mitglieder einer Sektion der Hochschule für Geisteswissenschaft, deren Aufgabe es ist, Forschung zu betreiben. Ich unterstelle also, daß jeder, der hier sitzt, zumindest mit einem Forschungsthema beschäftigt ist. Deshalb möchte ich die Aussprache so einrichten, daß jeder, der jetzt das Wort ergreift, ganz kurz sagt, mit welchem Forschungsthema er sich augenblicklich beschäftigt, um dann entweder darauf einzugehen, welches Licht das Thema „Vertrauen“ auf seinen Forschungsgegenstand wirft, oder andererseits zu erklären, welches Licht vielleicht seine Forschungsarbeit auf das Thema „Vertrauen“ wirft. Das wäre in meinen Augen ein wirklicher Austausch zwischen Forschern.“

Die Anwesenden willigten ein. Die ersten beiden Sektionsmitglieder, die sich zu Wort meldeten, hielten sich an die Abmachung und nannten ihr Forschungsgebiet. Der eine von ihnen stellte dar, inwiefern das Thema Vertrauen sein Gebiet berührte, der andere gab einen Hinweis darauf, welche Erkenntnisse aus seinem Arbeitsbereich für das Thema „Vertrauen“ bedeutsam sein könnten. Das war sehr bereichernd. Dann kam der dritte, der sofort begann, sachfremd zu reden. Ich unterbrach ihn und fragte: „Einen Augenblick. Was ist denn nun Ihre Forschungsfrage?“ – woraufhin er einfach weiterredete, ohne zu antworten. Ich sagte also: „Verzeihung. Sie haben die Spielregeln doch gehört. Wenn Sie kein Forschungsgebiet nennen können, sind Sie herzlich ausgeladen.“ Mit einem Mal herrschte große Verwirrung, und der Betreffende sagte: „Was denn; geht das jetzt hier so? Darf ich jetzt nichts mehr sagen?“ Da antwortete ich: „Ja, so geht das, denn wir haben uns darauf geeinigt. Die Regeln wurden akzeptiert, also werden sie jetzt auch angewendet." Der nächste, der sich meldete, nannte treu sein Forschungsvorhaben, und auch jeder weitere hielt sich an die Abmachung.

Diese Struktur wirkte sehr positiv. Aber schon auf der nächsten Sektionssitzung war alles wieder beim alten, und man hielt wieder die sogenannte freie Aussprache.

Gesunde soziale Formen ermöglichen spirituelles Leben

Dies Erlebnis macht eine Art Lebensmotiv von mir deutlich: Ich strebte immer danach, gesunde soziale Formen zu erarbeiten, damit spirituelles Leben aufblühen kann. Ob nun in der Organisation, in der Gruppenarbeit oder in der Urteilsbildung: Aus dem Geiste geborene soziale Formen ermöglichen fruchtbares soziales Leben. Das ist mir immer Leitthema geblieben.

R.H.: Gab es in der Sektionsarbeit für Dich Menschen, die Dir trotz der ernüchternden Erfahrungen in Deinem Anliegen näher waren? Gab es Menschen in diesem Kreis, die Weggefährten für Dich waren?

L. Bos: Oh ja, die gab es. Manchmal schmiedeten wir auf dem Korridor Kampfpläne, wie wir Manfred in die Knie zwingen könnten. Aber so recht wollte das nicht gelingen, denn Schmidt-Brabant verhielt sich sehr diplomatisch. Trotzdem gelang es uns einmal, bei einer Sektionssitzung über einen ganzen Nachmittag eine kleinere Gesprächsrunde außerhalb des Plenums zu bilden. Zunächst argumentierte man immer damit, daß es dafür im Goetheanum nicht genügend Raumkapazität gebe; aber das war natürlich eine Ausrede, denn es gab Raum genug. Die Angst vor der Gruppenarbeit bestand vor allem in der Furcht, ein Teil des Tagungsprozesses könne sich dem Blick der Leitung entziehen. Im großen Plenum konnte man jederzeit eingreifen und alles unter Kontrolle behalten. Im Grunde war es die Furcht vor Erneuerung; denn wenn Menschen in kleinen Gruppen wirklich miteinander ins Gespräch kommen, entsteht daraus immer etwas völlig Neues.

R.H.: Worauf führst Du es zurück, daß in der Sozialwissenschaftlichen Sektion zwar zu sozialen Themen geforscht wurde, die Ergebnisse aber nicht auf das eigene Vorgehen angewendet wurden?

L. Bos: Einerseits liegt der Grund in der einseitigen Orientierung an Inhalten, also in der Einseitigkeit. Wer so orientiert ist, interessiert sich nun einmal nicht dafür, wie Ergebnisse erzielt werden, wie sie entstehen und was zwischen den Menschen geschieht.

Eine andere Ursache sehe ich in der Tatsache, daß man immer bemüht ist, sich selbst auszuklammern. Sobald sich der Fokus auf einen selbst richtet, wird es bedrohlich. Das Prinzip „Practice what you preach" jagt vielen Menschen Furcht ein, im Sinne von: Jetzt soll ich auch noch selbst tun, was ich predige? – Wichtig sind solchen Menschen in erster Linie die klaren Gedanken, aber die Frage, wie sich solche Gedanken in die Tat umsetzen oder anwenden lassen, verschieben sie auf später. Schizophrenie ist vielleicht ein hartes Wort für diese Haltung, aber mit einem etwas gespaltenen Bewußtsein hat es wohl zu tun.

Was tut die Anthroposophie mit mir?

R.H.: Hast Du den Eindruck, daß sich daran bei der jüngeren Generation – besonders im Hinblick auf Anthroposophie – etwas ändert?

L. Bos: Ja, im Hinblick auf die jungen Menschen bin ich wirklich optimistisch. Mir fällt auf, daß sie ein starkes Gespür für Authentizität haben. Zu allem, was man ihnen erklärt, haben sie die innerliche Frage: Hast Du das erlebt oder sprichst Du nur nach, was der Doktor einmal gesagt hat? Hast Du diese Dinge wirklich getan, oder hast Du sie nur gedacht? – In diesen Fragen sind die jungen Menschen hochsensibel, und sie legen Konsequenz an den Tag, wenn es darum geht, selbst Dinge durchs Tun zu erfahren. Sie wollen nicht mehr an Inhalt aufnehmen, als sie auch in die Tat umsetzen können.

Was ich andererseits vermisse, ist, daß Menschen wirklich die Anthroposophie in sich aufnehmen. Ich muß dazu kurz drei Aufsätze von Rudolf Steiner aus dem Jahre 1905/06 erwähnen, die unter dem Titel „Anthroposophie und die soziale Frage" erschienen sind. Diese Aufsätze sind eine wahre Fundgrube. Wir haben im NPI über viele Jahre hinweg an ihnen gearbeitet. Im ersten Aufsatz läßt Rudolf Steiner einen imaginären Gegner etwas sagen, wie: Mit Anthroposophie kann man doch nichts anfangen, denn dort dreht sich ja alles um Dinge wie Saturn, Sonne, Mond, Bodhisatvas, geistige Wesen, alte Mysterien und dergleichen. Was soll man denn damit in der Welt tun? – Und Rudolf Steiner antwortet darauf etwas wie: Die Frage ist falsch gestellt. Man sollte nicht fragen, was kann ich mit der Anthroposophie tun, sondern: Was tut die Anthroposophie mit mir? Daran kann man entdecken, daß die Anthroposophie eine Wandlungskraft ist. Mein Denken, Fühlen und Wollen wird durch sie verwandelt, und dann geht sie durch mich hindurch und wird ungeheuer praktisch.

Anthroposophie muß den Umweg über das Ich nehmen

Ich denke jedoch, daß man dies nicht im Sinne einer angewandten Wissenschaft sehen darf, bei der Inhalte in einer Art Kurzschluß sofort in die Tat umgesetzt werden, sondern die Anthroposophie muß wirklich den Umweg über das Ich nehmen. Manchmal beobachte ich, daß Menschen, nachdem sie einen spirituellen Inhalt gehört haben, sofort fragen: „Was kann man damit tun?" – Junge Leute sind sehr tatkräftig; sie lesen ein bißchen Anthroposophie und wollen dann sofort in die Tat. Ich glaube aber, es geht nur über dieses Hineinnehmen und Verwandeln, denn erst durch die Verwandlung dringt der Inhalt authentisch nach außen und wird dann praktisch. In dieser Hinsicht bin ich also etwas weniger optimistisch. Ich fürchte, viele junge Menschen haben nicht die Geduld, die Anthroposophie in Ruhe in sich aufzunehmen und dort wirken zu lassen.

R.H.: Mußtest Du, als Du die Klassenstunden mit 42 Jahren übernommen hast, neue Fähigkeiten entwickeln? Mußtest Du an bestimmten Inhalten esoterisch anders arbeiten als zuvor?

L. Bos: Durch das Klassenlesen geriet ich in einen Seelenbereich, in dem ich ständig das Gefühl hatte, nicht zu genügen. Es bedeutet einen großen Schritt, die Dinge wirklich wesenhaft zu nehmen; und diesen Schritt fordert die Klassenarbeit. Strenggenommen geht es in der Klasse nicht um neue Inhalte. Es geht um Denken, Fühlen und Wollen, die vier Elemente, Ahriman und Luzifer – also um Inhalte, die einem gedanklich vertraut sind. Man muß diese Inhalte nun aber viel tiefer verinnerlichen. Spirituell gesehen könnte man auch sagen: Man muß sie veräußerlichen, denn man muß sie jetzt wesenhaft nehmen, und das bedeutet ein Ringen. Ich begann, die Klassenstunden zu lesen, und wagte später sogar – ermutigt durch Lievegoed –, sie frei zu halten. Dabei mußte ich mir immer die Gewissensfrage stellen: Sprichst Du von dem, wovon Du sprichst, wirklich als von einem Erlebnis? Andererseits fühlte ich mich gestärkt durch Äußerungen Rudolf Steiners, der sagt, daß man die Mantren auf allen möglichen Stufen erleben kann. Die höchste Stufe ist, daß man wirklich den Hüter sprechen hört und daß einem wirklich ein Engelwesen etwas zuruft.

Der Hüter der Schwelle – wenn Gedanken zu Wesen werden

Wenn gedankliche Inhalte buchstäblich wesentlich werden, verläßt man mit seinem Bewußtsein die Welt der sinnesorientierten Gedanken und betritt die Welt des geistig Wesenhaften. Zwischen beiden Welten liegt aber ein Abgrund, eine Schwelle, die einen daran hindert und davor bewahrt, die Geistwelt unvorbereitet zu betreten, da man die dortigen Erfahrungen nicht aushalten würde. An dieser Schwelle steht ein Wächterwesen, eine Art Hüter, der einem aufzeigt, was man noch zu entwickeln hat, um über den Abgrund übersetzen zu können. Er gibt einem aber auch Hinweise, wie eine solche Entwicklung sich vollziehen könnte. In Kürze ist das der esoterische Weg der Klasse. Dabei können reale Begegnungen mit hierarchischen Wesen stattfinden, z.B. mit Engelwesen, die die unterste Wesenskategorie einer ganzen hierarchischen Abstufung bilden.

R.H.: Es gibt ja Menschen, die über ihr persönliches Schicksal an die Schwelle geraten, indem sie sich in Krisensituationen vor Fragen gestellt sehen, die ihnen von jenseits der Schwelle gestellt werden. Wie kann ein Mensch den Weg an die Schwelle gehen, der ein so harmonisches und von Kontinuität gekennzeichnetes Leben lebt wie Du? Wie kommst Du zu Grenzerfahrungen, wenn Du nicht die „Gunst" der Krise hast?

L. Bos: Manchmal war ich ein wenig neidisch auf Menschen, die eine Krise „geschenkt bekamen". Ich kann nur sagen, daß es außergewöhnliche Bewußtseinsanstrengung bedeutet, die Realität der Schwelle zu erleben. Diese Bewußtseinsarbeit ist immer wieder neu zu leisten.

Schwellenerlebnisse

R.H.: Ist es nicht mehr als erhöhte Bewußtseinsfähigkeit, was Dich an die Schwelle treten läßt? Kann es sein, daß auch Dein unbedingter Wille zur Wahrheit Dich an Schwellenerlebnisse führt?

L. Bos: Das mag stimmen. Daß ich mich so stark an der Wahrheit orientiere, ermöglicht mir, die Schwelle zu erleben. Aber es bedarf sehr großer Wachheit, um im gegebenen Augenblick innerlich festzuhalten: Dieser Moment hatte Schwellenqualität.

Rudolf Steiner spricht mehrfach davon, daß die Menschen wesentlich mehr Schwellenerlebnisse haben, als ihnen bewußt wird, denn man macht sich oft eine falsche Vorstellung davon, was ein Schwellenerlebnis überhaupt ist. Auf mich trifft das also vielleicht auch zu.

R.H.: Ein solcher Zugang zur Schwelle ist nicht unbedingt weniger dramatisch; er verursacht nur eben weniger Tumult!

L. Bos: Im letzten Kapitel meiner Doktorarbeit beschreibe ich unter der Überschrift „Promotion als Biographie" ein Schwellenerlebnis. Ich berichte darin von meiner Auseinandersetzung mit qualitativ leblosen sogenannten Problemsolving- und Decisionmaking-Modellen. Diese Phasenmodelle schienen mir immer zu mechanisch, sie wirkten auf mich tot. Auch das Abhören von Tonbändern, das damals zu meiner Arbeit gehörte, erlebte ich so: mechanische Menschenstimmen ohne lebendige Gesichter, Abziehbilder einer sozialen Wirklichkeit. Diese toten Modelle in Verbindung mit diesen mechanischen Tonbandaufnahmen vermittelten mir das Erlebnis, mit meiner Arbeit durch einen Todesprozeß hindurchgegangen zu sein, an dessen Ende die lebendige Lemniskate der Dynamischen Urteilsbildung gewissermaßen als Frucht entstehen konnte.

„Vielleicht hat die Leber Probleme mit Ihnen!"

R.H.: Hast Du in Deiner Biographie immer wieder zwischen Anthroposophen und der Anthroposophie unterscheiden müssen?

L. Bos: Ja, ich erlebte immer wieder Enttäuschungen, und um meinen Glauben an die Anthroposophie aufrechtzuerhalten, mußte ich innerlich diesen Unterschied machen. Aber ich darf natürlich nicht vergessen, daß auch ich selbst Anthroposoph bin, auf den andere blicken und über den sie sich ihr Urteil bilden: „Sieh mal, wie der sich benimmt! Was soll das denn mit Anthroposophie zu tun haben?" Es gehört zum ständigen Ringen dazu, sich immer auch selbst im Auge zu behalten.

Dr. Leendert Mees, ein anthroposophischer Arzt aus der Pionierzeit der medizinischen Bewegung in Holland, erzählte einmal von einer Patientin, die zu ihm in die Sprechstunde kam. Er fragte sie: „Gnädige Frau, was kann ich für Sie tun?" Sie sagte: „Herr Doktor, ich habe Probleme mit meiner Leber." Dr. Mees betrachtete sie eine Weile und sagte dann: „Gnädige Frau, es könnte sein, daß Ihre Leber Probleme mit Ihnen hat." In dieser Umkehrung liegt eine ganze Welt, denn die Dame hatte sich mit ihrer Leber nicht identifiziert. Sie dachte: Mache medikamentös etwas für mich, setze notfalls eine neue Leber ein, wie auch immer, aber bitte laß mich außen vor.

In Irland kam der Durchbruch

R.H.: Hast Du einen Eindruck davon, in welcher Mysterienströmung Du in einer früheren Inkarnation verkörpert warst? Ist das für Dich überhaupt eine relevante Frage?

L. Bos: Ich sehe da hauptsächlich zwei Richtungen, die sich vielleicht nur scheinbar widersprechen. Einerseits sehe ich eine Beziehung zu Hibernia.

Die meisten Mysterienstätten waren zur Zeit um Christi Geburt dekadent geworden. Die hibernischen Mysterienstätten in Irland hingegen waren sogar noch nach der Zeitenwende voller Leben. Dort lebte ein letzter Rest der versunkenen Atlantiskultur: Man pflegte ein Bewußtsein in der Welt des Ätherisch-Prozeßhaften. Was man sich dort erübte, fand direkte Fortsetzung im Strom des esoterischen Christentums. Wenn ich mir bildhaft vor Augen führe, über welchen Erkenntnisweg und auf welchen Entscheidungswegen die Dynamische Urteilsbildung entstand, und wenn ich mir gleichzeitig innerlich ein Bild von der hibernischen Einweihung mache, in der die beiden Säulen Wissenschaft und Kunst, Männliches und Weibliches, Vergangenheit und Zukunft eine tragende Rolle spielten, so scheint mir das sehr vertraut. Im letzten Kapitel meiner Doktorarbeit beschreibe ich, daß ich während eines Irlandaufenthaltes den Durchbruch zu diesem „Modell“ der Dynamischen Urteilsbildung fand. Ich war dort im Urlaub und betrachtete viele keltische Sonnenkreuze, bei denen das Todesbild eingerahmt oder von einem Sonnenkreis umgeben ist, wodurch vier Felder entstehen. Diese keltische Symbolik war für mich urbildhaft.

...und steckte meine Uhr wieder ein

Andererseits fühle ich mich mit dem Dominikanerorden verbunden, in dem man sehr streng und geformt im Denken vorging. Diese Denkschulung und das missionarisch Prägende sind mir auch nicht fremd. Ich mag es, wenn vor mir Schüler sitzen, denen ich einen stark durchgeformten Vortrag halte. Ein NPI-Kollege beschrieb seinen ersten Eindruck von mir: Ich stand hinter dem Pult, holte meine Taschenuhr heraus, legte sie auf dem Pult ab, begann zu reden, hörte exakt nach einer halben Stunde auf und steckte meine Uhr wieder ein. Er sagte, man könne den gesamten Vortrag wie ein Bauwerk nachdenken. Von dieser Formkraft und von dem Scholastischen bin ich im Denken sehr geprägt. Die Scholastik war ja die hohe Blüte der Verstandesschulung und lebte als Geistesströmung hauptsächlich vom 12. bis zum 14. Jahrhundert in Frankreich. Dort schliff man in unglaublicher Klarheit und Präzision die Begriffe, um in theologischen Debatten damit die Thesen des Opponenten zu untergraben. Diese Bewegung ebnete den Weg für die bald danach aufkeimende moderne Naturwissenschaft. Es könnte aber auch sein, daß sich gerade in dieser Zeit eine Templerinkarnation abgespielt hat; aber da bin ich unsicher.

Und dann vermute ich, daß ich mich irgendwann einmal mit den Arabern auseinanderzusetzen hatte. Außerdem verspüre ich eine tiefe innere Abneigung gegen das römisch-katholische Machtstreben mit dem Unfehlbarkeitsanspruch des Papstes an der Spitze, dem es gelang, die irischen Mönche auszurotten.

Dies beschreibt also meine Ahnungen von den karmischen Beziehungen, die mich vielleicht prägten.

Bernhard von Clairvaux – Darstellung von Alfred Wesley Wishart, 1900

R.H.: Mit welchen Strömungen hast Du es besonders schwer und mit welchen besonders leicht?

L. Bos: Mit der Haltung der Franziskaner hatte ich es nie leicht. Das ist mir zuviel „Software“ und bleibt mir seelisch fremd.

Die einen beten, die anderen arbeiten

R.H.: Sind Dir die Benediktiner näher?

L. Bos: Ja, wenn man überhaupt von Nähe sprechen kann. Vor drei Tagen war ich auf Schloß Eberbach in Wiesbaden, dem ersten rechtsrheinischen Zisterzienserkloster, das noch von Bernhard von Clairvaux mitgegründet wurde. Für mich war ein wenig schockierend, daß ich dort erfuhr, daß das „Ora et labora“ – also das „Bete und arbeite“, von dem ich immer geglaubt hatte, es sei integriert zu verstehen; also etwa: Mönch, bete und arbeite! – zwei für sich alleinstehende Kulturen waren. Die Mönche beteten sehr viel und schrieben hin und wieder ein Manuskript ab, hielten sich aber zumeist innerhalb der Klostermauern auf. In der Landwirtschaft hingegen arbeiteten die Laienbrüder, die viel weniger in die Gebetsrituale eingebunden waren, als ich geglaubt hatte. Darüber war ich enttäuscht.

Ich fühle mich den Templern sehr verbunden und denke, wer eine anthroposophisch orientierte Bank mitbegründet, muß irgendeine Art von Beziehung zu den Templern haben. Zu diesem Thema habe ich ja auch ein kleines Buch veröffentlicht (Die Templer – Impulse für eine moderne Sozialstruktur. Stuttgart 1982).

Das Soziale nicht nur aus dem Gedanken gestalten

Im Zusammenhang mit anthroposophischen Strömungen muß ich den Achberger Kreis erwähnen, der mir immer sehr fremd war. Unfreundlich ausgedrückt würde ich sagen: Dieser Kreis vertrat eine Art anthroposophischen Bolschewismus. Rudolf Steiner sprach ja oft sehr begeistert von Fichte, von dem er sagte, er habe das Denken so gestärkt, daß er das Ich als Geistwesen denken konnte. Steiner rechnete ihm das hoch an, und er sprach sehr positiv von ihm. Als dann 1917 in Rußland die Revolution vonstatten ging, sagte Steiner in einem Nebensatz: „Ja, liebe Freunde, es dürfte klar sein, daß Fichte ein Bolschewist war", was die lieben Mitglieder natürlich schockierte. Er wollte damit ausdrücken, daß man in dem Versuch, die Gesellschaft aus dem reinen Gedanken heraus umzugestalten, zum Bolschewisten wird.

Das Soziale läßt sich aber nicht aus dem reinen Gedanken heraus gestalten, denn es muß beweglich aus der Situation heraus, aus sozialer Intuition und aus Menschenliebe gestaltet werden. Die Achberger erweckten immer den Eindruck, sie wollten zunächst einmal die Dreigliederung als perfekte Gesamtstruktur denken und dieses komplexe Gebilde dann genau so in die Wirklichkeit einführen. Sie machten den NPI-Mitarbeitern immer zum Vorwurf, sie würden sich mit dem „Gegner", also den Kapitalisten und Technokraten, anfreunden. Sie sagten: „Ihr betreibt Verrat am sozialen Impuls der Anthroposophie, indem Ihr Euch dem korrumpierten Wirtschaftsleben zuwendet und zu IBM, Ford und Philips geht!" Ich sage aber, daß wir in dieser Hinsicht gewissermaßen manichäisch handeln, denn wir wollen das „Böse" gut lieben und von innen heraus verwandeln, nicht von oben herab bekämpfen.

R.H.: Welche anthroposophischen Motive waren in Deinem Leben besonders richtungsweisend?

L. Bos: Ein Hauptmotiv bestand für mich immer in dem Gedanken, daß es heute Aufgabe des Menschen ist, das soziale Leben nach einem Menschenbild aus menschenkundlicher Quelle ganz neu zu gestalten.

In der Evolution sind wir zunächst Objekt, indem die Götter Hand an uns legen und uns nach ihrem Bild erschaffen. Irgendwann tritt aber der Moment ein, in dem der Mensch so viel Hilfe von den Göttern bekommen hat, daß nun er ihre Rolle übernehmen muß, indem er selbst der Schaffende wird. Er muß sich genug Menschenerkenntnis erwerben, um aus ihr heraus sozial gestalterisch aktiv werden zu können. Das ist ein Leitmotiv für mich. Der Begriff Menschenerkenntnis umfaßt sehr viel: Das Bild des dreigliedrigen Menschen durchdringt alle Bereiche, aber auch der viergliedrige Mensch, die sieben Lebensprozesse, die zwölf Weltanschauungen und vieles mehr sind grundlegend wichtig; all das muß menschenkundlich aufgedeckt werden und kann Quelle werden, um sozialgestalterisch zu wirken.

Die Empfindungsseele: das Staunen

Außerdem beschäftige ich mich schon seit 30 Jahren immer wieder mit der Frage nach den drei Tugenden der Seelenglieder. Rudolf Steiner behandelt dieses Thema nur kurz, und zwar über einen Zeitraum von drei bis vier Monaten im Jahre 1912. Er beschreibt, daß die Empfindungsseele, die Verstandes- oder Gemütsseele sowie die Bewußtseinsseele jeweils ihre eigene Tugend, einen eigenen moralischen Kern, in sich tragen. Die Empfindungsseele hat als Tugend das Staunen.

Steiner erläutert dazu, daß die Empfindungsseele der verwandelte Astralleib ist, daß sie aus der verwandelnden Tätigkeit des Ich im Seelenleib hervorgegangen ist. Der Mensch hält sich vor seiner Geburt in einer Welt auf, die Heimatgebiet der Urbilder ist; eine Welt der Urbilder von allem, was der Mensch später im physischen Leben finden wird. Jeder Mensch erlebt also vor seiner Geburt in dieser astralischen Welt z.B. das Urbild eines Eichbaums, das ihm dort wesenhaft begegnet. Jetzt wird er geboren und nimmt in seinem Erdenleben durch seinen Empfindungsleib und die Empfindungsseele den physischen Eichbaum wahr. In seine Seele tritt Staunen: „Ich kenne Dich! Aber Du siehst hier so anders aus! Was ist mit Dir?" Staunen ist also eigentlich ein Wiedererkennen und Sich-darüber-Wundern, daß die Dinge hier so anders geartet sind. Plato sagt: Keine Wissenschaft ohne Staunen. Wer staunt, macht sich auf den Weg, das Urbild hinter der Wahrnehmung zu suchen. Vielleicht gelangt man nicht weiter als bis zur Theorie – aber das Staunen steht immer am Anfang.

Die Verstandes- oder Gemütsseele: das Mitleid

Die Verstandes- und Gemütsseele hat als Tugend das Mitleid. Indem wir alle leiblich inkarniert sind, leben wir sozusagen in unserem Leib wie in einem Gefängnis. Unser eigentliches Wesen ist viel größer, als dieses Gefängnis zu erleben ermöglicht. Inkarniertsein heißt also Leiden. Hier ist Buddha eine Leitfigur, der der große Meister des Leidens und Mitleidens war und ist. Wir können also dieses Leid unserer Mitmenschen mitleiden. Der moderne Ausdruck für diese seelische Aktivität ist Empathie.

Die Bewußtseinsseele: das Gewissen

Die Tugend der Bewußtseinsseele ist das Gewissen, das man auch Verantwortung nennen könnte. Steiner weist darauf hin, daß man fast bis in die exakte Jahreszahl hinein festlegen kann, wann und wo in der Menschheitsgeschichte diese Seelenqualität zum ersten Mal in Erscheinung tritt. Aischylos verfaßte ein Drama über Orest, das er damit einleitet, daß Orests Vater Agamemnon im Trojanischen Krieg ist; unterdessen liebt seine Frau Klytämnestra einen anderen Mann. Agamemnon kehrt unerwartet zurück, und Klytämnestra ermordet ihn. Orest wiederum rächt seinen Vater, indem er seine Mutter tötet. Nachdem er dies getan hat, plagen ihn von außen die Rachegöttinnen, die Erynnien; sie verfolgen und bedrängen ihn.

60 Jahre später schreibt Euripides ein Drama zum gleichen Thema. Wieder geht es um Orest, der seine Mutter ermordet, aber nun erwacht in ihm von innen die Stimme des Gewissens; er plagt sich nun selbst. Innerhalb weniger Jahrzehnte hat sich die

Frage also grundlegend geändert. Eine innere Kraft ist geboren, die nun auch einen eigenen Namen bekommt: Syneidesis. Das ist ein neues Wort, das es vorher nicht gab, nämlich Gewissen.

Die Frage nach der Selbstlosigkeit

Steiner beschreibt die drei Tugenden Staunen, Mitleid und Gewissen als Anknüpfungspunkte für die Selbstlosigkeit. Sie wurden in dem Augenblick als Keime in die Seele gelegt, als diese begann, zu verhärten und immer egoistischer zu werden. Diese Egoismen mußte sie entwickeln, um immer mehr Selbstbewußtsein, Autonomie und Emanzipation zu erreichen.

Jetzt, da die sozialen Fragen die allervordringlichsten sind, stellt sich die Frage: Wo in der Seele können wir noch anknüpfen an etwas Selbstloses? Wenn man die drei Tugenden unter diesem Gesichtspunkt prüft, stellt man fest: Staunen ist eine selbstlose Aktivität, denn man geht im Phänomen auf, ohne Sensationsbedürfnis oder Egoismus. Goethe sagt: „Phänomen, sprich dich aus!" Wer Mitleid empfindet, ist ebenso ganz aktiv selbstlos, denn er hält sich seelisch beim anderen Menschen auf. Die Bewußtseinsseele greift handelnd in die Welt ein, und die Tugend des Gewissens bedeutet, daß derjenige, der handelt, gleichzeitig mit den Folgen seiner Taten verbunden bleiben will; auch das ist selbstlos. Alle drei Tugenden bieten uns also Antwort auf die aktuelle Frage nach Selbstlosigkeit.

Steiner sagt auch, daß jede Tat, die aus wirklichem Staunen geschieht, gestaltend zum freien Geistesleben beiträgt. Taten aus Staunen sind also eine Quelle für freie Heilkunst, freie Pädagogik und freie Kunst.

Weiter entwickelt er, daß alle Taten, die aus Mitleid motiviert sind, ein wahrhaft gerechtes Rechtsleben schaffen, in dem jeder zu seinem Recht gelangt.

Christus lebt in jeder Seele

Alle echten Gewissenstaten, also alles Handeln aus Verantwortung für die Folgen des eigenen Tuns, bilden aber die Grundlage für ein brüderliches Wirtschaftsleben. Schließlich geht Steiner so weit zu sagen, daß Christus nicht nur auf die Erde kam, um durch Tod und Auferstehung zu gehen, sondern auch, um Menschheitsgeist zu werden. Christus ist heute in jeder Seele aufzufinden und wird sozusagen zum höheren Ich jedes einzelnen Menschen. Um Menschheitsgeist zu werden, braucht er aber im Sozialen einen Astralleib, in dem er wirken kann. Er braucht im Sozialen aber genauso einen Ätherleib, und er braucht einen physischen Leib.

Alle Taten aus Staunen, die ein freies Geistesleben schaffen, bilden – okkult gesprochen – einen Astralleib für den Christus als Menschheitsgeist. Alle Mitleidstaten, die ein gerechtes Rechtsleben schaffen, sind ein Ätherleib für den Christus; und die Gewissenstaten, die ein brüderliches Wirtschaftsleben schaffen, sind ein physischer Leib für den Christus als Menschheitsgeist.

> *Durch Staunen über Erkenntnis zum freien Geistesleben;*
> *durch Mitleid über Beziehung zum gerechten Rechtsleben;*
> *durch Gewissen über Entscheidung zum brüderlichen Wirtschaftsleben*

Das bedeutet für mich eine atemberaubende esoterische Perspektive, die ich hier nur kurz berührt habe, die aber für mein Leben als Leitmotiv wirksam ist.

Ich greife diese Aspekte auch in der Dynamischen Urteilsbildung im Hinblick auf Erkenntnisweg, Beziehungsweg und Entscheidungsweg auf. Hinter jedem Erkenntnisweg steckt das Staunen, denn jede Frage stellt sich aus Staunen. Hinter dem Beziehungsweg, der von dem handelt, was zwischen Menschen geschieht, die miteinander sprechen, steckt eine Mitleidsfrage: Was habe ich mit dir zu tun? Und hinter dem Entscheidungsweg steckt natürlich die Gewissensfrage, die Tugend der Verantwortung.

Das NPI wurde anfangs geächtet

D.L.: Gab es in der Auseinandersetzung mit der Anthroposophie in Deinem Leben Brüche und Turbulenzen?

L. Bos: In der direkten Auseinandersetzung mit anthroposophischen Inhalten gab es bei mir keine Brüche; eher das Gegenteil war der Fall, denn ich blieb an gewissen Fragestellungen kontinuierlich dran und bearbeitete sie immer wieder neu. Einer der Vortragszyklen Steiners, mit dem ich immer wieder umging, ist z.B. der „Nationalökonomische Kurs“. Er behandelt ganz zeitgemäße und praxisnahe Themen wie Ware, Kapital und Arbeit; gleichzeitig ist er inhaltlich jedoch auch sehr esoterisch. Auch die schon erwähnten drei Tugenden beschäftigten mich immer wieder als Forschungsthema. Den Grundsteinspruch entdeckte ich – eigentlich recht spät – in den 60er Jahren und fand heraus, daß er wirklich ein Grundstein für eine sich erneuernde Gesellschaft ist; insofern ist es nur folgerichtig, daß ich ihn fortan bis heute meditiere. Auch der Frage nach den Mysterienströmungen, die durch Bernard Lievegoed in mein Leben trat, blieb ich treu. Er beleuchtete das soziale Leben als Turbulenz der aufeinanderprallenden Mysterienströmungen, die miteinander auskommen müssen und die laut Lievegoed in einen neues Mysterium münden, das durch die Weihnachtstagung inauguriert wurde.

Als Turbulenz erlebte ich allerdings die wiederholten Angriffe der anthroposophischen Szene gegen Bernard Lievegoed und das NPI. Die scharfen Urteile und Angriffe hielten ihn nicht davon ab, zu tun, was er für richtig hielt – aber sie taten ihm sehr

Lex Bos und das NPI

weh. Er ging dennoch seinen Weg, und das NPI wurde anfangs geächtet und stand etwas isoliert in der anthroposophischen Landschaft.

Nach einigen Jahren kamen über die Hintertür die ersten zögerlichen Anfragen von anthroposophischen Einrichtungen, die um Beratung baten, weil die sozialen Probleme immer gravierender wurden. Nun brauchten sie eben doch Hilfe, und dann schon am ehesten von einer „befreundeten“ Instanz. Es kam jedoch einer Art Kapitulation gleich.

Man warf uns immer wieder vor, mit Ahriman zu paktieren. Ich erinnere mich an eine Zusammenkunft mit den Freunden des Arlesheimer Kreises in Den Haag, wo wir zu Gruppenarbeit, Wahrnehmung und Auswertung arbeiteten und für das Demonstrationsmaterial Tonbandgeräte einsetzten. Das und die Tatsache, daß wir mitprotokollierten, wurde enorm scharf attackiert: „Ich habe gesehen, daß Ahriman mitschreibt!“ oder ähnliches konnte man dort hören. Nun, das war wirklich turbulent.

D.L.: Andere Menschen, die ähnliches erleben wie Du, würden vieles, was Du gar nicht erwähnst, entschieden als turbulent schildern. Bilanzierst Du Erfahrungen anders als andere Menschen?

L. Bos: Das könnte an meinem Temperament liegen, denn ich lebe im Grunde genommen in sonnigen Szenarien. Wenn die Dinge sich anders entwickeln, dann bewege ich mich eben mit. Das gehört zum sanguinischen Temperament dazu. Was andere als Dramatik und Turbulenz erleben, ist für mich oft ganz einfach Bewegung.

D.L.: Erlebst Du das dann als musikalische Bewegung?

L. Bos: Ja, es geht in diese Richtung. Das zweite Thema beginnt und kontrastiert eben ein wenig zum ersten; es bringt neue Bewegung hinein. Und ich bewege mich gewissermaßen musikalisch mit.

D.L.: Hast Du Dich im Laufe Deines Lebens ernsthaft mit anderen spirituellen Strömungen auseinandergesetzt?

L. Bos: Dazu kann ich ganz knapp mit Nein antworten. Die einzige Ausnahme bildet die New Age-Bewegung, mit der ich mich in einer kleinen Schrift auseinandersetzte, die den Titel „Anthroposophie, Mystik und New Age“ (Dornach 1996) trägt. Dazu hatte ich mich intensiv mit F. Capra und der New Age-Bewegung beschäftigt. Ansonsten bin ich nie tiefer in andere Strömungen vorgedrungen; ich nahm sie eher von außen wahr.

Wandlungen durch die Anthroposophie

R.H.: Erlebst Du die Anthroposophie als so universell und umfassend, daß es keiner weiteren Inspirationen bedarf?

L. Bos: Ja, denn ich verspüre einfach kein Bedürfnis danach, Bereiche halbfertig und zerstückelt beschrieben zu finden, die bei Rudolf Steiner viel umfassender und in weiter Perspektive dargestellt sind. Seine Darstellungen genügen mir. Anthroposophie ist enorm reich und nährend. Wenn mir hin und wieder auf Seminaren Menschen begegneten, die aus anderen Quellen schöpften, erschien mir manches recht interessant, und ich dachte, ich müsse das zur Kenntnis nehmen; aber letztlich genügte mir vollauf, mich mit der Anthroposophie zu beschäftigen.

D.L.: Was verdankst Du in Deinem Lebensentwurf ganz konkret der Anthroposophie? Was hat sie vielleicht auch verhindert, wovor hat sie Dich bewahrt?

L. Bos: Ich verdanke ihr Sinngebung, Lebenskraft, Weltverbindung und seelische Gesundheit.

Es gibt jedoch auch etwas, das die Anthroposophie bei mir verhinderte; und das gibt mir immer wieder zu denken. Vielleicht könnte man es folgendermaßen umschreiben: Ich bin ein seelisch offener Mensch, der geistig geschlossen ist. Meine gesamte mit Anthroposophie reich angefüllte Innenwelt dringt oft nicht nach außen, sondern steht manchmal sogar als eine Art Wand zwischen mir und den anderen. Ich erlebte das im Umgang mit Studenten, mit meinem Doktorvater, aber auch mit Kollegen. Meine Frau sagt oft zu mir, ich sei ein „gesloten pot“, also ein fest verschlossener Topf. „Du hast ein so reiches Innenleben, und du läßt es nicht nach außen dringen“, sagt sie dann.

Ein „gesloten pot“

Mein Interesse an anderen Menschen ist groß, und ich kann ihre seelischen Bewegungen mitvollziehen, aber gleichzeitig habe ich eben diese geistige Geschlossenheit.

Das mag damit zusammenhängen, daß die anthroposophischen Wahrheiten so groß und umfassend sind, daß ich Scheu empfinde, über sie zu sprechen. Man spürt eben oft, daß man diese Wahrheiten nur unfertig und bruchstückhaft wiedergibt. Meist muß es eine ganze Weile in einem reifen, bevor man wirklich darüber sprechen kann.

Andererseits bekomme ich immer wieder zu hören, ich sei in der Lage, über die Sprache große spirituelle Wahrheiten ganz einfach und verständlich darzustellen; auch in meinen Büchern. Selbst wenn das so sein sollte, so verhinderte die Anthroposophie in meinem Leben doch immer wieder eine bestimmte Kommunikation mit bestimmten Individuen und Menschengruppen. Der große innere Reichtum stellte sich sozusagen blockierend dazwischen, denn ich konnte nicht mehr so naiv und ungezwungen mitplaudern.

R.H.: Das muß ja nicht mit Arroganz einhergehen. Jeder hat seine Meinung, jeder seinen Standpunkt – das ist aber nur interessant bei jungen Menschen, weil sie sich mit ihren Meinungen der Welt einpflanzen. Nach der Lebensmitte hat man seinen persönlichen Standpunkt. Wenn der nicht angereichert ist mit Welterfahrung und Selbstverzicht, dann ist das nur Meinungsgestrüpp.

L. Bos: Ich denke schon, daß es eine gewisse Arroganz ist, wenn man auf die Meinung anderer Menschen nicht eingehen will.

R.H.: Ich sehe es eher als Empfindsamkeit, weil es dem anderen Menschen gar nichts bringt, wenn ich auf seine Meinung eingehe, solange er nicht wirklich echte Fragen hat. Oft vertreiben sich die Menschen eben die Zeit mit Reden.

L. Bos: Insofern, als ich eine Ehrfurcht vor dem gesprochenen Wort habe, gebe ich Dir recht. Aber dennoch sehe ich es ein wenig anders als Du; ich denke immer wieder an das, was Rudolf Steiner zu den zwei Wegen zu dem Christus sagte: Den einen der beiden Wege zeichnet es aus, daß man Interesse entwickelt für alles, sei es auch unsinnig dahergeredetes Zeug, denn auch in ihm kann etwas Wertvolles enthalten sein.

R.H.: Aber ich glaube, das setzt auch voraus, daß ich, egal, was der andere sagt, hinter seinem gesprochenen Wort ein Bedürfnis spüren muß, daß er in Kontakt treten *will*. Wenn das der Fall ist, geht man doch wahrscheinlich immer darauf ein.

L. Bos: Ja, das stimmt.

Der dritte Teil Eurer Frage war, wovor mich die Anthroposophie bewahrt hat. Dazu kann ich aber nichts sagen, denn ich werde es erst im Kamaloka erfahren.

D.L.: Ich komme zurück auf die Ehrfurcht vor dem Wort. Was hat das für Dich mit Anthroposophie zu tun?

L. Bos: Die Ehrfurcht, die ich vor dem gesprochenen Wort empfinde, hat für mich mit Wahrheit zu tun. Das Wort ist der Träger der Wahrheit. Sobald man ein feineres Empfinden für Wahrheit entwickelt, muß man sehr vorsichtig mit Worten umgehen.

Eine kurze Geschichte des NPI

von Lex Bos

NPI instituut voor
Organisatieontwikkeling

I. Die vorgeburtliche Phase

Die Entstehung des NPI (Niederländisches Institut für Organisationsentwicklung) wurde durch eine einmalige Konstellation dreier Faktoren möglich:

– die individuelle Biographie eines Pioniers
– das Karma einer Studentengruppe
– die Entwicklung eines Volksgeistes

Dr. Bernard Lievegoed hatte sich als Arzt auf dem Gebiet der Psychiatrie spezialisiert, und zwar besonders auf entwicklungsgestörte Kinder. Die anthroposophische Heilpädagogik gab ihm die Möglichkeit, sein Wissen zu praktizieren. Er gründete in der 30er Jahren das Institut „Zonnehuis". Im Laufe von beinahe zwei Jahrzehnten wuchs das Institut, so daß Anfang der 50er Jahre weit über hundert Kinder betreut wurden und es einen fast ebenso großen Stab von Mitarbeitern gab. Damit hatte Lievegoed einen Schatz an Erfahrungen und Erkenntnissen gesammelt im Hinblick auf Unternehmertum, Management, Organisation, Führung und Kommunikation. Schon kurz nach dem Krieg hatte er ein unbestimmtes Gefühl: Die Heilpädagogik sei nur ein Anlauf, es warteten noch ganz andere Aufgaben auf ihn. Durch diese Grundstimmung war Lievegoed sehr wach für Fragen, die aus der Zukunft kamen. Und solche Fragen kamen dann auch.

Führende Persönlichkeiten aus dem Umkreis der Industrie, Politik und Universität waren schon bald nach dem Krieg zu der Einsicht gekommen: Holland steht vor der Notwendigkeit, einen Entwicklungsschritt von der Agrar- und Handelsgesellschaft zu einer modernen Industriegesellschaft zu machen. Und so wurde ein nationaler Kongreß organisiert, der ein Forum sein sollte, auf dem verschiedene Experten etwas über die Bedingungen und Konsequenzen einer solchen Entwicklung sagen sollten – in politischer, wirtschaftlicher, finanzieller, technischer und planerischer Hinsicht. In dem Vorbereitungsgremium zu diesem Kongreß gab es einen Anthroposophen, Dr. Schukking, der die naive Frage stellte: „Hat diese Entwicklung vielleicht auch eine psychologisch-sozialpädagogische Seite? Was bedeutet sie für die Entwicklung des Menschen?" Das Gremium mußte das bejahen und fragte: „Weißt Du jemanden, der darüber Vernünftiges sagen kann?" – „Ja", sagte unser Freund, „Dr. Lievegoed." Aber niemand hatte von ihm gehört. Als klar wurde, daß es sich um einen Kinderpsychiater aus Zeist handelte, gab es zuerst große Zweifel, ob das der richtige Redner sein könne. Aber unser Freund hat sich für ihn verbürgt, und so wurde er gefragt.

Lievegoed hat auf dem Kongreß über Kulturgeschichte, über Phasen der menschlichen Entwicklung, über Lernprozesse, über neue Führungsaufgaben und Wandlungen in Organisationen gesprochen. Unter den Zuhörern waren einige Unternehmer, die sofort bemerkten: Hier spricht ein Mensch, der Visionen, der Leitbilder hat – der kann uns weiterhelfen. Und so kamen Fragen an Lievegoed, die darauf hinausliefen, den Grundgedanken des Kongresses in einem kleineren Kreise von Unternehmern und Führungskräften aufzugreifen. Es ging jetzt um den Schritt, diese Visionen in die Praxis zu übersetzen. Das war für Lievegoed der Beginn einer neuen Tätigkeit in Form von Vorlesungen, Workshops und Beratungen für Menschen aus der Industrie. Es wurde ihm klar, daß in dieser Richtung seine neue Aufgabe liegen würde. Seine Frau war Ärztin und Heilpädagogin, und so konnte sie das Institut „Zonnehuis" weiterführen.

Dr. Bernard Lievegoed

In den Jahren zwischen dem Kongreß (1949) und der Gründung des NPI (1954) wurde die Tätigkeit von Lievegoed in weiteren Kreisen sichtbar und anerkannt. Er wurde in verschiedene staatliche Kommissionen berufen, und es bildete sich eine Gruppe von Unternehmern und Universitätsdozenten, die das Ziel hatte, einen Lehrstuhl für Lievegoed an einer Universität zu schaffen. Diese Gruppe bemühte sich auch, das Startkapital zur Gründung eines Instituts aufzubringen. Der Lehrstuhl für eine Sonderprofessur wurde an der Wirtschaftshochschule in Rotterdam eingerichtet (später Erasmus-Universität). Lievegoed wollte dort „Soziale Ökologie" lehren. Diese Bezeichnung wurde jedoch nicht genehmigt, der Ausdruck war zu unbekannt. Deshalb nannte er sein Fach „Sozialpädagogik".

Aber woher sollten die Mitarbeiter kommen? Damit erscheint die dritte Komponente in der Konstellation, die die Geburt des NPI möglich machte. In Amsterdam hatte sich kurz nach dem Krieg eine Gruppe von Studenten zusammengefunden, die ein gemeinsames Interesse für Anthroposophie und für soziale Fragen verband. Zu dieser Gruppe gehörte ich. Wir kamen aus verschiedenen Fakultäten und trafen uns wöchentlich. Alle Bücher und Vorträge Rudolf Steiners über soziale Fragen wurden durchgearbeitet, auch viele Bücher aus der sozialwissenschaftlichen Literatur. Es entstand nach einiger Zeit die Frage in der Gruppe: Können wir dasjenige, was wir uns erarbeitet haben, nicht produktiv machen, indem wir etwas Gemeinsames unternehmen? Es wurden die verschiedensten Projekte durchdacht, aber es wurde bald deutlich, daß sie nicht realisierbar waren. Daraus wurde klar, daß wir auf eine echte Frage an uns warten mußten.

In dieser Situation tauchte Bernard Lievegoed auf. Diese Gruppe hatte in ihrem akademischen Hochmut jedoch nicht das Gefühl, daß sie auf die Initiative eines Kinderpsychiaters aus der Provinz gewartet hatte. Und dennoch geschah das Erstaunliche: Im Moment der Institutsgründung sind zwei Mitglieder der Amsterdamer Gruppe sofort eingestiegen und in den nächsten zwei Jahren noch vier weitere. Damit bildeten zwei Drittel dieser Studentengruppe den Kern der Mitarbeiterschaft des NPI für die ersten Jahre. Manche von ihnen blieben bis zum Ende ihrer Berufstätigkeit.

II. Die Kindheit

Das neugegründete Institut sollte nach zwei Jahren aus den eigenen Einnahmen finanziert werden. Aber woher sollten diese Einnahmen kommen? Da half uns wieder der holländische Volksgeist, der am Anfang der ganzen Geschichte stand. Zwei langfristige nationale Projekte machten uns das Leben wirtschaftlich möglich und gaben uns damit die Chance, „to build a body of knowledge and experience". Die zwei Pfeiler, auf denen das Institut in den ersten zehn Jahren ruhte, waren wie Vater und Mutter, die dem Kind seine Entwicklung ermöglichten.

Der erwähnte Schritt in die Industrialisierung hatte zwei wichtige Bedingungen. Die erste bestand darin, daß Hunderte von altmodischen handwerksorientierten Gewerbeschulen umorganisiert werden mußten, um daraus moderne technische Schulen zu machen. In Holland war es damals üblich, daß diese Schulen evangelisch, katholisch oder

NPI 1954–56: 2 Räume in der Gewerbeschule Rotterdam

NPI 1956–63: Im Haus der freien Schule in Zeist

neutral waren. Das NPI bekam den weitaus größten Sektor zugesprochen, nämlich den neutralen Sektor. Durch Jahre hindurch wurden Lehrer in Gruppen umgeschult, die später diese Schulen bei ihrer Umorganisation begleiteten. Wir vom NPI erwarben dadurch einen Schatz an Wissen und Erfahrung auf dem Gebiet der Seminargestaltung, der Gruppenarbeit, der Lernprozesse und der Organisationsentwicklung.

Die zweite Bedingung für den Schritt in die Industrialisierung war die Schaffung eines Management-Training-Centers. Dort sollten Führungskräfte neuen Stils ausgebildet werden. Der holländische Arbeitgeberverband wurde initiativ und beauftragte einen seiner Sekretäre mit dieser Aufgabe. Dieser Sekretär war mit der Aufgabe überfordert und wandte sich darum an Lievegoed mit der Bitte, ihm zu helfen. Das NPI wirkte auf diese Weise über Jahre mit am Aufbau eines nationalen Management-Training-Centers. Mit einer Reihe von Kursen und Seminaren war das NPI dort präsent. Abgesehen von der wirtschaftlichen Bedeutung und der eigenen Entwicklung bedeutete dieses Podium für uns gute Public Relations. Mitarbeiter aus den verschiedensten Unternehmen lernten uns kennen und wandten sich mit der Bitte an uns, bei Führungsfragen, Konfliktlösungen und Organisationsentwicklung zu helfen.

III. Die Erdenreife

Mit der Stütze dieser zwei Säulen konnten wir wachsen, bekannt werden und uns professionalisieren. Und so erreichten wir um 1968 eine Art Erdenreife. Wir hatten ca.

1959: Lex Bos 2. von links, Bernard Lievegoed 4. von links

15 Mitarbeiter, eine breite Palette von Seminaren und eine wachsende Anzahl von Beratungsprojekten. Es entstanden die ersten internationalen Kontakte. In dieser Periode der Erdenreife setzte sich das Wachstum fort, bis wir mehr als 20 Mitarbeiter waren. Die internationalen Kontakte intensivierten sich. Nun zogen wir um in eine geräumige Villa mit einem schönen parkartigen Grundstück. Haus und Grundstück wurden von den Mitarbeitern mit eigenen Mitteln gekauft und dann einer Förderstiftung geschenkt, damit die Eigentumsrechte an dem Kapital neutralisiert, also vor individuellem Zugriff geschützt wurden.

IV. Das Institut wird erwachsen

Anfang der 70er Jahre verließ der Gründer Bernard Lievegoed das NPI. Es erreichte ihn eine neue Frage: Er wurde gebeten, ein Konzept zu entwickeln – und das mit von ihm selbst gewählten Menschen auch zu verwirklichen – für ein breites, ein ganzes Jahr umspannendes Studium Generale als Grundlage für eine darauf aufzubauende Technische Universität. Nachdem sich herausgestellt hatte, daß für ein solches umwälzendes Konzept die Zeit noch nicht reif war, zog sich Lievegoed aus dem Projekt zurück. Er versuchte dann, sein Ideal von Erwachsenenbildung quasi „auf der grünen Wiese" zu realisieren. Daraus wurde die immer noch bestehende und blühende „Vrije Hogeschol" (Freie Hochschule).

Für das NPI bedeutete der Weggang von Lievegoed, daß der „Vater" aus dem Haus ging. Er blieb zwar freier Mitarbeiter, aber wir mußten nun das Institut in Selbstver-

NPI 1963–71: In einem „normalen“ Haus in Zeist

NPI 1971–heute: In einer eigenen Villa in einem schönen Park in Zeist

waltung führen. In dieser Phase mußten einige prinzipielle und strategische Entscheidungen getroffen werden.

Weichenstellungen waren nötig wegen:

- der fortschreitenden Internationalisierung;
- dem Spannungsfeld zwischen Wünschen und Möglichkeiten der internen Ausbildung;
- der zunehmenden Individualisierung der älteren Mitarbeiter hinsichtlich der angewandten Konzepte und Methoden;
- der Erfahrung mit jungen Mitarbeitern, deren Verhältnis zur Anthroposophie und deren geringerer Opferbereitschaft hinsichtlich Arbeitszeitaufwand und Gehalt;
- zunehmender Konkurrenz durch neue Gründungen von Beratungsinstituten, die in ihrer Art das NPI kopierten;
- der Anschaffung von PCs für die Mitarbeiter
- der Auflösung des klassischen „handgestrickten" Sekretariats.

Die Bewältigung dieser Probleme in der Phase der Erwachsenheit hat über die 70er Jahre und bis weit in die 80er Jahre gedauert.

V. Krise im Reifealter

Viele Menschen kommen am Ende ihrer dreißiger und Anfang ihrer vierziger Jahre in eine Midlife crisis. Dies geschah auch mit dem NPI, als es um die 90er Jahre durch die Lebensmitte ging.

Die Krise entstand, weil in relativ kurzer Zeit eine Anzahl langjähriger Mitarbeiter wegen Erreichens des Rentenalters ausschieden. Sie hatten durch mehrere Dekaden hindurch die Identität des Instituts bestimmt und sich mit Lievegoed die Substanz erarbeitet, auf der das Institut ruhte und von der es lebte. Es verließen gewissermaßen einige Jahrhunderte an Erfahrung das Institut. Dadurch entstand eine große Identitätskrise. Wie sollte es weitergehen? Es gab interne Machtkämpfe und gestörte Beziehungen. Einige junge Mitarbeiter verließen das Institut. Es gelang nicht, junge Mitarbeiter für die Arbeit am Institut zu begeistern. An dem Auftragsrückgang wurde deutlich, daß wir zuwenig Neues entwickelt hatten. Das Institut schrumpfte auf eine Größe von nur neun Mitarbeitern. Rote Zahlen drohten. Konnte es trotzdem weitergehen?

VI. Neue SelbstFndung

Die Krise dauerte bis in die erste Hälfte der 90er Jahre. Aber dann hatte die „Restgruppe" sich selbst wieder gefunden. Es fanden interessante neue Menschen ihren Weg zum Institut, die internen Führungsfragen wurden befriedigend gelöst, es wurden neue „Produkte" entwickelt, mit denen wir auf dem Beratungsmarkt Erfolg hatten. Wir entwickelten einen neuen Stil für Public Relations und die Betreuung der Kundenbeziehungen. Auch das Verhältnis zur internationalen Ebene wurde neu belebt. Die Anthroposophie wurde als Quelle der Inspiration neu entdeckt, und diese Quelle wurde auf neue Weise versorgt.

So wird in diesem Jahr (2004) das Institut sein halbes Jahrhundert vollenden und gebührend feiern können.

A. Wirtschaftliche Aspekte

1. Die Kunden

Die ersten Kunden waren Schulen. Der Schulsektor weitete sich ständig aus und umfaßte schließlich fast die gesamte Palette von Ausbildungseinrichtungen. Die Fragen bezogen sich sowohl auf die Didaktik als auch auf die interne Organisation. Später kamen allmählich Fragen aus der Industrie dazu. Das war anfangs beschränkt auf interne Ausbildungsfragen, aber dann immer mehr auch in Richtung Organisationsentwicklung. Später kamen noch Konfliktlösung, Biographiehilfe, Identitätsfindung und Strategieentwicklung dazu.

Die Fragen aus der Industrie kamen aus den verschiedensten Sparten: Metallindustrie, Chemie, Elektronik, Textilindustrie und vieles mehr. Das waren mittelständische Unternehmen, aber auch große Konzerne. In den 70er Jahren kamen dann auch Fragen aus Dienstleistungsunternehmen der Branchen Transport, Versicherung, Bankwesen hinzu; später kamen der Non-profit-Bereich dazu, die sozialen Einrichtungen, Krankenhäuser, die öffentliche Verwaltung (von Gemeinden bis zu Ministerien). Als sich der Kundenkreis derart ausweitete, haben wir schon in den 60er Jahren den Institutsnamen geändert: von „NPI für die Industrie" in „NPI Institut für Organisationsentwicklung".

Wir sind immer auf Fragen von Kunden eingegangen,
– wenn die Frage eine ernsthafte menschliche Komponente hatte;
– der Fragesteller bereit war, selbst aktiv in den Prozeß einzusteigen;
– wir nicht gebeten wurden, Lösungen, die schon vorgedacht waren, auszuführen;
– wir nicht in eine routinemäßige Wiederholung hineingetrieben wurden.

2. Public Relations

Wie haben wir unsere Kunden gefunden? Das geschah hauptsächlich durch persönliche Empfehlungen. Das Management Training Center erwies sich als eine ausgezeichnete Werbung für uns. Manager und andere Führungskräfte konnten uns durch die Seminare kennenlernen. Auch die Tatsache, daß Lievegoed allmählich bekannt wurde, besonders als seine Bücher über Organisationsentwicklung und über Biographie erschienen, hat uns viele Kunden gebracht. Grundsätzlich hat sich Lievegoed immer gegen jede Form von „promotion" und erst recht natürlich gegen aggressive Werbung gewehrt. Er sagte: „Weil wir aus einer spirituellen Quelle schöpfen, sind wir verletzbar." Für Lievegoed waren die mittelalterlichen Rosenkreuzer, die wenig auffielen und so ihre spirituelle Aufgabe im stillen erfüllen konnten, ein Vorbild.

In den 80er Jahren hat das NPI mit Sorgfalt die Beziehungen zu den ehemaligen Kunden gepflegt, durch Information über das Seminarprogramm, Kundentage und regelmäßige Bulletins mit inhaltlichen Beiträgen und Jahresberichten.

3. Finanzen

Als nach zwei Jahren das Startkapital verbraucht war, entstand die Notwendigkeit, eigene Einkommensquellen zu erschließen. Das ist uns gelungen. Das Institut hat sich seit dieser Zeit selbst durch die Gegenleistungen der Kunden getragen. Es wurden sogar Gewinne gemacht, wodurch wir ein eigenes Haus erwerben konnten, das der Förderstiftung geschenkt wurde. Weil wir frei und unabhängig waren, konnten wir unseren Haushalt selbst im Hinblick auf die Kundenseite und die Einkommensseite gestalten.

B. Soziale Aspekte

4. Die interne Organisation

Am Anfang gab es wenig formale Organisationsstrukturen. Es war eine richtige Pioniersituation. Als das NPI in den 60er Jahren ein starkes Wachstum erlebte, bildete Lievegoed eine Beleids-Gruppe (etwa: Führungsgruppe) um sich herum, die mit ihm das Institut steuerte. Als er ausschied, wurde „selfmanagement" (Selbstverwaltung) eine Realität, und die interne Organisation mußte mit viel mehr Bewußtsein gestaltet werden.

Wir entschlossen uns, das Institut durch ein Mandatssystem zu führen. Grundsätzlich gab es drei Mandatsgruppen:

- eine *wirtschaftliche* mit den Aufgabengebieten Kunden, Projekte und Finanzen;
- eine *soziale* mit den Aufgabengebieten interne Verhältnisse, neue Mitarbeiter, Gehälter;
- eine *geistige* mit den Aufgabengebieten Forschung, interne Ausbildung und Entwicklung.

Plenarsitzungen fanden an jedem Samstagvormittag statt. Einmal im Monat tagte das Plenum einen ganzen Tag und einmal im Jahr sogar mehrere Tage lang. Dann wurde die Jahresplanung gemacht. Für die Mandatsträger, die weitgehende Entscheidungsfreiheit hatten, waren diese Plenarsitzungen ein wichtiger Nährboden im Hinblick auf die Wahrnehmung der Gesamtgruppe. In der Plenarsitzung wurden keine Entscheidungen getroffen, mit folgenden vier Ausnahmen:

- bei Änderungen grundsätzlicher Art in der Struktur und den Prozeduren der internen Organisation;
- bei Vertrauensvoten für die Mandatsträger;
- bei der Aufnahme neuer Mitarbeiter;
- bei der Festlegung des Haushalts für das nächste Jahr.

Neue Mitarbeiter wurden in der ersten Zeit von Lievegoed – nach Abstimmung mit einigen Kollegen – aufgenommen. Im Hinblick auf die Anthroposophie fragte er nur nach der grundsätzlichen Bereitschaft, sich positiv dazu zu verhalten. Es stellte sich heraus, daß diejenigen, die zu unserem Hintergrund kein Verhältnis finden konnten, sich letztlich nicht zu Hause fühlten und uns wieder verließen. Das war eine Art von Selbstregulation. Als wir nach dem Weggang von Lievegoed die Selbstverwaltung auf den Weg brachten, wollten wir mehr Bewußtsein für unsere Kriterien schaffen. Wir richteten das so ein, daß jemand, der ein Jahr als Junior mitgearbeitet hatte und sich bewarb, um Senior zu werden – das hieß, um verantwortlicher Mitunternehmer zu werden –, unter drei Fragen betrachtet wurde, die sich die Senioren stellten:

- Kann ich diesen Menschen als Arbeitsgenossen sehen? Das betraf seine Professionalität, seinen Arbeitsstil und sein Verhältnis zu den zu bearbeitenden Problemen.
- Kann ich diesen Menschen als Schicksalsgenossen sehen? Das betraf seinen persönlichen Stil, besondere Unarten, seinen Lebensstil, seine Gehaltsforderungen.
- Kann ich diesen Menschen als Initiativgenossen sehen? Da ging es um die Frage, ob man den Eindruck hatte, mit diesem Menschen zusammen aus der gemeinsamen Quelle der Anthroposophie kreativ sein zu können.

Die Antworten auf die drei Fragen waren von Mitarbeiter zu Mitarbeiter oft sehr verschieden. Von diesen Unterschieden aus entschieden wir aber schließlich im Konsens. Das bedeutete, daß jeder ein Vetorecht hatte!

Der Haushalt bildete sozusagen den Kontrakt, mit dem wir jeweils wieder für ein Jahr als Arbeitsgemeinschaft weiterarbeiten wollten. Zur Vorbereitung mußte jeder einerseits mitteilen, wie viele produktive Stunden zu welchen Stundensätzen er glaubte, im nächsten Jahr arbeiten zu können oder zu wollen. Andererseits mußte auch jeder angeben, was er als Einkommen brauchte, um leben und arbeiten zu können. Die verschiedenen Mandatsgruppen erstellten eine Prognose ihrer voraussichtlichen Unkosten. In der ersten Plenarsitzung, die jeweils im November stattfand, wurde aufgrund dieser Daten eine Übersicht von Einkünften und Ausgaben vorgestellt. Dabei zeigte sich meistens ein Defizit. Wir hatten aber den Grundsatz, daß die Rechnung stimmen sollte. Wir begannen dann ein „Spiel“ mit vier Variablen:

– Stundensätze erhöhen
– mehr produktive Stunden machen
– Gehaltswünsche beschränken
– Unkosten senken.

Die Gespräche darüber fanden im Plenum, in den Mandatsgruppen, in den Familien und als informelle Kollegengespräche statt. Das waren keine leichten Auseinandersetzungen. Da stießen verschiedene Auffassungen über die Identität des Instituts, Familieninteressen und individuelle biographische Intentionen aufeinander. Es war ein dramatischer Übungsweg in sozialer Hygiene, im Zuhören und im Abbauen von Vorurteilen. Aber schließlich hat die Rechnung doch gestimmt, wir hatten wieder eine Basis für ein Jahr Zusammenarbeit.

Als das Institut während der 90er Jahre in eine Krise kam, zeigte sich, daß das Mandatssystem zu wenig kurzfristige Entscheidungskraft hatte. Es folgte eine Periode mit eindeutigerer Hierarchie. Nach überstandener Krise wurde das Mandatssystem wieder eingerichtet, aber in deutlich modifizierter Form.

5. Die ausländischen Beziehungen

In den 60er und 70er Jahren kamen Fragen aus dem Ausland auf das NPI zu. Darauf wurde zunächst vom NPI in Holland geantwortet. Später ergriffen in verschiedenen Ländern einzelne Menschen die Initiative, und Mitarbeiter aus Zeist leisteten vor Ort Pionierarbeit. Es entstanden Initiativen in der Schweiz, Frankreich, Schweden, Österreich, Deutschland, Südafrika und Brasilien. Das waren jeweils sehr individuelle Entstehungsgeschichten, geprägt von einzelnen Menschen. Ein gemeinsames Dach für all diese Initiativen ist die ASD (Association for Social Development).

Für die Biographie des NPI ist noch besonders wichtig zu erwähnen, daß zunächst versucht wurde, von Zeist aus diese internationale Struktur zu organisieren. Die verschiedenen Institute hatten zwar eigene Namen, wollten sich aber doch um die NPI-Fahne scharen. Dadurch stand das NPI in Zeist quasi in der Mitte eines Netzes von Instituten, vergab Namenslizenzen und kontrollierte die Qualität. Das war auf Dauer nicht mehr realistisch. Deshalb wurde die Assoziation von Instituten in eine Assoziation von Menschen umgewandelt. Jeder konnte, wenn er von drei Mitgliedern empfohlen wurde, eintreten. So verschwand das NPI Zeist aus der Mitte des internationalen Netzwerkes, und es war dann interessanterweise durch viele Jahre bei den jährlichen Zusammenkünften der große Abwesende. Das hat sich aber inzwischen wieder geändert.

Die ASD zählt zur Zeit ca. 120 Mitglieder.

6. Externe Beziehungen

Sowohl unsere Beziehungen zu den Universitäten als auch die zu den Kollegen im Arbeitsfeld Beratung und Training waren anfänglich dünn. Wir waren noch nicht etabliert, wir arbeiteten mit ungewöhnlichen Konzepten, und man konnte uns nicht so richtig einordnen. Das hat sich im Laufe der Jahre geändert. Einige Konzepte, mit denen das NPI schon früh arbeitete, wurden von Beratungsinstituten aufgenommen. Wenn manche Berater heute über Organisationsentwicklung sprechen, über Prozeßorganisation, über soziale Ökologie oder über die lernende Organisation, dann wissen sie oft nicht, woher diese Konzepte stammen. Aber es entstanden über diese Brücke positive Beziehungen zu Kollegen, und mit manchen haben wir Joint ventures bei Projekten begonnen, für die das NPI selbst nicht genügend spezielles Wissen hatte.

C. Geistige Aspekte

7. Der Stellenwert der Anthroposophie

Lievegoed hatte nie einen Zweifel entstehen lassen, daß die Anthroposophie die gemeinsame Quelle für die Arbeit des Instituts ist. Das NPI hat die Aufgabe, inspiriert durch die Geisteswissenschaft Rudolf Steiners, neue fruchtbare Gedanken zu den Phänomenen Organisation und Zusammenarbeit in die Kultur hineinzutragen. Weil Lievegoed in seiner Art absolut undogmatisch und nicht sektiererisch war, weil er die Anthroposophie so verarbeitet hatte, daß er sie in eigenen Worten, ja sogar in den Worten seiner Kunden, vertreten konnte, erfuhr er nie Widerstand. Die Leute fragten nicht nach der Quelle, sie merkten aber, daß die Arbeit des NPI für Menschen und Organisationen lebensfördernd wirkte. Wurde jedoch nach dem Hintergrund gefragt, machten wir nie ein Geheimnis daraus. Lievegoed hielt im Institut regelmäßig Vorträge über Menschheitsgeschichte, über Mysterienströmungen, über Leib, Seele und Geist des Menschen, über die Metamorphosen sozialer Formen, über die Wirkung der Gegenmächte, über das Christusmysterium uvm. Er lud auch Freunde ein, mit uns zu arbeiten. So arbeitete zum Beispiel Dr. Zeylmans van Emmichoven mit uns an der „Geheimwissenschaft im Umriß“ und Fritz Julius über die Entwicklungsgesetze von Polarität, Steigerung und Metamorphose.

Obschon das individuelle Verhältnis der Mitarbeiter zur Anthroposophie unterschiedlich war, hat die Anthroposophie doch eine große Gemeinsamkeit und Initiativkraft hervorgebracht.

Nach den weltweiten Umwälzungen des Jahres 1968 hat sich vieles geändert. Unter anderem verschwand das Tabu, über Meditation, über okkulte Phänomene und über spirituelle Gesetzmäßigkeiten zu sprechen. Deshalb konnte das NPI offener mit den Früchten aus der Quelle der Anthroposophie vor die Welt treten. Das fiel zeitlich ungefähr mit Lievegoeds Ausscheiden zusammen, also auch damit, daß nun die Mitarbeiter eigenständig die geistige Substanz des Instituts zu versorgen hatten. Das bedeutete eine große Herausforderung. Es galt, die Geisteswissenschaft noch um einen Schritt tiefer zu verinnerlichen, um sie noch lebenskräftiger nach außen wirksam zu machen. Die Kultur des NPI hatte eine große Offenheit für Spiritualität, soweit sie authentisch vertreten wurde.

Dieser Prozeß ging zu Ende, als um die 90er Jahre viele Senioren in den Ruhestand gingen. Außerdem kam es zu dieser Zeit im Institut zu einer Identitätskrise. Es mußten interne Probleme bearbeitet werden, und es drohten rote Zahlen. In dieser Situation war für die Anthroposophie wenig Raum. Als nach dem Tiefpunkt ein neuer Aufstieg begann und junge Menschen wieder den Weg zum Institut fanden, mußte die geistige Quelle neu freigelegt werden. Die nächste Generation – so konnte man den Eindruck haben – hat schon viel Anthroposophie aus dem Vorgeburtlichen mitgebracht. Darum hatte sie offenbar kein Bedürfnis, das alles durch Lesen und Meditation ins Bewußtsein zu heben. Sie lebte stark in einer intuitiven Wechselwirkung mit den Fragen, vor die sie gestellt war.

Ich habe den Eindruck, daß in den letzten Jahren wieder Wege und Formen gefunden wurden, in einer zeitgemäßen Weise aus der spirituellen Quelle der Anthroposophie zu schöpfen.

8. Konzepte und Methoden

Am Anfang gab es drei Konzepte und sich daraus ergebende Methoden, die im NPI lebten:

1. Entwicklung: Alles soll aus der Perspektive der Entwicklung betrachtet werden, dann entstehen fruchtbare Gesichtspunkte. Und so arbeiteten wir an den Entwicklungsphasen von Organisationen, von Gruppen, von Konflikteskalationen, von individuellen Menschen in ihrer Biographie. Zugleich untersuchten wir die Entwicklungspathologien und die Möglichkeiten der Abhilfe.

2. Form und Inhalt: Das soziale Leben hat überall seine mehr oder weniger geeigneten Formen und Strukturen und wird durch die Menschen mit ihren unterschiedlich entwickelten Fähigkeiten lebendig. Will man soziales Leben fördern, dann müssen die Formen neu gestaltet werden, und Menschen müssen entsprechende Fähigkeiten entwickeln. Unsere Haupttätigkeiten waren dementsprechend Ausbildung und Organisationsentwicklung. Das Ideal war, beides in einem integrierten Lern- und Gestaltungsprozeß aufeinander zu beziehen: Mit den Menschen zusammen ihre eigenen sozialen Formen zu diagnostizieren, Initiativen für Verbesserungen auf den Weg zu bringen, die Resultate auszuwerten und daraus zu lernen.

3. Prozeßdenken: Im Sozialen ist nicht nur alles in Entwicklung und zeigt sich als Form und Inhalt, sondern alle Phänomene sind als Prozeß zu betrachten: Lernprozesse, Führungsprozesse, Gruppenprozesse, Konfliktprozesse, Produktionsprozesse. Es erfordert einen erheblichen Aufwand, das eigene Denken so zu verlebendigen, daß man in die Lage kommt, wirklich in Prozessen zu denken und sich darin mitzubewegen.

Auf dieser Grundlage wurde unsere Trainings- und Beratungspraxis aufgebaut. Einige Verschiebungen fallen dabei auf, die sich im Laufe der Zeit gezeigt haben:

1. Von dem Schwerpunkt *Konzeption* bewegten wir uns in Richtung *Perzeption*:
   In den ersten Dekaden ging es in Seminaren und Beratungen sehr viel um Entwicklungskonzepte. Sie begeisterten, machten Diagnosen möglich und gaben dem Handeln Zukunftsorientierung. Später entdeckten wir, daß die meisten Menschen in völlig unrealistischen Vorstellungen über ihre Situation lebten. Als Vorbedingung für ein adäquates Umgestalten der eigenen Situation brauchte es ganz elementare Wahrnehmungsübungen.
2. Von einer stark *verbalisierenden* Arbeitsweise verschob sich der Schwerpunkt in Richtung *nonverbaler* Methoden:
   Schon ziemlich früh entdeckten wir, daß die sozialen und kommunikativen Fähigkeiten so rapide abnahmen, daß wir nach anderen Mitteln suchen mußten, um diese zu fördern. Wir suchten nach Methoden, bei denen nicht mehr mit Worten Dinge zugedeckt werden konnten: nonverbale Übungen mit Farbe, mit Ton, mit Bewegung, mit Theater.
3. Von der *Seminararbeit* verschob sich der Schwerpunkt in Richtung *„coaching in the job“*:
   Die Seminare, wie wir sie längere Zeit gegeben hatten, waren doch zu weit weg von der Arbeitswirklichkeit. Zuerst wurden die Seminare kürzer (in den 60er Jahren machten wir noch Seminare von 14 Tagen und Lehrgänge von 6 Wochen!). Dann entstand das Bedürfnis nach mehr Praxisnähe. Und so wurde der Lernprozeß mehr und mehr im Sinne des Coaching in den Arbeitsprozeß integriert.
4. Von einer sehr *distanzierten Beraterhaltung* entwickelte sich die Arbeit mehr in Richtung *Partizipation*:
   Die Berater wurden im Laufe der Jahre immer stärker in die Prozesse einbezogen, sie wurden aufgefordert, sich stärker einzubringen, mit zu entscheiden, mehr Verantwortung zu übernehmen. –
   Wenn man diese Entwicklungen anschaut, zeigt sich auch, warum nach neuen Wegen gesucht werden mußte, um die Anthroposophie als Quelle wirksam zu machen. Durch Konzepte, verbal, in Seminaren und aus einer Distanz kann man die Früchte der Geisteswissenschaft sehr schön in einer für den Kunden verständlichen Form darstellen. Wenn man aber stärker auf Perzeption setzt, wenn man nonverbale Methoden anwendet, wenn man direkt coachen will und aufgefordert wird zu partizipieren, dann geht es nicht mehr um das Dar-

stellen, dann muß die spirituelle Grundlage viel stärker gelebt werden. Sie muß sich im Tun bewähren.

9. Forschung und interne Ausbildung

Wir haben das Institut von Anfang an als eine Forschungseinrichtung gesehen, als einen Ort, an dem wesentlich Neues entwickelt wird. Aus der Quelle der Geisteswissenschaft sollten neue Gesichtspunkte und Wege gefunden werden, das Arbeitsleben zu gestalten. Forschung hatte für uns eine gleichwertige Stellung neben Training und Beratung. Alle drei Elemente bildeten eine Ganzheit. Die Menschen kamen mit Fragen, und daraus entstanden die Beratungsprojekte. Die Erfahrungen, die wir in diesen Projekten machten, reflektierten wir und kamen so zu neuen Einsichten. Diese neuen Einsichten mußten von uns so aufbereitet und verdaut werden, daß wir sie in verständlicher Sprache wiederum in den Seminaren verwenden konnten. Damit war der Kreis geschlossen.

Seminare (Training) → Projekte (Beratung) → Forschung → Seminare (Training)

Wir haben bewußt auf viele Stunden produktiver Arbeit mit Kunden verzichtet – und damit auf Einnahmen –, um diese Zeit in Forschung zu investieren. Das war eine erhebliche Investition, die aber für den Erneuerungsprozeß notwendig war.

Das interne Geistesleben des NPI zeigte sich nicht nur in dieser Forschungsarbeit, sondern auch darin, daß wir einen Ort schaffen wollten, in dem junge Menschen die Möglichkeit bekamen, unsere Denk- und Arbeitsweisen kennenzulernen. Ab Mitte der 60er Jahre gab es die ersten Assistenten im Institut. Von Anfang an haben dabei immer zwei Intentionen eine Rolle gespielt: Einerseits wollten wir eigenen Nachwuchs fördern, andererseits wollten wir jungen Menschen einen Beitrag zu ihrer Entwicklung anbieten, ohne ein kurzfristiges Eigeninteresse zu verfolgen. Die Früchte eines solchen Arbeits- und Lernjahres sollten mit ihnen in die Welt hinausgehen. Der Zeitaufwand, die Kosten und die Formen dieser Assistentenstellen haben sich im Laufe der Jahre ständig gewandelt; aber die Tätigkeit mit jungen Menschen in Ausbildung läuft wie ein roter Faden durch die Geschichte des NPI.

D. Bemerkungen

Obwohl sich diese Geschichte des NPI hier und da auch mit der Zeit nach 1990 befaßt, geht sie grundsätzlich doch nur bis zu dem Moment, in dem ich in den Ruhestand ging. Seither ist das NPI nicht mehr mein Schicksal, ich habe die Entwicklung als Außenstehender verfolgt.

Es soll betont werden, daß diese Geschichte des NPI eine ganz persönliche Wiedergabe einer sehr vielschichtigen Wirklichkeit ist. Ich bin mir bewußt, daß jeder meiner Kollegen diese Geschichte anders schreiben würde.

Ich war dabei

Interview mit Adriaan Bekman

von Renate Hasselberg und Dierk Lorenz

Dr. Adriaan Bekman, *geb. 1947. Soziologiestudium an der Erasmus-Universität in Rotterdam. Tätigkeit im internationalen Stab von Shell (1970–1977). Von 1978–2005 Berater beim niederländischen Institut für Organisationsentwicklung, NPI. Ab Januar 2005 Geschäftführer von IMO; Institut für Mensch und Organisationsentwicklung (www.het-imo.net). Neben der Beratungstätigkeit Ausübung von verschiedenen Aufsichtsratsfunktionen, z.B. bei der Triodos Bank. Dozent an der Erasmus-Universität in Rotterdam, De Baak und SIOO in Holland. Professor an der Christlichen Hochschule in Leeuwarden Holland. Begleitet als Unternehmensberater tiefgreifende Veränderungsprozesse in Unternehmen unterschiedlicher Größe und Branchen in Europa und Südamerika, veranstaltet Managementseminare und bildet Berater aus. Autor einer*

IMO
institut für
mensch- & organisationsentwicklung

Reihe von Büchern über Mensch- und Organisationsentwicklung sowie über Beratung. 1998 Promotion zum Thema Organisationsentwicklung (Titel: „Lebendige Organisationen").

Obwohl er auch bereits auf eine langjährige Tätigkeit beim NPI (Niederländisches Institut für Organisationsentwicklung) und den weltweit mit dem NPI assoziierten Instituten zurückblickt, trafen wir in Adriaan Bekman den Vertreter der dritten Generation von Organisationsberatern. Mit Lex Bos verbindet ihn besonders, daß er dessen Engagement in Brasilien weiterführt. Die Internationalisierung des NPI-Impulses ist für diese Generation bereits selbstverständlich geworden. Adriaan Bekman lernten wir aber auch als einen Weggefährten von Lex Bos kennen, der aus der Erfahrung unmittelbarer Zusammenarbeit mit ihm berichten konnte.

Renate Hasselberg: Können Sie uns zu Beginn etwas über Ihre Arbeitsfelder berichten?

Adriaan Bekman: Ich bin nun 56 Jahre alt (1947) und arbeite seit 26 Jahren beim NPI (Ende 2004 hat Adriaan Bekman sich vom NPI verabschiedet. Seit Januar 2005 hat er ein Internationales Institut – IMO Institut für Mensch und Organisationsentwicklung – gegründet. *Die Red.*). Meine augenblickliche Arbeit besteht hauptsächlich darin, in verschiedenen Ländern mit Kollegen auf Grundlage des NPI-Impulses beratend tätig zu sein. Ich arbeite oft in Brasilien; und in Italien baue ich augenblicklich zusammen mit zwölf Menschen, die dort in der Organisationsentwicklung initiativ werden wollen, ein Institut (Motiva) auf. Außerdem arbeite ich in Finnland als Geschäftsführer eines Beratungsinstituts (Innotiimi), das sich mit Organisationsentwicklung befaßt – ich engagiere mich seit zwei Jahren dort, um das Ganze ein wenig in Schwung zu bringen.

Ich betreue zudem seit 25 Jahren einige Kunden in Deutschland, insbesondere Sparkassen, und natürlich arbeite ich mit holländischen Kunden, wobei ich hier meist Schulungsarbeit leiste. Darüber hinaus bin ich an der Erasmus-Universität beschäftigt, an der ich mit Studenten Fragen der Organisationsentwicklung, der menschlichen Entwicklung und der Gesellschaftsentwicklung erarbeite. Ich doziere dort zu diesen drei Grundfragen. Und ich bin Professor an der Christlichen Hochschule und Gastprofessor in Rom an der Universität Roma Tres, wo ich in Holland und Italien den Master zu Organisations- und Menschenentwicklung anbiete. Weiter bin ich in einem internationalen Verband tätig, dem Internationalen Netz ASD (Association for Social Development), wo ich vor einer Weile die Leitung übernommen habe. Über diesen Verband ist der NPI-Impuls ein wenig weiter in die Welt hinausgeraten.

Ich versuche, Gruppen zu unterstützen, die sich neu bilden, und ich schreibe alle zwei Jahre ein Buch, also eine fortschreitende Reihe für Studenten, Manager und für das internationale Netz. Das ist auch für mich recht gut, denn so habe ich einen kleinen Überblick über meine fortlaufende Arbeit.

Zuguterletzt arbeite ich natürlich seit über 25 Jahren mit Kollegen hier am NPI-Impuls, und diese Arbeit ist eigentlich mein Leben. So geht es vielen NPI-Kollegen, die dem Impuls treu bleiben: Sie sind so damit verbunden, daß die Arbeit zum Leben wird und nicht mehr wirklich Arbeit ist.

Nicht bis zum Tod zusammenleben

R.H.: Haben Sie auch eine Familie?

A. Bekman: Ja. Ich lebe getrennt, insofern *hatte* ich eine Familie. Meine beiden Töchter habe ich natürlich immer noch. Wir haben 30 Jahre lang ein schönes Familienleben gestaltet, aber dennoch haben meine Frau und ich uns entschieden, eine Trennung zu vollziehen, da wir irgendwann nicht mehr den gemeinsamen Weg fanden, die nächsten 30 Jahre noch sinnvoll miteinander umzugehen. Das ist natürlich nach so vielen Jahren ein schmerzhafter Prozeß. Aber die Familie ist ja noch da – und insofern sehe ich diese Trennung auch als ein wenig zeitgemäß, denn ich denke, daß heute eine Heirat nicht notgedrungen für die ganze Lebenszeit gelten muß. Man verbindet sich zwar ernsthaft durch das Sakrament mit dem anderen, aber man muß meiner Einschätzung nach nicht mehr bis zum Tod miteinander das Leben teilen, wenn es nicht mehr stimmig ist.

Hier in Holland heiraten jährlich 80.000 Ehepaare, und 40.000 trennen sich jährlich. Vor einigen Jahren waren es 30.000, dann stieg die Zahl auf 40.000, und es nimmt weiterhin zu, daß sich die Menschen voneinander trennen. Ein steigende Anzahl von Paaren, die heiraten, trennen sich innerhalb der ersten fünf Jahre ihrer Beziehung. Das Bedürfnis zu heiraten, ist zwar noch nie so groß gewesen, und bald werden 95 Prozent der Leute irgendwann eine Heirat eingehen; aber das Durchhalten ist schwierig, besonders, wenn es sich um Erstbeziehungen handelt – und ich denke, daß sich in Zukunft fast jedes dieser Paare trennen wird. In eine zweite Beziehung steigen die Menschen mit mehr innerer Selbständigkeit ein; und so sind diese reiferen Beziehungen oft auch tragfähiger.

Die Entwicklungsfrage wurde für mich zur Schicksalsfrage

R.H.: Können Sie noch ein paar Einzelheiten zu Ihrer beruflichen Laufbahn schildern?

A. Bekman: Vor der Zeit beim NPI arbeitete ich für Shell sieben Jahre lang im internationalen Stab und beschäftigte mich auch damals mit Organisationsentwicklung. Ich arbeitete erst in der holländischen Öl- und Gasgesellschaft und war dort die ersten vier Jahre Organisationsentwickler. Die letzten drei Jahre arbeitete ich bei Shell Curacao. Schon ganz zu Beginn, als ich bei Shell einstieg, geriet ich in solche Tätigkeiten. Ich war eigentlich Soziologe, und man hatte bei Shell nicht wirklich eine passende Beschäftigung für mich, aber man hatte mich gewissermaßen aus Experimentiergründen dort hineingenommen. Ich begegnete dort Bernd Kloke, der heute einer meiner NPI-Kollegen ist, und wir legten sofort mit der Organisationsentwicklung los. Ich arbeite also im Grunde genommen seit meinem 23. Lebensjahr mit NPI-Konzepten. Das sind jetzt 33 Jahre.

Vorher leistete ich meinen Militärdienst ab, und davor war ich eben Soziologiestudent. Auch im Militärdienst hatte ich eine Aufgabe, die in Richtung Organisationsentwicklung ging: Ich mußte einen Stab von 100 Offizieren wissenschaftlich unterstützen, um zu überprüfen, ob neue Didaktiken und Methodiken für die Militärschulung tauglich waren und wie sie sich umsetzen ließen. Das dauerte etwas mehr als ein Jahr und war für mich sehr interessant und lehrreich.

In der Jesuitenschule, die ich besuchte, war ich ebenfalls eingebunden in Entwicklungsfragen, in Fragen der Mediation und des Gesellschaftskontakts. Ich arbeitete in Den Haag mit jungen Leuten, die aus sehr armen Gegenden kamen und kriminell geworden waren; und ich hatte die Möglichkeit, in meiner Freizeit für diese jungen Menschen Projekte zu organisieren.

Die Entwicklungsfrage ist in meinem Leben also eine Schicksalsfrage. Ich hatte das nie geplant oder vorausgesehen, sondern es ergab sich einfach so. Ich bin ohnedies nicht der große Planer, sondern eher ein Mensch, der einfach intuitiv anfängt und die Dinge erst später versteht.

Ich versuche mein Leben auch heute so zu leben, daß ich ein freier Mensch bleibe, d.h. ich lasse mich nicht gerne auf irgendeine Sache oder auf gesellschaftliche Gruppierungen festnageln, und ich versuche, nicht irgendwelche Ideologien zu repräsentieren.

Als ich dem NPI das erstemal begegnete, war mir eigentlich sofort klar, daß das eine sehr praktische Angelegenheit ist – und ich bin einfach praktisch sehr konkret und sehr direkt. Als ich anfing, bei Shell zu arbeiten, kam ich frisch vom Studium und hatte den Kopf voll mit allerhand Ideen, die ich an den Mann bringen wollte. Aber dort verstand mich niemand, und man dachte sich: „Was redet dieser Mensch da eigentlich?" Dann begegnete ich aber Bernd Kloke, der mich einlud, mit Gruppen von Arbeitern zu arbeiten. Das waren Menschen, die sehr wenig sprachen, aber ihr ganzes Leben arbeiteten. Sie machten Ölbohrungen oder hatten andere, schwere körperliche Arbeit zu leisten. Mit diesen Menschen saß ich also eine Woche zusammen, um solche Dinge wie Gesprächsführung, Führungskompetenz, Sozialfähigkeit und dergleichen zu behandeln. Für die Arbeiter war das eine völlig neue

Bernd Kloke

Welt. Ich kam herein, und Bernd sagte: „So, mach mal!" Ich hatte in der Woche davor ein wenig in die NPI-Konzepte hineingelesen, und nun mußte ich also in dieser Gruppe einfach loslegen. Ich machte also Übungen, führte Gespräche usw. Und es war überhaupt kein Problem! Die Sache lief von alleine, und ich war darüber völlig verblüfft. Ich habe einfach getan, was mir in diesem konkreten Umfeld sinnvoll erschien – und die Leute waren begeistert. Sie entdeckten eine ganz neue Welt – und ich genauso.

Anthroposophie war eine völlig fremde Welt für mich

Dierk Lorenz: Welche Beziehung zum anthroposophischen Hintergrund haben Sie denn im Laufe der langen Jahre am NPI entwickelt?

A. Bekman: Ich wußte vorher rein gar nichts über Anthroposophie. Komischerweise lag meine Jesuitenschule eine Ecke weiter als die Den Haager Waldorfschule. Zwischen den beiden Schulen lag etwas wie eine Kluft. Man hatte keinen Kontakt zueinander. Anthroposophie war also eine völlig fremde Welt für mich. In der Straße, in der ich wohnte, lebten auch junge Leute, die die Waldorfschule besuchten, aber Waldorfpädagogik oder Anthroposophie waren dort nie Thema. Man war befreundet und spielte miteinander, aber man ging eben auf verschiedene Schulen.

Eines Tages begegnete ich wie gesagt Bernd Kloke, der mir vom NPI erzählte und mir, noch bevor ich dort begann, eine Aufgabe übertrug, nämlich die Organisationsentwicklung auf der obersten Ebene dieser Shell-Unternehmen. Er gab mir ein Buch Rudolf Steiners über die christlichen Einweihungsmysterien, denn wir hatten zuvor über das Christentum und über die katholische Kirche gesprochen. Sogar hier hatten wir die religiöse Frage im Entwicklungssinne bewegt, indem wir uns fragten, wie man ein Unternehmensimpuls mit dem Kirchenimpuls verbinden könne. Beide nahmen wir wahr, daß die Arbeitswelt und die religiöse Welt zwei getrennte Kosmen waren, im Sinne von: Die Leute gehen sonntags in die Kirche, und montags beginnt wieder das harte Leben. Ich hatte also die Aufgabe, diese Welten in Verbindung zu bringen. Schon als junger Mensch war ich sehr an christlichen Fragen interessiert, wenn auch nicht sentimental oder formal, sondern ganz ungezwungen. Auch bei uns zu Hause lebte das Christliche in sehr freier Stimmung. Ich hatte zwei Brüder und zwei Schwestern, und mein Vater war ein interessanter und gläubiger Mann.

Öl-Raffinerie „Shell Curacao N.V.", 1918

Bernd gab mir also dieses Buch. Ich las es und fand vieles sehr schwer verständ-

Adriaan Bekman in seinem Zimmer im NPI

lich. Vorerst mußte ich es zur Seite legen und kam dann auch bald nach Curacao zu Shell und arbeitete dort mit den NPI-Ideen. Nach drei Jahren übte man aber einen gewissen Druck auf mich aus und gab mir zu verstehen, daß es um meine Karriere gehe. Ich stellte für mich fest, daß ich nicht für einen steilen Karriereweg bei Shell geeignet war; also gab es eine Art Konflikt. Ich entschied mich, Shell zu verlassen und zum NPI zu gehen. Also kam ich hierher, in dieses Gebäude und in dieses Zimmer, und schlug den Menschen hier vor, daß ich bei ihnen mitarbeiten könne. Allerdings war man zuerst keineswegs begeistert und fragte mich: „Warum bleibst du nicht bei Shell? Du arbeitest doch dort an so interessanten Dingen!“ Das fand ich denn doch recht komisch, denn niemand sagte: „Willkommen, fang gleich an“, sondern man riet mir, in meinem Job zu bleiben.

Damals waren die NPI-Leute so beschäftigt mit ihren eigenen Dingen, daß sie kaum Interesse daran hatten, neue Kollegen aufzunehmen. Sie sagten aber: „Wenn Du Lust hast, kannst du ja mal nach England ans Center for Social Development gehen.“ Und dort begegnete ich dann auch Lex, der eine Woche lang mit uns arbeitete.

R.H.: Wie alt waren Sie zu diesem Zeitpunkt?

A. Bekman: Ich war 29 Jahre alt.

R.H.: Also unmittelbar nach der Krise mit Shell?

A. Bekman: Ja. Meine Entscheidung, Shell zu verlassen, stand ja, aber für Shell kam es eben ein wenig überraschend. Für mich war es also nicht wirklich eine Krise. Ich ging also nach England zum Center, das ja von NPI-Kollegen gegründet worden war.

Dort waren wir 25 Menschen und fingen gleich am ersten Tag mit Übungen an. Ich wußte nichts von Anthroposophie, alles war mir völlig unbekannt. Die erste Übung stellte uns zur Aufgabe, daß wir etwas beschreiben sollten, was innerhalb der letzten Zeit geschehen war und was uns beeindruckt hatte. Es ging um die Schilderung eines einschneidenden Erlebnisses, und dazu sollten wir eine Zeichnung machen, die das Wesen dieses Ereignisses ausdrücken sollte. Für mich war das Abrakadabra.

Der erste Teil der Aufgabe war klar, das hatte ich begriffen; aber das Wesen einer Sache ausdrücken? Was sollte ich damit? Ich beschrieb also ein Fußballspiel, das ich vor kurzem gesehen hatte. Das war eines dieser Spiele, bei denen es im Feld und bei den Zuschauern im Streit hoch her ging; und das hatte mich tief beeindruckt. Ich schrieb es also auf, aber ich zeichnete nichts.

Dann beschrieb ein anderer aus Los Angeles (USA) ein Erlebnis, das er mit seiner Frau in einer Pizzeria hatte, in die sie gerne immer wieder einkehrten und wo sie sehr freundlich begrüßt wurden. Sie waren die einzigen Gäste, und alles war still. Der Inhaber, ein amerikanischer Italiener, stellte Musik an. Da baten die beiden den Wirt, ob er nicht die Musik ausstellen könne; aber der Wirt sagte ihm: Nein, das ginge nicht, denn man empfinge hier die Gäste grundsätzlich mit Musik. Nachdem er das erzählt hatte, nahm er einen Stift und zeichnete eine große Nase. Und er erklärte, daß die Musik ihm vorkäme wie eine Nase, die sich in die Angelegenheiten der beiden hineinstecke und die Stimmung beeinflusse, ohne daß man etwas davon ahne. Und mit einem Mal hatte ich begriffen, was der Sinn dieser Übung war.

Komischerweise war es für mich seit diesem Einschnitt überhaupt kein Problem mehr, Anthroposophie anzuerkennen und zu lesen. Davor verstand ich einfach nichts davon, und nach dieser Einsicht, daß man etwas in einem Bild ausdrücken kann und daß hinter dem Bild ein Wesen steht, war plötzlich alles klar. Dieses Erlebnis öffnete mir also die Tür zur Anthroposophie. Sie wurde für mich zur großen Inspirationsquelle, und ich habe keine Probleme mehr damit, daß Steiner die Dinge immer wieder anders darstellt, die Wahrheiten immer wieder anders einkreist und ganz konkrete Dinge unter verschiedenen Gesichtspunkten beschreibt, indem er ihr Wesen darstellt. So begann also meine Beziehung zur Anthroposophie.

Ich habe nicht so sehr viel mit den Anthroposophen am Hut, die die Anthroposophie nur dazu nutzen, die Welt zu erklären. Das ist nicht mein Weg, und ich empfinde dies oft ein wenig als Abkapselung. Ich denke, daß sich für denjenigen, der sich der Welt öffnet, Belehrungen über das Funktionieren der Welt eher kontraproduktiv auswirken. Meines Erachtens sind diese Zeiten vorbei. Es ist nicht so, daß ich keine Verbindung zu den Inhalten der Anthroposophie habe; überhaupt nicht. Aber meine Verbindung liegt eher dort, wo man daran arbeitet, wie Anthroposophie sich in der Welt auswirken kann.

Die praktische Arbeit legt den Samen

Ich habe vor kurzem ein kleines Buch über diese Probleme in der anthroposophischen Welt geschrieben. („Besturen in antroposofische organisaties“, Zeist 2005). Ein

Gesichtspunkt darin ist: Wenn man sich bewußtmacht, wie überall anthroposophische Initiativen, Medizin, Banken – Triodos etwa –, Schulen aktiv in der Welt wirken, wenn man also sieht, was dort konkret getan wird, und sich dann klarmacht, wie viele Menschen überall Nutzen daraus ziehen oder solchen Impulsen konkret irgendwann begegnen, wenn auch nur kurz, und wenn man sich vergegenwärtigt, daß diese Menschen im Nachtodlichen ihr Leben noch einmal durchgehen und diesen kleinen Situationen noch einmal begegnen, dann kann man sicher sein, daß das eine Bedeutung haben wird. Mit diesem Gedanken hatte mich Lex einmal konfrontiert.

Durch die ganz praktische Arbeit wird also ein Samen gelegt, und die Menschen blicken nach dem Tod auf die Wirkung und treten dann in Beziehung zu diesen schöpferischen Welten in sich selbst. Das ist etwas, was wir konkret erwirken. Das ist nicht gottgegeben, sondern menschengemacht, und es wird große Wirkung haben. In diesem Sinne bin ich wirklich optimistisch hinsichtlich der Anthroposophie.

Wir sind inzwischen die vierte Generation von Anthroposophen; und wenn Sie auf Initiativen wie Triodos blicken, dann sehen Sie, wie Hunderte, Tausende, Hunderttausende von Menschen irgendwo mit der Anthroposophie in Berührung kommen: über das Geschäftliche! Aber eben auch über kleine Initiativen, über Windenergie usw. Dieser kleine Impuls wird im Seelischen der Menschen fortwirken. Ob er die Menschen trägt, ist natürlich noch nicht heraus. Aber diese ganzen Erklärungswelten und die Streitereien über Statuten und solcherlei Dinge interessieren mich wirklich kein bißchen. Ich denke, das wird auch nach und nach einschlafen, absterben; denn die Welt hat nichts davon.

Diese Herangehensweise hängt stark mit NPI und Lievegoed zusammen: Unsere Aufgabe ist Arbeiten, Gestalten, natürlich sich auch Inhalte erarbeiten, aber das dort Erhaltene aus der Arbeit mit den Kollegen immer wieder neu schöpfen, neu gestalten! Wenn man gemeinsam mit anderen Menschen so an die Sache herangeht, dann bleibt Anthroposophie ein lebendiges Gut. Und hierin liegt auch meine starke Beziehung zu Lex. An diesem Punkt ist er einfach mein Lehrmeister, und er hat mir in der Zeit, in der wir hier zusammenarbeiteten, immer sehr geholfen hinsichtlich solcher Fragen.

R.H.: Wurden Sie auch durch Ihr christlich orientiertes Elternhaus geprägt?

A. Bekman: Auf jeden Fall. Wir waren katholisch. Mein Vater war sogar Theologiestudent, entschied sich aber nach der Priesterausbildung abzubrechen. Er war aber immer stark von diesem untergründigen Impuls geleitet. Zwar hat er nie darüber gesprochen, aber er zeigte in seinem Handeln, wie man Christlichkeit leben kann. Das war für mich eine Inspirationsquelle, die lange anhielt.

R.H.: Sind Sie in Ihrer Familie als einziger zur Anthroposophie gekommen?

A. Bekman: Ja. Meine Brüder und Schwestern haben keine Beziehung dazu. Meine jüngste Schwester kam einmal in einem Gespräch mit mir damit in Berührung, aber das hat sich nicht vertieft. Das ist aber völlig in Ordnung.

Meine Arbeit mit Lex Bos

R.H.: Können Sie ein wenig näher beschreiben, wie Ihr Verhältnis zum NPI gewachsen ist und welche Rolle Lex darin für Sie spielte?

A. Bekman: Für mich spielt sich die Beziehung zu Lex eigentlich auf drei Ebenen ab: Die eine ist die Ebene des NPI, die zweite ist die Triodos Bank, bei der ich im Aufsichtsrat sitze, und die dritte ist Brasilien. Ich arbeite jetzt auch in Brasilien und führe eigentlich teilweise fort, was Lex in Gang gesetzt hat. Das sind die drei eigenständigen Kosmen von Lex. Ich kann gerne von allen dreien ein wenig erzählen.

Die erste Begegnung hatten wir im Center for Social Development, wo er eine Woche lang mit uns arbeitete – und dort kam ich mit ihm über die Themen, die er damals bearbeitete, ins Gespräch. Seine transparente, klare und methodisch durchschaubare Weise beeindruckte mich tief. Er war aber eben gleichzeitig ein ganz bescheidener Mensch. Lex kam damals am Dienstagmorgen dieser Arbeitswoche und sagte zur Gruppe: „Es hat mich sehr inspiriert, was wir gestern gemeinsam bewegt haben. Heute morgen bin ich aufgewacht und hatte eine bestimmte Sache plötzlich ganz deutlich vor Augen." Damit fing er also den zweiten Tag an. Er begann ihn sofort mit einem interaktiven Prozeß. Er kam nicht, um uns die letzten Wahrheiten zu erklären, sondern er stieg sofort in den Arbeitsprozeß ein, in dem er gleich von Anfang an auch selbst seine Arbeit leistete. Das fand ich unglaublich gut. Lex ist eigentlich ein Arbeitstier und in dem Sinne überhaupt nicht nett sozial. Aber er befindet sich immer im Prozeß und ist immer stark interessiert am Prozeß der anderen.

R.H.: Ist er also nicht im bürgerlichen Sinne sozial?

A. Bekman: Überhaupt nicht. Er muß es nicht nett und gemütlich haben und seine schönen Beziehungen pflegen, um sich wohlzufühlen, obwohl er natürlich sehr freundlich ist; aber eben auch nicht mehr als das.

Wie packen wir es an?

Das war also meine erste Begegnung. Später gelangte ich ins NPI und arbeitete dort recht bald mit Lex zusammen. Wir hatten einmal ein gemeinsames Projekt, in dem es darum ging, Behindertenorganisationen in Holland beratend dabei zu helfen, ihren authentischen Platz in der Gesellschaft zu finden. Dieses Projekt wurde auch von der Regierung unterstützt. Wir gingen also auf die Reise und sprachen mit verschiedenen Menschen, um in Erfahrung zu bringen, was sie bewegt und wie sie vorgehen. Dabei besuchten wir verschiedene Institute und sprachen mit Behinderten, mit Regierungsvertretern, mit Direktoren von Versorgungsinstituten usw. Uns wurde recht schnell klar, wo die Probleme lagen, denn Lex ist ziemlich intelligent, scharfsinnig und schnell, und ich selbst habe auch eine recht rasche Auffassungsgabe. Nach kurzer Zeit entschieden wir, nicht länger herumzufahren, sondern zurückzukommen und mit den Leuten ins Gespräch zu gehen.

Das Schöne an Lex ist, daß man sehr schnell mit ihm in eine kreative Arbeitsphase kommt, wenn die Umstände klar sind. Wir fragten uns also: „Wie packen wir es an?" und machten ein Brainstorming. Wir entschieden uns, die Sache auf verschiedenen Wegen anzugehen, planten eine Konferenz und wollten auf dieser Konferenz alle mit diesem Projekt zusammenhängenden Menschen zusammenbringen – Beamte, Mitarbeiter, Behinderte usw.

Im Zuge unserer Vorbereitungen verabredeten wir, eine Geschichte zu schreiben und ein Puzzle vorzubereiten. Beide Mittel wollten wir nutzen, um klarzumachen, worin das Problem liegt. Wir beauftragten also eine kleine anthroposophische Einrichtung, zwei Puzzles zu fertigen. Eines stellte den Erzengel Michael dar und das andere eine andere Gestalt – ich erinnere mich nicht mehr genau daran, welche, aber sie stellte zusammen mit dem Michaelsbild die Urbilder dafür dar, was in einem Prozeß geschieht, wenn der eine der Helfende ist und der andere die Hilfe bekommt.

Unsere Geschichte dachten wir zusammen aus und nannten sie „die Geschichte vom großen Haus". Sie handelte von einem großen Haus, in dem sich so allerhand abspielte, und von kleinen Häusern, die abseits lagen. Zwischen den kleinen Häusern und dem großen Haus herrschte aber keine Beziehung, sondern die Häuser lagen auf der einen Seite verstreut und das große Haus auf der anderen, und zwischen ihnen lag ein großes offenes Feld.

Wir beriefen also diese Konferenz ein und traten dort mit den beiden Puzzles und der Geschichte an. Die Leute saßen beisammen, und wir erzählten unsere Geschichte im öffentlichen Raum und stellten damit symbolisch dar, worin das Problem bestand. Einer von uns erwähnte dann noch: „Außerdem haben wir hier noch zwei Bilder, die uns unterwegs heruntergefallen sind; nun bestehen sie aus vielen Stücken." Gleichzeitig regten wir an, daß sich zwei Gruppen bildeten, um die Bilder neu zusammenzufügen. Man rückte sich zwei Tische zurecht, um die sich die beiden Gruppen versammelten, und man begann, die Puzzles zusammenzufügen.

Wir beobachteten einfach, was geschieht. Und es passierte genau das, was bei diesem Projekt das Problem war: Die Beamten, Dienstleistenden und Betreuer stiegen sofort ein und machten sich ans Werk. Die Behinderten dagegen konnten sich kaum mit ihren Stühlen bewegen und hatten es schwer, an die Tische zu kommen, und so gerieten sie an die Peripherie des Treibens und schauten zu. Das war genau das Bild dessen, was auch in der Realität der Fall war. Wir spiegelten ihnen das hinterher sehr sanft und ohne es zu stark in die Konfrontation zu leiten. Unsere Frage war: „Wie haben Sie das erlebt?" Und einer der Behinderten sagte ganz schlicht: „Ich kam gar nicht ran an das Puzzle."

R.H.: Wie sind Sie weiter vorgegangen?

A. Bekman: In der Konferenz arbeiteten wir weiter an dieser Fragestellung und sagten letztlich nichts anderes als: „Was Ihr wirklich machen müßt, ist, daß Ihr die behinderten Menschen in den Prozeß miteinbeziehen müßt, den Ihr Euch wünscht.

Sie müssen mitbeteiligt werden an der Fragestellung, denn wie sollen Eure Einrichtungen sonst einen authentischen Platz in der Gesellschaft finden? Weiter nichts."

Das ist also eine exemplarische Anekdote über die Zusammenarbeit mit Lex. Das Schöne daran sind eben die Klarheit und der Scharfsinn, die er bei solchen Dingen an den Tag legt, und andererseits das spielerische Element, in dem er genauso zu Hause ist – außerdem die Bereitschaft zu Überraschungsmomenten. Natürlich kann Lex auch sehr hart und konfrontierend sein, wenn er anderen Menschen den Spiegel vorhält.

Es war also eine schöne Zusammenarbeit. Wir gingen zusammen auf Reisen und führten kreative Auseinandersetzungen über die Problemstellungen, wir fragten uns gemeinsam, was hinter den Sachen steckte, die wir zu bearbeiten hatten, welche Kräfte dort mitspielten, und arbeiteten dann an der kreativen Gestaltung, um letztlich zu spiegeln, ohne die Menschen oder Organisationen damit zu bombardieren.

Es war ein Freudenfest, mit ihm zu arbeiten

R.H.: Gingen Sie auch in Großunternehmen?

A. Bekman: Ich war schon immer ein Mensch der Initiative, und so fragte ich mich ständig, was man tun könne, um zu helfen, wie man die Menschen in Gang bringen könne, wie man Organisationen in Bewegung bringen könne; und besonders liebte ich, in Großunternehmen zu arbeiten, die völlig festgefahren waren. Lex hingegen beschäftigte sich immer damit, wie man feste hierarchische Strukturen auflösen könne, wie man an Fragen der ungerechten Einkommensverteilung arbeiten könne, und er beschäftigte sich natürlich eingehend mit der Frage der Ausbildung und damit, wie man sie in festen Arbeitssystemen ermöglichen und mit ihr sichtbar machen könne, daß die verhärteten Strukturen den lebendigen Arbeitsprozeß hemmen. Er wollte den Menschen Eigenverantwortung in die Hand legen. Ich beschäftigte mich immer mit Initiativfragen und strebte an, Organisationen und Menschen in Bewegung zu bringen.

Wir entschieden also, daß wir zusammen in De Baak, einem Ausbildungsinstitut für die Arbeitgeberverbände, das ja von Lievegoed mitgegründet worden war, Seminare anbieten würden. Unser Plan war, Manager aus Großunternehmen mit jungen, kleineren, sogenannten alternativen Unternehmern zusammenzubringen. Lex war zu dieser Zeit noch stark damit beschäftigt, kleinen anthroposophischen und nichtanthroposophischen Initiativen und Unternehmen auf die Beine zu helfen, damit sie ihren eigenen Weg finden. Er hatte zu diesem Zweck ein Studio für Arbeitsplatzgestaltung eingerichtet.

Lex war ein hervorragender Partner und fragte .z.B. immer wieder: „Was sagt und meint Adriaan eigentlich mit dem, was er vorhat und erreichen will?" Er begleitete mich und andere junge Menschen und half uns, unseren Weg zu finden, ohne uns zu infiltrieren oder ähnliches. Insofern war es ein Freudenfest, mit ihm zu arbeiten.

Wir brachten Menschen aus Managerkreisen mit kleinen Unternehmern zusammen und warfen die Frage auf: Wie ergreifen heute eigentlich junge Menschen in der

Gesellschaft Initiative? Was machen sie? Was tun eigentlich die großen Manager in ihren Unternehmen – und was hat das eine mit dem anderen zu tun? Kann man vielleicht etwas voneinander lernen? Wir stellten auch die Frage nach Arbeitsbeziehungen in Kleinunternehmen und danach, wie sich das Ganze in Großunternehmen organisiert. Wir veranstalteten solche Treffen mehrmals, und sie waren der absolute Hit, denn beide Seiten gingen mit großem Interesse aufeinander zu und lernten viel voneinander. Es war zunächst nicht so einfach, Leute aus beiden Bereichen zusammenzutrommeln, aber schließlich gelang es.

Einer der kleinen Unternehmer sagte einmal auf einem der Treffen: „Für mich bedeutet das Gesetz nicht etwa ein Regulativ dafür, was man alles nicht machen darf, sondern ich nutze es so, daß es mir sagt, was machbar ist. Und wenn ich etwas vorhabe, was zunächst mit dem Gesetz zu kollidieren scheint oder problematisch ist, dann gehe ich sofort zu den entscheidenden Beamten und lege ihnen dar, was ich vorhabe. Meist ist dann viel mehr möglich, als man denkt."

Er macht die Dinge, weil er an der Sache interessiert ist

Eine dritte Anekdote handelt von Lex und seiner intensiven Arbeit, bei der er natürlich immer wieder aus der Anthroposophie heraus sprach und dabei immer bestrebt war, nicht *über* die Anthroposophie zu sprechen, sondern aus der Anthroposophie heraus. Er sagte mir einmal, ich solle mich doch mit dem Grundstein beschäftigen. Ich befolgte seinen Rat und beschäftigte mich zwei Jahre lang auf meine Art mit dem Grundsteinspruch von Rudolf Steiner. Einmal hatte ich ein wenig in den Mysteriendramen gelesen und erzählte Lex davon. Da sagte er: „Komm, laß uns gemeinsam Mysteriendramen lesen; ich habe auch eine ganze Zeitlang intensiv an ihnen gearbeitet." Lex saß also über zwei Jahre regelmäßig mit mir zusammen, und wir lasen alle vier Mysteriendramen. Wir kamen zusammen, tranken Kaffee, redeten ein bißchen über unsere Arbeit, und dann nahmen wir uns ein Drama vor und lasen mit verteilten Rollen.

Das ist also auch eine Seite von Lex. Er macht diese Dinge nicht etwa, weil er sie einfach nett findet, sondern weil er interessiert an der Sache und dem Menschen ist. Das ist aber auch eine typische NPI-Qualität. Viele Kollegen verfahren ähnlich. Es gibt z.B. einen Kollegen, der mit mir die Klassenstunden durcharbeitete. Er ist Klassenleser, und wir arbeiteten monatlich an den Stundentexten.

Interne Kämpfe

Als ich zum NPI kam, gab es hier 22 Kollegen. Ich war also Nummer 23. Es wimmelte hier von Typen, die ähnlich waren wie Lex. In der ersten Generation arbeiteten am NPI Menschen mit großem Ich. Sie waren alle welterprobt, und man kann sich

Logo der Dialoog-Stiftung

vorstellen, was sich hier immer wieder für Kämpfe abspielten. Es war also keineswegs durchweg angenehm, denn man stritt sich darüber, welche Konzepte von wem sich durchsetzen könnten. Nach innen gesehen hatte Lex das Problem, daß einige seiner Konzepte irgendwie nicht für alle die Hauptrolle spielten. Das war auch der Grund, weswegen die Dialoog-Stiftung entstand. Sie gründete sich, weil Lex mit seinem Meisterkonzept Dynamische Urteilsbildung hier nicht wirklich landen konnte. Und so gab es auch für Lex immer wieder Themen, die er ins Spiel brachte und die nicht von allen Kollegen angenommen wurden, weil hier jeder mit seinen eigenen Dingen beschäftigt war. Es entstand also immer wieder ein Kampf darüber, was man gemeinsam machen solle und was nicht.

Dynamische Urteilsbildung

R.H.: Was ist nach Ihrer Einschätzung der Grund dafür, daß die Dynamische Urteilsbildung am NPI nicht die Resonanz hatte, die Lex Bos sich wünschte?

A. Bekman: Lex brachte mit der Dynamischen Urteilsbildung eine Methodologie, die so feste Strukturen hat, daß eigentlich – genau besehen – er der einzige ist, der gut mit ihr arbeiten kann. Lex ist ein Typ, der die Dinge so gründlich durcharbeitet, daß sie letztlich ziemlich fest werden. Wenn Lex über eine Stunde hinweg etwas darstellt, dann ist das meist wie eine griechische Plastik gestaltet. Das Dargestellte ist perfekt, hat alle Seiten, hat ein Oben, ein Unten, ein Hinten und ein Vorne. Es ist also fertig. Und er verlangte eigentlich, daß die Leute etwas damit anfangen und seine Methode umsetzen können.

Es ist aber sehr schwer, mit einem perfekten Bild einen Anfang zu setzen. Eigentlich war das NPI ein Arbeitsplatz für unfertige Ideen. Was letztlich hier in die gemeinsame Arbeit einfließen kann, muß etwas sein, an dem man zusammen gestaltet. Lievegoed war so geartet. Er kam hier herein und sagte: „Jungs, ich hab hier was für Euch." Und dann legte er eine Arbeit auf den Tisch, die von anderen durchgearbeitet wurde und an der sie weitergestalteten. Man besprach sich darüber, die Sache ging wieder zurück an ihn, er arbeitete daran, man besprach sich wieder usw. Man arbeitete also gemeinsam an der Sache. Lex hingegen ist bei seiner konzeptionellen Arbeit eher ein Einzelgänger. Er fand nicht immer den Weg, seine Ideen im NPI wirklich gemeinsam mit den Kollegen zu bewegen. Das ist die eine Seite der Sache.

Die Dialoog-Befürworter waren durchgehend Lex-Anhänger. Sie waren von ihm begeistert und sind ihm gefolgt. Aus meiner Sicht hängt also die Dynamische Urteilsbildung stark an der Gestalt von Lex. Aber das ist völlig in Ordnung.

Sein Geist schwingt mit

Die andere Seite ist aber – und Lex kann das meiner Meinung nach nicht genügend deutlich sehen –, daß seine Methoden und sein Geist im NPI stark mitschwingen, nur eben umgearbeitet. Man arbeitet hier also durchaus mit seinen Konzepten, aber eben nicht in genau der Art und Weise, wie er sie gestaltet hat. Urteilsbildung und die Frage, wie Menschen zu Urteilen gelangen, sind hier nach wie vor ein Hauptelement, und viele Kollegen im internationalen Netz arbeiten intensiv daran; aber man kann dieses Element eben nur anwenden, wenn man es auch selbst gestaltet. Das ist meine persönliche Erklärung dafür. Es kann natürlich auch andere Gründe geben.

Wir hatten mit Lex eine Art Katharsis, die übrigens mehrere Kollegen erlebt haben, nämlich die Spannung zwischen Ich und Gemeinschaft, die sich in der Frage äußerte: Was ist meine Sache, und was ist unsere Sache? Es kann so weit führen, daß Krisen entstehen, weil man so intensiv und stark arbeitet, daß man sich selbst verliert. Es war für Lex nie leicht, die Gemeinsamkeit im eigenen Rahmen zu finden, weil er so stark er selbst war; und so war er auch ein gewichtiger Partner im Streit. Das gehört aber dazu.

Was Lex aber eben nicht genügend sieht, ist, daß sein Geist hier aktiv mitschwingt. Die Menschen von der Dialoog-Stiftung gehen mit ihm auf seinem Weg; aber im NPI sitzen „Selbste" und nicht „Lexe". Das sind zwei völlig verschiedene Dinge. Hier ist keiner Anhänger eines anderen. Jeder muß sich hier durchsetzen und die Dinge der Kollegen bearbeiten. Dadurch geht es hier natürlich auf und ab, und wir hatten sehr bewegte Zeiten, weil bestimmte Kollegen an unterschiedlichen Fragen arbeiteten, und wenn man sie dann in eine gemeinsame Richtung entwickeln wollte, kam nichts dabei heraus. Es liegt also nicht nur an Lex, sondern auch an den Menschen vom NPI.

R.H.: Und wie war der Abschied von Lex?

A. Bekman: Der Abschied von Lex war ein guter Abschied, denn wir machten uns bewußt frei voneinander nach seiner Pension, und das war wichtig. Er ist immer wieder hier, und er bleibt auch hier, denn das NPI ist seine Lebensarbeit und sein Lebenswerk, und er interessiert sich natürlich für neue Entwicklungen am NPI und dafür, was hier geschieht. Lex bearbeitete auch hin und wieder Texte von mir, denn er fand sie meist ein wenig zu kompakt und chaotisch.

Triodos Bank

R.H.: Können Sie noch einiges zur Triodos Bank und Lex sagen?

A. Bekman: Sie gehört genauso zu Lex' Lebenswerk. Ich bin vor Jahren Peter Blom, Geschäftsführer von Triodos, begegnet, der an einem Seminar teilnahm, das ich gab; und wir arbeiteten miteinander. Peter war sehr inspiriert und fragte mich, ob ich nicht dem Aufsichtsrat beitreten wolle. Ich bin also seit zwölf Jahren bei der Triodos Bank, die sich inzwischen internationalisiert hat und zu einem ganz anderen Unternehmen geworden ist als zu Beginn. Der Impuls zu Triodos war sehr stark mit einem Ideal in die Welt geschickt worden. So etwas ist interessant und bedeutet natürlich immer eine gewisse Spannung, denn alles, was man tut, wird mit dem Ideal in Kongruenz gebracht, und man fragt sich, ob man dies und jenes nun machen darf oder nicht. Auf der anderen Seite arbeitet eben auch die Welt mit einem solchen Institut. Es stellte sich also die Frage nach dem Gleichgewicht zwischen diesen beiden Bewegungen: dem Ideal und der Welt. Man sagte sich zu Beginn: Wenn man eine Finanzierung erreichen will, muß es einen Kreis von Menschen geben, der das Ideal sichert. Es ging also um die Frage nach Gemeinschaft. Später bemerkte man aber, daß das eine kontraproduktive Komponente hatte, denn man band sich so fest aneinander, daß man auch Abwärtsentwicklungen gemeinsam vollziehen mußte. Anfangs ist eine solche feste Gruppe sehr schön, aber nach einer gewissen Zeit muß man sie für neue Menschen öffnen. Das heißt aber auch, daß der eine oder andere die Gruppe vielleicht verlassen muß. Bei Triodos gelang es recht gut, das Gleichgewicht zwischen der Aufgabe, also dem Impuls, und einer weltoffenen Arbeit zu finden.

Geistige Strenge und Beweglichkeit

Diese beiden Seiten sagen auch viel über Lex aus, denn das waren oft gewisse Spannungsthemen. Lex hat sehr starke Vorstellungen über Dreigliederung und die Welt, darüber, was gut und was nicht gut ist. Er witzelt z.B. gern, wenn er hier beim NPI auftaucht, wie heute morgen auch. Nebenbei bemerkte er: „Ich hab' ja schon an Deinem dicken Volvo gesehen, daß Du hier sein mußt.“ Nach Lex' Vorstellung schickt es sich eigentlich nicht für NPI-Mitarbeiter, mit dicken Volvos in der Welt herumzufahren. Das ist ein kleines Bild für einen gewissen Streit, der hier immer wieder ausgetragen wurde: Lex hatte die Vorstellung, daß wir eigentlich subventioniert werden müßten, um unsere geistige Arbeit leisten zu können. Diese Ansicht kollidierte immer wieder mit der Einstellung anderer und meiner, daß wir selbständig bleiben müssen und uns ganz einfach durch unsere Kunden finanzieren sollten, denn wir arbeiten ja wirtschaftlich und selbständig. Natürlich leisten wir stark geistige Arbeit, aber das Bedürfnis nach ihr kommt aus der Wirtschaft. Es ist wichtig, daß man finanziell wirklich mit den Kunden in eine Beziehung tritt und sich nicht von Regierungsbeamten finanzieren läßt, denn das wird sofort zum Problem. Dieser Streit wurde hier über Jahre ausgefochten.

Das beschreibt also die eine Seite von Lex: feste, starke Vorstellungen. Andererseits ist Lex immer bereit mitzuschwingen. Wenn er sich in einem Institut auf die Praxis einläßt, ist er sofort viel weniger fest und läßt sich auf Prozesse ein. Diese Mischung ist eigentlich recht schön.

Lex ist eben aktiv, und das finde ich wunderbar. In der konkreten Praxis treibt er die Menschen an und unterstützt sie dabei, Dinge in Bewegung zu setzen und ihre Sache zu machen. Daß Lex diese beiden Qualitäten, also geistige Strenge und Beweglichkeit in der Praxis, miteinander verbinden kann, das macht ihn groß. Den meisten Menschen mangelt es an dieser Fähigkeit.

R.H.: Können Sie noch ein wenig weiter ausführen, warum Lex Bos in Ihren Augen ein großer Mann ist?

A. Bekman: Ich denke, daß er sehr unterschiedliche, aber ganz entscheidende Lebensqualitäten voll auszuleben in der Lage ist. Er kann sie aber auch zusammenführen. Er errichtet geistige Bauwerke, die an allen Enden zu Ende bearbeitet und in sich geschlossen sind, denen nichts mehr fehlt. Wenn man bei Lex einen Zeitrahmen von 20 Minuten für einen kleinen Vortrag anberaumt, dann ist er exakt nach 20 Minuten genau auf dem Punkt mit dem, was er sagen will – keine Minute später, keine Minute früher. Was er entwickelt, hat Anfang, Mitte und Ende und ist ganz und gar durchgeformt. Aber er ist eben andererseits sehr beweglich in der konkreten Situation. Er geht dann auch ganz unorthodoxe Wege. Und er hat die unternehmerische Fähigkeit, Dinge auf die Beine zu stellen. Dazu kommt – und das meine ich sehr positiv –, daß er seelisch ein einfacher Mensch ist, der in der Begegnung offene Räume für andere schafft und dennoch sehr stark anwesend ist. Mit „großer Mensch" meine ich also nicht etwa einen Goethe, sondern seine Größe, im praktischen Leben eine Ausstrahlung zu entwickeln, die weit über das Alltägliche hinausgeht. Natürlich war Goethe auch ein solcher Mensch: Er arbeitete unentwegt, gestaltete, reiste, suchte Begegnungen auf und setzte Dinge in Gang.

Eine verborgene Seite an Lex, die er selten zur Sprache bringt, ist seine Liebe zu gutem Essen. Er hat also Lebensfreude und Lebensinteresse und ist ein größerer Genießer, als man ahnt. Er genießt eben Qualität, und das gehört auch zu einer gewissen Größe dazu. Und ich bin mir sicher, daß seine Arbeit auf lange Sicht große Wirkung haben wird. Und er ist auch darin ein großer Mensch, daß er von Jahr zu Jahr an seinen Fragen weiterarbeitet. Er hat einfach sein ganzes Leben lang an bestimmten Fragen systematisch gearbeitet und nicht einmal hier die Finger hineingesteckt, dann wieder dort und dann woanders. Er ist an den Fragen geblieben, damit wirklich etwas aus ihnen zustande kommen konnte.

Intensivierung des Lebens

R.H.: Ist das eine Art Treue?

A. Bekman: Ja, unbedingt. In jeder Hinsicht. Treue zu seiner Frau, zu seiner Arbeit, zu seinen Ideen. Er ist treu, zuverlässig und dennoch immer Inspirationsquelle für viele Menschen. Diese Art von Treue gehört stark zum NPI-Kontext. Wer hier arbeitet, lernt diese Art von Treue; insofern lebt er sie nicht nur selbst, sondern hat sie in die hiesige Arbeitshaltung mit einfließen lassen.

Wenn ich z.B. auf mein Leben blicke und das, was heute darin möglich geworden ist, mit dem vergleiche, wie meine frühere Erwartung an mein Leben war, dann staune ich darüber, was aufgrund einer solchen Art von Treue zur Sache alles in Gang gesetzt werden konnte. Ich hätte im Leben nicht geglaubt, daß ich 14 Bücher verfassen würde. Ich hätte nie geglaubt, daß ich hinter die größeren Kulissen blicken würde. Ich hätte nie gedacht, daß ich solchen Menschen begegnen würde, wie ich ihnen begegnet bin, und ich hätte nie gedacht, daß ich einem geistigen Impuls begegnen und ihn zu meinem Lebensnerv machen würde. Ich hätte nie gedacht, daß ich das Leben so genießen würde, wie ich es tue. Insgesamt gesehen, handelt es sich also um eine Intensivierung des Lebens. Das bedeutete natürlich immer auch, Streit und Konflikte auszutragen und immer wieder zu scheitern, aber man blickt eben auf eine Lebenslandschaft, die man sich selbst erworben hat. Lex hat das vorgelebt und war darin auch immer Vorbild für mich. Sehen Sie, diese Anstrengungen und diese Aktivität bedeuten letztlich, daß man, wenn man stirbt, weiß: „Ich war dabei." Das gefällt mir sehr. „Ich habe mitgemacht, bis zum letzten Atemzug." So etwas kann man sich von Lex abgucken, denn er ist ungeheuer ambitioniert.

Und er verströmt ungeheuren Idealismus, den er bei sich selbst eben sehr gut versorgt.

Die Zukunft liegt in Brasilien

Wir hatten vor einigen Jahren eine Konferenz in Brasilien, und dort war ein Unternehmer, der als Geschäftsführer der Wassergesellschaft von Sao Paulo arbeitete. Er war vorher in einem anderen Unternehmen tätig und war dort Lex begegnet, kurz bevor er zur Wassergesellschaft wechselte. Er hatte also eine Rede von Lex gehört und hielt in unserer Konferenz einen Vortrag, den er mit den Worten begann: „Ich hörte eine Rede von Lex Bos, bei der ich recht wenig verstand. Zwei Dinge sind mir aber stark haften geblieben. In unserer Arbeit geht es um zweierlei: *Konzentration und Kooperation*; sich ganz einlassen auf die Arbeit und Zusammenarbeit verwirklichen." Er stieg also in die Wassergesell-

Brasilien: Centro Paulus: Der Saal, in dem Lex Bos seine Vorträge hielt

schaft ein, zu einer Zeit, als nur 50 Prozent der Bewohner Sao Paulos über Wasser verfügten. Es gab Krisen und Korruption in diesem Unternehmen, als er es übernahm; und er arbeitete über Jahre hinweg auf der Grundlage dieser zwei Prinzipien: Konzentration und Kooperation. Er trommelte die entscheidenden Menschen zusammen und erörterte mit ihnen, worauf man sich konzentrieren müsse, um das Unternehmen zu verbessern. Es gelang ihm im Laufe einiger Jahre, dafür zu sorgen, daß jeder Bewohner Sao Paulos heute über Wasserzugang verfügt. Sogar andere Gemeinden schlossen sich an das Wassernetz an, und er erreichte, daß die Streitereien mit der Administration und die Korruption in Grenzen gehalten werden konnten. Und als er darauf blickte, sagte er: „Lex Bos hat das alles ausgelöst." Das war eine beeindruckende Qualität von Lex: Er ging dort herum wie ein Apostel und sprach mit Hunderten von Leuten, regte sie an, gab ihnen Impulse – und sprach dabei immer so, daß die Menschen ihn verstanden.

Dieser Vorarbeit begegnete ich dann in Brasilien. Ich arbeite zur Zeit in Brasilien u.a. in dem Unternehmen Schoenmaker, einem landwirtschaftlichen Unternehmen, bei dem 1.500 Menschen auf 10.000 ha beschäftigt sind. Auch dort gab Lex die entscheidenden Impulse, hielt Vorträge vor Familien, Eigentümern usw. Später kamen andere Kollegen und setzten seinen Impuls fort, nämlich im Unternehmen mit den Menschen gemeinsam Ideen zu entwickeln. Das hatte in Brasilien große Wirkung. Es gibt dort inzwischen auch drei Berater-Institute, man arbeitet weitgreifend auch an Ausbildungsfragen – und bei all dem wird deutlich, wie lebendig die brasilianische Gesellschaft ist. Ich sage hin und wieder: Wenn man in die Zukunft schauen will, muß man nach Brasilien gehen.

Sie wollten in der Welt gestalten

Lex war also dort und gab entscheidende Impulse. Er gehört ja, wie Lievegoed auch, zur ersten NPI-Generation, die immer das Bedürfnis hatte, weltweit Impulse zu setzen. Hinter dem Ganzen liegt natürlich auch eine bestimmte Ambition. Diese Männer haben wirklich auf die Welt gewirkt. Sie saßen im Institut, und dann machten sie sich wie ein Generalstab auf in die Welt und gestalteten in der Welt ihre eigene Welt. Das war alles sehr wichtig: Sie wollten gestalten, waren alle handfeste Idealisten und Individualisten und hatten ihre eigenen Konzepte, ihre eigenen Methoden. Eine Schwierigkeit daran war, daß sie ungeheuer inspiriert sprechen konnten, aber wenn sie in die Praxis mit den Menschen gingen, zeigte sich oft eine starke Unbeholfenheit.

Es gab damals im NPI die rote und die blaue Gruppe. Die rote Gruppe, zu der Lex zählte, waren diejenigen, die vortragend arbeiteten und so ihre Impulse setzten, und die blaue Gruppe bestand aus denjenigen, die die Seminare mit den Menschen praktizierten. Weiter kamen sie eigentlich in der Kundenarbeit nicht. Das war völlig in Ordnung. Man befand sich in der Aufbauphase nach dem Zweiten Weltkrieg, und jedermann war tüchtig und aktiv. Sie gaben den Menschen Konzepte an die Hand, die ihnen verdeutlichten, daß nicht nur sie selbst das Problem waren, sondern daß oft auch in Gesellschaftsstrukturen oder anderen Strukturen der Hund begraben lag.

Ein geistiger Impuls muß in die Welt hinaus

R.H.: Wenn Sie diese Gründungsphase des NPI mit der Zeit vergleichen, in der Sie im NPI begannen, welche Verwandlungen haben sich ergeben?

A. Bekman: Als ich 1978 zum NPI kam, ging diese große Zeit – das NPI hat 1954 angefangen – langsam zu Ende. Wir entschieden uns also damals, die Sache ganz anders aufzuziehen: Wir wollten direkt im Unternehmen selbst mit den Mitarbeitern in der Praxis über längere Zeit an ganz konkreten Fragen arbeiten und nicht hauptsächlich im Schulungsraum. Wir veranstalteten also keine großen Geschichten mehr, machten keine Seminare und keine Schulungen mehr, sondern wir berieten vor Ort. Wir mußten wieder bei Null anfangen und taten das auch. Wir entwickelten alle Konzepte neu, gestalteten neue Herangehensweisen – und arbeiteten dennoch an derselben Sache wie vorher auch.

Menschen wie Lex hatten also auch Menschen nötig, die der Sache neuen Schwung gaben, sie in eine neue Richtung lenkten und verstärkt konkret in die Praxis gingen. Ganz zu Anfang meiner NPI-Zeit hatten wir einmal eine Kundenanfrage aus Groningen – und eine Kollegin sagte daraufhin: „Ach nein, Groningen, das ist für mich zu weit weg." Das zeigt, wie ‚verwöhnt' die NPI-Kollegen damals mit Kundenanfragen waren. NPI hatte eine Reputation in unserer Gesellschaft aufgebaut. Heute ist das unvorstellbar, denn wir müssen unsere Kunden suchen, ob in Holland, Deutschland, Mailand oder in Sao Paulo; wir müssen in die Welt hinaus. Bisweilen wirkte diese erste Riege also auch ein wenig weltfremd, von der Mentalität her. In gewissem Sinne waren die Urpioniere, zu denen Lex ja zählte, dadurch ein wenig verwöhnt geworden, daß es Zeiten gegeben hatte, in denen sie nach vielen Jahren harter Arbeit die Projekte auf den Tisch bekamen wie gebratene Tauben in den Schlund. Und so hörte man sie später – als es wirklich darauf ankam, zu den Kunden und in die Welt zu gehen –, manchmal hinter den Kulissen kritische Äußerungen über diese neue NPI-Richtung machen. Aber ein geistiger Impuls muß eben immer wieder neu in die Welt hinaus.

Steiner war ja auch Lehrer und hatte sich in seiner letzten Phase seines Leben, nach dem großen Scheitern, entschlossen, daß er die Dinge nur fruchtbar durcharbeitete und sie dann konkret auf die Erde brachte, indem er sie mit konkreten Menschen erörterte und indem er versuchte, gemeinsam mit ihnen herauszufinden, was möglich war. Das gehört einfach zu jedem wichtigen Impuls hinzu: Man muß die Dinge gemeinsam bewegen, sich in die Fragen einarbeiten und sie in die Praxis bringen, damit sie in der Welt sichtbar und erlebbar werden können. All die Streitereien und Reibereien gehören zu solchen Fragen dazu. Gott sei Dank initiierte Lievegoed damals dieses

Institut und gab ihm eine Richtung, die die Sicherheit bot, daß solche Reibereien sich an der Sache orientierten. Es gibt ja so viele Reibereien, die in Abkapselung von der Welt stattfinden: Wer von uns ist der Größere, wer ist der Bessere usw. Natürlich gab es das hier auch immer wieder im Ansatz, aber es war nie Hauptmenupunkt.

Michaelitis

Ich bin ein Kollege der dritten NPI-Generation, befinde mich also fern vom Ursprung. Die heutigen Kollegen entwickeln ihre Fragen zur Anthroposophie meist aus der konkreten Praxis heraus, müssen Anthroposophie mühsam erwerben. Wenn wir hier theoretisierende Anthroposophen als Kollegen einstellen würden, dann würde es bald große Probleme geben, da sie oft nicht praxisorientiert sind. Sie sind nicht in der Lage, mit dem Kunden gemeinsam nach einem Weg zu suchen. Sie wollen ganz einfach einen fertigen Überbau in die Tat umsetzen, und das geht nicht gut, denn wir wollen ja die Kunden inspirieren, ihre eigenen Ideen in die Tat umzusetzen.

Wir versuchen eben, uns genauso an der Welt zu orientieren und herauszufinden, was die zeitgenössischen Menschen eigentlich authentisch begeistert. Wohin geht die Entwicklung, was zeigt sich an ihr, und wo liegt die Initiativkraft der Kunden? Es geht nicht darum, den Menschen unsere Ideen zu oktroyieren; das muß einfach schiefgehen.

An Konflikten kann er zerbrechen

R.H.: Wie haben Sie Lex denn wahrgenommen, wenn er in Konflikte involviert war?

A. Bekman: Da muß ich nachdenken. Für Lex waren Konflikte immer sehr schwierig. Er sucht in Konflikten stark nach einem geistigen Fixpunkt, der ihm Halt und Klarheit bietet. Konflikte bedeuten aber eben oft Orientierungslosigkeit; und das ist für Lex sehr schwer zu ertragen. Ich habe den Eindruck, daß er in Konflikten innerlich in eine Melancholie verfällt. Ich erlebte einmal mit, wie er wegen eines Konflikts einfach zusammenbrach. Es wirkte sehr dramatisch, einen Mann von seiner Statur sozusagen auseinanderbrechen zu sehen. Er war völlig hoffnungslos. Von selbst begibt Lex sich nicht in Konflikte. Streitigkeiten sind nicht seine Welt. Er ist ein geistiger Baumeister, Konflikte stören seine Arbeit.

Lex sagte immer: Anthroposophie ist Wollen. Die Welt der Konflikte ist aber kein gerichteter Wille, sondern sie ist chaotisch und ohne Richtung. Man kann dort nicht steuern, sondern man muß austragen und umgehen. Wenn er mit Menschen gemeinsam einen Prozeß beschreiten kann, ist es in Ordnung für Lex, denn ein Prozeß hat einen Anfang und läßt sich bis zum Ende gestalten. Wenn dieser Prozeß aber ins Chaos übergeht, ist Lex sozusagen aufgeschmissen. Natürlich haben die meisten Menschen Schwierigkeiten in diesen unüberschaubaren Phasen, aber was

Adriaan Bekman im NPI

mir an Lex immer auffiel, war, daß er dann melancholisch wurde. Es brachte ihn in eine innere Enttäuschung.

Daß ihn solche Dinge so sehr mitnahmen, hatte immer auch damit zu tun, daß er sehr stark konzeptionelle Arbeit leistete und Ideen austrug. Mit den unangenehmeren Geistern, die unterhalb der Tischplatte unterwegs waren, wollte aber keiner der ersten Generation gerne umgehen. Es gab eine ganze Reihe von Leuten, die weggingen, weil sie das nicht aushalten konnten. Man muß schon eine Portion Durchhaltekraft aufbringen, um es hier auszuhalten, denn wir sind beileibe kein durchweg harmonisches Grüppchen. Wenn sich Lex also mit einem Konzept nicht durchsetzen konnte, dann begann das innere Zerbrechen und die Enttäuschung. Man sah ihm an, daß es ihn stark in Emotionen brachte, aber er äußerte sie nie. Er machte sie nicht fruchtbar – indem er z.B. sagte: „Halt, Stop! Wißt Ihr, was das in mir auslöst?“ –, sondern er verließ dann einfach den Raum. Er ging einfach vor die Tür, und der Prozeß blieb stehen. Das war damals NPI-Kultur.

Das hat sich inzwischen sehr geändert. Heute werden Empfindungen und Gefühle im Konflikt geäußert; meiner Ansicht nach sogar viel zu viel. Inzwischen ist man zu sehr mit sich selbst beschäftigt, man ist sozusagen beinahe ins andere Extrem verfallen. Ich selbst hänge in dieser Frage zwischen den Stühlen, denn ich bin noch dazu ausgebildet worden, mich durch und durch auf die Sache zu konzentrieren. Andererseits gehörte ich mit zu den ersten, die sich nicht mit der rein strukturellen Arbeit zufriedengaben. Wir haben diese Art von Strukturen durchbrochen und versucht, sie in Bewegung zu bringen, indem wir u.a. auch emotionalen Fragen Raum gaben. Das war für die eingefleischten Erstkollegen schwer verständlich, und sie empfanden es eigentlich als eine Zumutung. Einige Kollegen konnten auch partout nicht verstehen, daß es bei anderen durchaus immer wieder zur Trennung vom NPI kam.

R.H.: Wir haben während unseres Interviews erlebt, daß Lex zu großen und authentischen Gefühlen in der Lage ist. Gibt er nach außen ein anderes Bild ab als das, was innen lebt?

A. Bekman: Nun ja, wenn man daran denkt, daß Lex durch und durch Kompagnon ist, also eine Art Geselle oder Genosse der anderen, dann wird ganz klar, daß er nicht rein aus der intellektuellen Ebene agiert, denn von dort aus geht das gar nicht. Aber wenn es um Streitereien oder Konflikte geht, so ist das z.B. für mich ein Vorgang, der zum fruchtbaren Prozeß dazugehört, und das sieht Lex anders. Für ihn ist das die reine Belastung.

D.L.: Hat er deswegen in seiner Doktorarbeit auch die Gruppenprozesse mehr oder weniger ausgespart?

A. Bekman: Ja, Gruppenprozesse sind nicht seine Sache. Das ist für mich aber auch völlig in Ordnung.

Er gestaltet seine eigene Geistgestalt

D.L.: Können Sie noch einmal zusammenfassend sagen, was Sie an Lex besonders geschätzt haben und was Sie an ihm problematisch fanden?

A. Bekman: Was ich am meisten bewundere, ist, daß er immer in der Lage war, junge Leute und neue Initiativen in vielen Ländern in der Welt so zu unterstützen, daß sie Vertrauen zu ihren eigenen Impulsen faßten. Dieser jugendliche Wille, ihnen etwas aus dem Geist heraus mitzugeben, damit sie mehr Bewußtsein für die eigenen Ziele entwickeln, ist gewissermaßen sein Lebensthema, und er praktizierte es konsequent. Das gefällt mir unglaublich gut.

Was ich wiederum problematisch finde, ist dieses Ganz-in-sich-geschlossen-Sein. In seinen geistigen Werken ist Lex eigentlich ein Einzelkämpfer. Er gestaltet seine eigene Geistgestalt. Ich denke, daß die gesellschaftliche Wirksamkeit seines Geistes dadurch gehemmt wird.

Innerlich unabhängig

D.L.: Waren Sie in Ihrem Verhältnis zu Lex Bos immer unabhängig?

A. Bekman: Ich war geistig immer völlig unabhängig, was nicht heißt, daß ich nichts von ihm annehmen konnte, ganz im Gegenteil. Diese innere Unabhängigkeit hängt mit meinem ganz eigenen Weg zusammen. Abhängigkeit ist mir nicht eigen. Ich gehe ernsthafte Verbindungen ein und lebe auch mit Lex in einer intensiven Arbeitsgemeinschaft, aber Abhängigkeit ist in meinem Leben nie als Frage aufgetaucht.

D.L.: Glauben Sie, daß auch er diese Eigenschaft an Ihnen schätzt?

A. Bekman: Ich denke, diese innere Unabhängigkeit ist eine Grundvoraussetzung dafür, daß die Beziehung fruchtbar und lebendig bleibt. Ich hatte mit Lex nie einen Konflikt; wir waren immer so eigenständig, daß wir uns auch frei gegenseitig inspirieren konnten.

R.H.: Was würden Sie Lex für die Zukunft wünschen?

A. Bekman: Ich denke, das Allerwichtigste ist, ihm gute Gesundheit zu wünschen. Lex ist ein starker Mann, seine Mutter wurde 104 Jahre alt und sein Vater 90, insofern haben wir die Aussicht, daß er vielleicht noch ähnlich lange lebt.

Was ich ihm aber außerdem wünsche, sind neue Begegnungen. Ich wünsche ihm, daß er sich noch auf den Weg macht, Menschen zu begegnen, die die eine oder andere Überraschung für ihn bereithalten. Lex war viel in anderen Kulturen unterwegs, traf auf interessante Persönlichkeiten und hatte eine ganz gesunde Neugierde. Ich wünsche ihm, daß er diese Fähigkeit noch lange beibehält und in der Begegnung erlebt.

Der Wert bildet sich am Kunden

Interview mit Peter Blom

von Renate Hasselberg und Dierk Lorenz

Peter Blom, *geb. am 03.03.1956. Nach dem Abitur Studium der Wirtschaftswissenschaften an der Vrije Universiteit Amsterdam (1975–79). 1980–81 freiwillige Beschäftigung bei der Stiftung Triodos. Seit 1982 verschiedene Tätigkeiten in der Triodos Bank, zuerst in der Kreditabteilung, seit 1989 als Vorstandsmitglied. – Seit 1999 Geschäftsführer und Vorstandsvorsitzender des International Management Council Triodos* N.V. *– Gründungsmitglied und ehemaliger Vorsitzender der International Association of Investors in the Social Economy* (INAISE)*, einem internationalen Netz finanzieller Einrichtungen, die in der sozialen Ökonomie aktiv sind. – Gründungsmitglied des Social Venture Network Europe, der Europäischen Sektion des globalen Netzwerkes.*

In diesem Interview schildert Peter Blom, Mitbegründer und derzeitiger Direktor der Triodos Bank, die Begegnung mit Lex Bos, den er erstmals 1976 in einer Arbeitsgemeinschaft für Dreigliederung traf. Peter Blom charakterisiert Lex Bos in unserem Gespräch als einen Menschen, der ein begeistertes Interesse für die Arbeit und die Ansichten anderer Menschen hat. Er beschreibt ihn als einen Brückenbauer, der Menschen und Initiativen zusammenführen konnte. „Lex ist einfach immer noch zentraler Mitarbeiter dieser Bank“ so Peter Blom, „er ist also nie ausgestiegen, sondern er arbeitet von einer anderen Seite aus mit“

Renate Hasselberg: Könnten Sie zu Beginn ein wenig aus Ihrer eigenen Biographie erzählen?

Peter Blom: Ich wurde 1956 in Leiden hier in Holland geboren. Einen Teil meiner Schulzeit verbrachte ich auf einer niederländischen Waldorfschule und studierte nach dem Abitur einige Jahre Wirtschaftswissenschaften in Amsterdam. In den 60er und 70er Jahren entwickelte sich dort in der Innenstadt eine Initiative mit Namen De Bast, und sie war für mich deswegen interessant, weil ich dort meine Gedanken und Ideen über Dreigliederung ein wenig an der Praxis prüfen konnte.

Ich bin mit der Dreigliederung seit meinem 16. Lebensjahr vertraut, kenne sie also seit der Zeit, als die Achberger Freunde immer wieder zusammenkamen. Natürlich war ich damals sehr jung, aber ich fand das alles ungemein spannend. Ich erinnere mich noch, als der tschechische Wirtschaftsminister Ota Sik dort sprach. Die Dreigliederungsidee hat mich immer von ihrer politischen Seite her brennend interessiert, gar nicht so sehr, weil sie der Anthroposophie entsprang, denn darüber wußte ich nur wenig. Natürlich ist man sich als Waldorfschüler noch nicht wirklich bewußt, was alles hinter der Pädagogik steckt, die man täglich erlebt. Zu dieser Zeit, also in den 60ern und 70ern – wobei ich mich eher letzteren zurechne – waren ja wirklich brennende politische Fragen zu bewältigen. Ich probierte mich also in der Dreigliederung und bemerkte recht bald, daß das alles ein wenig utopisch und sehr idealistisch zu sein schien, was mich nicht befriedigte, denn ich wollte sie in die Praxis umgesetzt sehen.

Bevor ich aber begann, für die Initiative De Bast zu arbeiten, lernte ich Lex Bos kennen, der damals auch stark mit der Dreigliederungsidee verbunden war. Wir hatten eine Arbeitsgemeinschaft zur Dreigliederung hier in Holland, und dort begegnete ich ihm mehrere Male. Ich war immer sehr begeistert von dem, was er sagte und anregte, und er war auch derjenige, der zusammen mit Arnold Henny und Dieter Brüll Schriften verfaßte, in denen er die Dreigliederungsidee sehr gut ins Praktische übertrug. Natürlich kannte man die grundlegenden Werke von Steiner dazu, aber diese drei schrieben sehr schöne Bücher zu diesem Thema – und es war einfach gut, etwas in holländischer Sprache zur Hand zu haben. Ich weiß gar nicht, ob es diese Schriften überhaupt in deutscher Sprache gibt.

Die drei gaben eine Reihe von vier Büchern heraus. Man beschäftigte sich darin u.a. intensiv mit der Frage nach einer neuen Schulform, also nicht nur für Waldorfschulen; alles, was die drei darin behandelten, war sehr praxisnah und konkret.

Ich studierte dann also Ökonomie und war nebenbei Mitträger der Initiative De Bast; ich wuchs dort gewissermaßen mit hinein. Wir richteten in Amsterdam ein Café ein, in dem politische Gespräche stattfanden, zu denen wir auch Lex einluden, um über die Dreigliederung zu sprechen. Wir hatten damals einfach eine sehr aufregende Zeit, denn wir eröffneten einen Demeter-Laden, eine Buchhandlung, ein Restaurant usw. Vielleicht können Sie sich das Ganze als eine Art Forum 3 (Stuttgart) vorstellen, nur eben kleiner.

Über diese Arbeitsgemeinschaft für Dreigliederung lernte ich also Lex kennen und lud ihn dann als Referenten in unsere Initiative ein.

Die Stiftung Triodos

Es gab damals schon eine geraume Zeitlang eine Stiftung, die Triodos hieß. Die Gruppe, aus der Triodos hervorging, hatte sich schon 1968 gegründet, und es waren in ihr Menschen wie Dieter Brüll, Lex Bos, Adriaan Deking Dura und Rudolf Mees. 1971 gründete diese Gruppe die Stiftung Triodos, die sich mit dem bewußten Umgang mit Geld befaßte. Zwischen 1975 und 1977, also in den Jahren, in denen ich die Initiative De Bast mit begründete, waren wir auf Geld angewiesen, da sich alles sehr rasant entwickelte. Ich dachte also, man könne diese Stiftung nach Geld fragen; aber sie besaß gar keines. Man erklärte sich aber dort bereit zu versuchen, etwas zu vermitteln. So kam ich also mit Triodos in Berührung.

Der Name Triodos hat das gewisse Etwas

Die Bank gab es damals noch lange nicht, denn sie wurde erst 1980 gegründet. Es existierten aber eine Wirtschaftsgemeinschaft und die Stiftung, in der Lex eine zentrale Rolle spielte. Später erfuhr ich auch, daß Lex derjenige war, der das Wort Triodos erfunden hatte; ein Wort, in dem die Dreigliederung gleich in mehrfacher Beziehung enthalten ist: Triodos heißt „Drei Wege", wenn man es aus dem Griechischen überträgt. Diese drei Wege bedeuteten für uns, daß es heute im Wirtschaftsleben und in jeder Form des zeitgemäßen Lebens darum geht, sich nicht nur wirtschaftlich zu begegnen, sondern auch sozial und spirituell; und es sollte aussagen, daß diese Art von Dreiheit eigentlich die gesunde Form für jede Art von Initiative und Organisation ist, in der Menschen leben und handeln.

Es war neu und ungewohnt, in einer Initiative mitzuarbeiten, die schon im Namen ihre Idee und ihr Ziel kundgibt. Wir sind auch heute noch stolz auf diesen Namen, und wir bemerken immer wieder, daß die Kollegen anderer Länder und Banken ein wenig neidisch auf diesen Namen blicken, denn er hat einfach das gewisse Etwas.

Wir sind inzwischen auch in Belgien, Spanien und Großbritannien tätig, und da erweist sich dieser Name als doppelt gut, da man ihn international verstehen und verwenden kann. Lex hat also dem Wesen, das mit dieser Initiative verbunden war und ist, einen Namen gegeben – und es damit auch ein wenig sichtbar gemacht. So etwas ist wichtiger, als man denkt, auch wenn man das gewöhnlich unterschätzt. Etwas, das einen richtigen Namen trägt, kann anders, viel tatkräftiger in Erscheinung treten.

Die Initiative in verständliche Sprache übersetzen

R.H.: Können Sie den Namen Triodos noch einmal genau übersetzen?

P. Blom: Hodos ist der Weg im Griechischen, und Tri heißt Drei. Es handelt sich also um einen Dreiweg.

Wir haben unseren Kunden immer zu verstehen gegeben, daß wir zwar an ihrer wirtschaftlichen Lage interessiert sind, daß wir aber auch das externe und interne soziale Leben einer Organisation kennenlernen müssen: Was und wie sind die Kundenverbindungen, wie läuft das soziale Leben innerhalb der Organisation? Und auch das spirituelle Profil einer Initiative war immer wichtig: Was will man erreichen, was ist die tragende Idee hinter dem Ganzen? Ist das Ziel rein wirtschaftlicher Natur – handelt es sich um bloße Gewinnmaximierung –, oder gibt es etwas Übergeordnetes, z.B. eine treibende Idee, ein Leitmotiv?

Wenn man mit einer Initiative wie der unseren auf den Plan tritt, ist es eben auch wichtig, daß man die Sache nicht nur vor Anthroposophen vertreten kann, sondern in der Lage ist, die gesamte Initiative in verständliche Sprache zu übersetzen. In dieser Hinsicht bedeutet das Konzept von Triodos eine Art Metamorphose des Dreigliederungsgedankens und eine Metamorphose von Geld- und Bankwesen. Das hat sich eigentlich sehr gut bewährt. Man kann die Dinge recht gut erklären, wenn man nicht zu träge ist und sie wirklich selbst durchschaut. Man kann den Kunden ganz einfach sagen: Diese drei Aspekte sind für uns von zentraler Bedeutung, und wir versuchen, mit ihnen eine Art Gesamturteil zu finden. Dieses Gesamturteil hat dann mehr Aspekte und ist tragfähiger als ein rein wirtschaftliches Urteil. Unsere Kunden empfinden das gar nicht als unklar, sondern als sehr erfrischend, weil sie das auch gut verstehen können.

Nach einigen Jahren waren wir immer noch da

Wir konnten also als Bank nicht nur für diejenigen etwas tun, die wir finanzierten, sondern auch für die, die Geld anlegten. Wir bemerkten auch recht bald, daß es sich hier um einen zeitgenössischen Ansatz im Bankwesen handelt, denn andere Banken beurteilten diese Art der Herangehensweise recht bald als sehr interessant und innovativ. Zuerst billigte man uns nicht unbedingt lange Überlebensdauer zu und dachte, wir würden vielleicht nur einige Monate bestehen können, aber nach einigen Jahren bemerkten die anderen Banken, daß wir immer noch existierten und immer noch keine Verluste machten. Man nahm mit Erstaunen eine stabile Weiterentwicklung zur Kenntnis. Nach zehn Jahren, also etwa um 1990 herum, wurden wir dann wirklich ernst genommen. Das ist normal, denn in den ersten fünf Jahren kann sich noch viel ereignen.

Peter Blom und Renate Hasselberg im Gespräch

Nach zehn Jahren erwachte ein neues Bewußtsein für Umweltfragen und gesellschaftliche Fragen, das eine andere Färbung als in den 60ern hatte, als man sich mit diesen Fragen nicht in wirtschaftlicher Hinsicht beschäftigte. Jetzt gab es eher einen Dialog als eine Alternativbewegung, und so konnten wir in dieser Zeit sehr schnell wachsend aktiv werden.

Ich hatte 1980 das Glück, einer der ersten Mitarbeiter der Bank zu werden. Ich kannte ja Lex, der Aufsichtsratsvorsitzender dieser Bank war. Es gab aber außer ihm zwölf bis 15 Freiwillige, und ich war für die gesamte Kreditverarbeitung zuständig, da ich schon ein wenig Erfahrung durch das Darlehensverfahren bei De Bast hatte. Eigentlich war ich einer der allerersten Kunden der Triodos Bank gewesen, noch bevor sie überhaupt als richtige Bank existierte.

Ich lernte dort sehr viel und wurde dann Ende 1988 in den Vorstand berufen. Demzufolge bin ich persönlich sehr mit dieser Bank verbunden, denn ich bin mit ihr groß geworden und zusammengewachsen. Inzwischen sind wir mehr als 250 Mitarbeiter in vier Ländern, und auch in den Zahlen gab es ein enormes Wachstum. Selbst von außen gesehen hat sich also alles sehr spannend und erfolgreich entwickelt.

Ein Dialog zwischen Anthroposophie und der Welt

Von innen betrachtet sucht man mit der Triodos Bank auch einen Dialog zwischen der Anthroposophie und der Welt. Anthroposophischer Kosmos und „ganz normale Welt" nehmen uns beide mit Interesse wahr, und es hat uns immer Vorteile verschafft, daß wir transparent arbeiteten und klar darstellen konnten, was wir tun. Obwohl wir uns nicht als eine anthroposophische Bank sehen, waren wir aber auch für die anthroposophische Bewegung von Bedeutung, z.B. dadurch, daß wir viele Initiativen finanzierten und ihnen Möglichkeiten boten, Geld sinnvoll einzusetzen. Am Anfang waren das fast nur anthroposophische Initiativen, heute ist es eine sehr kleine Minderheit. Wir hatten also eine Brückenfunktion, was ja auch in der Funktion einer jeden Bank liegt oder liegen sollte. Sie ist die Brücke zwischen Geldgeber und Geldnehmer.

Wir haben hier in den Niederlanden auch eine Steuerbegünstigung in Zusammenarbeit mit der Regierung entwickelt, aus der sehr rasch vieles gewachsen ist, denn auch andere Banken übernahmen diese Regelung. Inzwischen ist daraus ein nationales Milliardenprojekt geworden, woran sich auch die Großbanken beteiligen, und mit dem wir zahlreiche grüne Projekte unterstützen. Wir machten den Anfang mit einer kleinen Grund- und Bodenbank für Bio-Landbau-Initiativen und nahmen dieses Unternehmen als exemplarisches Beispiel, das wir der Regierung unterbreiteten mit der Frage, ob sie das als unterstützenswert beurteile. Hier spielten wir also auch die Rolle einer Brücke.

Ich würde sagen: Wir sind sogar eine Brücke für die Dreigliederungsidee, denn wir hatten den Vorteil, mit ihr unsere ganz praktischen Erfahrungen zu machen und nicht im stillen Kämmerlein über sie hin- und herzuphilosophieren. Wir wurden immer wieder durch die Realität korrigiert, indem sie uns spiegelte, was real war und was sich als reine Theorie erwies.

Außerdem hatten wir das Glück, daß Steiner sich zum Bankwesen nicht so intensiv geäußert hatte. Das bedeutete Freiheit für uns, und es hieß: selber nachdenken! Schließlich gab es niemanden, der sagte, in diesem Zyklus der Gesamtausgabe stehe genau, wie man es mache. In der Heilpädagogik oder in anderen Bereichen gibt es viel mehr ganz konkrete Angaben, die dann auch streng eingehalten werden. Die einzige Initiative, die es damals gab, der „Kommende Tag“, lief ja nun nicht eben glanzvoll. Dabei war Steiner sehr interessiert an solchen Fragen; er war nur eben immer auf ganz konkrete Hinweise zum Bankwesen angewiesen, und mit den Hinweisen und Hilfsangeboten, die man ihm gab, war er nicht sonderlich gut beraten.

Geld- und Bankwesen und Wirtschaftsleben im weiteren Sinne sind also ein sehr spannender Bereich, der in der anthroposophischen Bewegung nie wirklich gründlich entwickelt wurde. Künstlerischer, sozialer und pädagogischer Bereich sowie Medizin sind viel differenzierter ausgearbeitet. Das habe ich aber, wie gesagt, immer als Vorteil empfunden, weil man sich einfach den Kopf darüber zerbrechen muß, wie man mit unserem Menschenbild und solchen Gedanken wie der Dreigliederungsidee Fragen des Geld- und Bankwesens behandeln und umsetzen kann. Kann man den Gedanken der Geldqualität, also auch Schenkungsgeld usw., im Bankwesen in die Realität umsetzen und ihn nicht nur denken? In dieser Hinsicht war es immer sehr wohltuend, daß Menschen wie Lex kontinuierlich an solchen Fragen mitarbeiteten.

Geld geht um die Welt

R.H.: Spielt der „Nationalökonomische Kurs“ Steiners (GA 340) bei Ihnen eine große Rolle?

P. Blom: Ja, aber nicht als Modell. Die Frage der Wertfindung und die Frage der Globalisierung kann man auch heute noch mit dem „Nationalökonomischen Kurs" eigentlich sehr gut verstehen. Der Kurs spricht darüber, wie sich der Zusammenhang zwischen dem Sozialen und dem Wirtschaftsbereich gestaltet. Er verhilft also zu einem guten Verständnis dieser Prozesse. Obwohl ich vorhin sagte, daß Steiner sich wenig zum Wirtschaftswesen geäußert hat, ist dieser Kurs grundlegend wichtig, und es steht nichts darin, was nicht auf das moderne Wirtschaftsleben übertragbar wäre. Man muß ihn aber unbedingt in die heutige Zeit übersetzen, denn inzwischen ist so viel passiert, was man Anfang der 20er Jahre einfach noch nicht denken konnte. Damals herrschten ja noch beinahe koloniale Modelle vor.

R.H.: Ist das Geldwesen denn abstrakter geworden?

P. Blom: Ja. Geld ist etwas, das um die Welt geht, und es geht heute sogar elektronisch um die Welt. Das elektronische Geld ist also sozusagen eine weitere Abstraktion dessen. Mit der Datenverarbeitung ist eine rasante Entwicklung eingetreten, die man sich noch vor 20 Jahren kaum vorstellen konnte. Aber dennoch kann man all dies mit dem „Nationalökonomischen Kurs" verbinden, er ist in diesem Sinne nicht veraltet. Geld ist ja ohnehin an sich kein Stoff, keine physische Substanz, sondern es ist eigentlich Geist.

Peter Blom

Erst handeln, dann lernen

D. Lorenz: Haben Sie sich mit solchen Fragen auch schon während Ihres Studiums beschäftigt?

P. Blom: Ja, natürlich. Ich habe den „Nationalökonomischen Kurs" schon mit 16, 17 Jahren durchgearbeitet. Damals hatte ich aber immer das Gefühl, man könne das zwar studieren, aber nicht wirklich umsetzen. Ich glaube, das ist vielleicht auch ein wenig spezifisch für Holland, wo man sehr eng mit Menschen wie Bernard Lievegoed verbunden ist. Wenn Sie sich die anthroposophische Bewegung in Holland ansehen, bemerken Sie, daß Lievegoed, aber auch viele andere, es wichtig fand, daß man die Dinge *tut*. Wenn sie dann getan sind, hält man Rückblick und erkennt dabei, wo eine Art geistige Fahne in den Handlungen geweht hat, wo Entwicklung stattgefunden hat und wo nicht. In Holland denkt man nicht gern erst jahrelang nach, um dann endlich zu handeln und dann vielleicht trotzdem Fehler zu machen, sondern man handelt erst und lernt dann aus dem Getanen. Die Schulung liegt für uns also nicht so sehr im Vordenken einer Sache, sondern im Nachdenken, aber das Nachdenken orientiert sich an der vollbrachten Handlung.

Ich sehe auch Lex in dieser Reihe von praktisch orientierten Anthroposophen. Er war immer stark dafür sensibilisiert, ob sich im Handeln ein neuer Ansatz für eine Neuentwicklung finden läßt. Um das herauszufinden, muß eben erst gehandelt werden. In der Entwicklung der Triodos Bank war das entscheidend, denn wir taten einfach Verschiedenes und dachten dann darüber nach, ob es sich in der Richtung abgespielt hatte, in der wir uns weiterhin entwickeln wollten. Wir fragten uns immer, ob in dem, was wir leisten und tun, noch ein neuer Wert liegt und worin er besteht, ob er uns weiterbringt – und wohin. Hier finden Sie, wie ich glaube, die Strömung, mit der die holländische anthroposophische Bewegung eng verbunden ist.

Ich habe außerdem den Eindruck, daß durch diese Herangehensweise der Anschluß an das Wirtschaftsleben stärker vollzogen ist als in anderen Ländern. Ich bemerke in England, in Belgien, in Spanien und auch in Deutschland, daß die Verbindung zum Wirtschaftsleben wesentlich schwächer ausgeprägt ist. Wenn man bedenkt, wie Lievegoed in den 50er und 60er Jahren daranging, ganze Großunternehmen mutig umzustrukturieren, dann sehen Sie vielleicht, was ich meine. Das ganze Konzept der Initiative und das Wort Initiative, das man inzwischen für alle möglichen anthroposophischen Projekte anwendet, hat man ja vorher gar nicht benutzt; es kommt von ihm und beschreibt seine Herangehensweise an die Dinge. Und durch diese Nähe zu Initiativkraft und zum Wirtschaftsleben finden Anknüpfungspunkte statt, die internationale Tragweite haben.

Ich fühlte mich in dieser Strömung immer sehr zu Hause, und ich denke, daß es ohne sie viel schwieriger wäre; für mich, aber auch für viele andere. Die Art von Verbindung mit der Anthroposophie, die ein bißchen so wirkt wie eine Sonntagsverbindung, also Anthroposophie als eine Sache zu handhaben, die man am Wochenende erledigt, ist für viele hier schwer nachzuvollziehen.

Meine Begegnung mit Lex

R.H.: Wann sind Sie Lex Bos zum ersten Mal begegnet – und können Sie rekapitulieren, wie Ihr erster Eindruck war?

P. Blom: Ich begegnete Lex zum ersten Mal in unserer Arbeitsgemeinschaft zur Dreigliederung in Amsterdam. Wir hatten dort monatliche oder zweimonatliche Treffen mit Menschen, die in Sachen Dreigliederung tätig waren. Dieter Brüll und Lex waren zwei von ihnen, mit denen wir Gespräche führten. Das war Anfang 1976, und ich war ein junger Student. Ich habe Lex begrüßt, und ich erlebte ihn als sehr freundlich und zugänglich. Außerdem interessierte er sich immer eingehend dafür, was andere Menschen taten und leisteten. Es war ihm gar nicht so wichtig, ob man schon lange Erfahrungen hatte oder die großen Ideen gründlich studiert hatte, sondern man spürte einfach sein ganz authentisches Interesse an der Arbeit der anderen. Ob man nun ein kleines Licht war oder ein großer Anthroposoph, er begeisterte sich einfach dafür, wenn etwas in Bewegung gesetzt wurde. Das war eine Qualität, die ich sehr an ihm schätzte. Und indem man merkte, daß man in ihm jemanden hatte, mit dem man sich über verschiedene Sachen austauschen konnte, fühlte man eine Freundschaft entstehen.

Etwas anderes, das mir auffiel und mich beeindruckte, war, daß er meist einfach nur dasaß und den anderen zuhörte, und wenn er dann gefragt wurde, was er von einer Sache halte, dann richtete er sich auf und formulierte sehr schöne Sätze, die sehr voll tönten – denn er spricht ja nicht nur so dahin, sondern das, was er sagt, bringt er mit schönem Klang hervor. Wenn er aber Vorträge hielt, so machte er auch immer große, ernsthafte Gebärden dazu. Er stand da wie ein Fels, und er bewegte seine Hände zu den Worten. Das tut er auch heute noch.

Manchmal hatte ich auch den Eindruck, er sei darin ein wenig altmodisch, aber seine Art zu sprechen bedeutet eben auch eine Qualität – und ich finde es toll, wenn jemand so er selbst bleibt. Ich würde sagen, heute spricht man nicht mehr so, aber er hatte und hat dabei eine besondere innere Kraft, die beeindruckend war und ist. Wenn ich also an Lex denke, dann erscheint er vor mir, wie er da steht und spricht; das ist einfach Lex.

Als er dann mit Triodos verbunden war, lernte ich ihn natürlich näher kennen, und als ich dort anfing, war er für mich sehr wichtig. All die gestandenen Banker, denen ich dort begegnete, pflegten auch einen höflichen Umgang, aber sie waren nicht so zugänglich wie er. Für mich waren sie zunächst einfach „alte Männer“, die ihre Karriere schon gemacht hatten. Lex spielte aber eine große Rolle für mich, denn er war einfach die zentrale Figur des Ganzen. Für mich hieß die Tatsache, daß er sich mit dieser Bank verband, daß die Sache radikal mit der Frage der sozialen Dreigliederung zu tun haben mußte und nicht eine Art Nebenbeschäftigung für ihn war; er war eben kein traditioneller Banker, der das Projekt nett findet und ein klein wenig Freizeit hineininvestiert. Daß er dort eine so zentrale Rolle spielte, bedeutete, daß die Sache einen spannenden Kern hatte, und das hat sich ja später auch bewahrheitet.

Für mich als radikaler Dreigliederungsstudent, der sich auch mit Fragen wie Anarchismus auseinandergesetzt hatte, war Lex also die Brücke zu den Bankern in ihren gut sitzenden Anzügen. Lex hatte natürlich auch Format, aber er bewies darin seine Authentizität. Er war einfach, wie er war, und er brauchte keine Statussymbole in Form von Posten, denn es ging ihm um nichts anderes als um die Sache.

Er war also der erste Vorsitzende einer Bank, ohne Banker zu sein – und ich hatte immer den Eindruck, daß er von Zahlen nur ein beschränkt tiefgreifendes Verständnis hatte; das war nicht unbedingt sein Metier. Er selbst sagte, daß die Profis ihn eben eine gewisse Zeitlang als Vorsitzenden akzeptierten, weil er kein Mensch der Zahlen war. Ich habe aber immer bewundert, daß er sich so stark mit dem Impuls von Triodos verbunden hatte und daß er so weit ging, sich bereitzuerklären, diese Verantwortung zu übernehmen. Und er war durchaus nicht derjenige, der an seinem Bürosessel klebte. Als er das Gefühl hatte, daß genug getan sei und die Sache gut dastehe, zog er sich umgehend zurück, wurde normales Aufsichtsratsmitglied und trat den Vorsitz ab.

Später zog er sich sogar von diesem Posten zurück. Aber er war eben durch und durch mit der Sache verbunden und blieb eine wichtige Stütze für die Bank.

Triodos war keine fixierte Idee

R.H.: Inwieweit konnte sich Lex Bos mit der sich im Laufe der Jahre verändernden Umsetzung seiner ursprünglichen Triodos-Idee anfreunden? Wie ging er mit äußeren Zwängen um?

P. Blom: Natürlich expandierte die Bank, und ihre Projekte wurden größer, und natürlich wurden immer mehr Dinge entwickelt, die ihm nicht mehr so einfach erlaubten, den Geist hinter den Dingen zu erblicken. Das gehört zum Inkarnations- und Festigungsprozeß dazu. Außerdem wirkte die ganze Welt wie eine Aufsichtsbehörde, die wach auf die Bank blickte und Fragen an sie stellte: Läuft hier alles ordnungsgemäß ab, ist es rechtens, was da geschieht? Immer, wenn wir Texte verfaßten oder Broschüren herausgaben, rief Lex an und bat um ein erklärendes Gespräch, da, wo er dies oder jenes nicht verstand oder seine Fragen daran hatte. Wenn man dann zusammensaß und die Dinge besprach, brachte er immer wesentliche Punkte ein. Dies war stets eine Chance für mich, ihm auseinanderzusetzen, was warum geschehen war; und er akzeptierte meine Darlegungen immer voll und ganz. Er war nicht derjenige, der sagte: Das, was ihr da macht, ist nicht mehr das, was es sein sollte.

Wir haben ihn vor kurzem eingeladen, um vor den Mitarbeitern über die Anfangszeit von Triodos zu sprechen. Einer unserer neuen Mitarbeiter fragte ihn zu dieser Gelegenheit: „Herr Bos, ist Triodos noch das, was Sie damals als Idee verwirklichen wollten?“ Daraufhin sagte er zweierlei: „Ich hatte nie eine konkrete Idee, die Triodos exakt vorgeplant hätte.“ Und das andere: „So, wie Triodos jetzt in Erscheinung tritt, stehe ich voll und ganz dahinter und fühle mich sehr damit verbunden.“ Er führte das sehr schön aus, was für die Mitarbeiter sehr interessant war. Triodos war also keine fixierte Idee, die man nach Plan hätte umsetzen können.

Lex taucht noch heute sehr oft hier auf und spricht regelmäßig mit uns, oder er bringt spannende Leute her, mit denen wir dann Gespräche führen. Nicht nur mit Lex, sondern auch mit Rudolf Mees, und mit Adriaan Deking Dura, der kürzlich verstorben ist, und der der vierte im Bunde der Triodoskeimzelle war, pflegten und pflegen wir eine sehr enge Verbindung. Ich höre von vielen Initiativen, daß man sich nach gewisser Zeit von den Gründern und Initiativmenschen trennt; daß man sich gegenseitig die kalte Schulter zeigt und sich entzweit. Unsere Pioniere haben ihre zentrale Rolle gespielt, und nun, da sie alt werden, spielen sie eine eher geistige Rolle als eine offizielle, aber sie stehen weiterhin in starker Beziehung zur Bank. Sie halten nicht fest an ihrer ehemaligen Position und kommen nicht etwa, um uns zu belehren, sondern sie suchen die Ebene auf, von der aus sie uns wirklich beraten können, oder sie verfolgen mit Interesse und echter Frage, was wir tun. Sie sind also auf sehr gesunde Weise einfach präsent.

Peter Blom und Renate Hasselberg im Gespräch

Die sonnige Seite der Zusammenarbeit

R.H.: Bedeutet das nicht hohe spirituell-soziale Kompetenz?

P. Blom: Ja. Und deswegen geht man auch auf Lex zu und stellt ihm Fragen. Wenn er hier anruft, sind es selten persönliche Fragen, die er in den Raum stellt, sondern es dreht sich immer um Initiativfragen, die meist auch einen geistigen Hintergrund haben. Lex ist einfach immer noch zentraler Mitarbeiter dieser Bank. Er ist also nie ausgestiegen, sondern er arbeitet von einer anderen Seite aus mit, anders als früher. Im anthroposophischen Bereich ist eine solche Haltung eher selten zu finden.

Hinzu kommt, daß Lex eben nicht Banker von Beruf ist. Er ist Pionier eines Initiativprojekts im Bankwesen, aber er ist nicht durch und durch Bankmensch. Bei mir liegt das inzwischen anders, ich bin wirklich auch im Alltag so stark mit den Geschäften verbunden, daß ich mich nicht anders bezeichnen kann als Banker. Insofern ist es auch leichter für Lex, aus einer anderen Warte auf die Dinge zu blicken und die Sicht des Bankers anderen zu überlassen. Für mich wäre es vielleicht viel schwerer, die Bank einem anderen Menschen zu überlassen, denn ich habe sie mit Herzblut und großem seelischen Engagement aufgebaut. Lex blickte damals auf die Not und die Bedürfnisse der Gesellschaft, und er metamorphosierte seine diesbezüglichen Erfahrungen um in eine Initiative, die er dann mittrug, ohne selbst im tagtäglichen Kernbetrieb aktiv zu werden.

Es gibt also Menschen wie mich, die im Kernbetrieb sehr aktiv sind, was seine guten und schlechten Seiten hat – und gleichzeitig hat man oft Menschen, die über die Dinge vor- und nachdenken. Er hat einfach hingesehen und das Notwendige in die Tat umgesetzt; und er hat damit ja Karma auf sich genommen. Diese Fähigkeit haben nur wenige Menschen. Meist halten sie sich an dem einen oder dem anderen Pol auf und handeln dort, aber die Verbindung herzustellen – wozu Lex eben in der Lage ist –, ist imponierend. Die Sache liegt nicht so, daß Lex ausleben muß, was in ihm lebt. Er blickt auf das Notwendige.

Ich kann mir allerdings vorstellen, daß für ihn die Sache bezüglich des NPI ein wenig anders liegt, denn dort war er in seinem Beruf und erlebte die Dinge anders. Hier bei Triodos lagen wir sozusagen auf der sonnigen Seite in der Zusammenarbeit, und ich freue mich, daß wir ihm das bieten konnten und können.

D.L.: Bedingte denn das eine auch das andere?

P. Blom: Ja. Sein Beruf war eben Organisationsentwickler, und Triodos war ein wichtiger Impuls, aber nicht der Hauptnerv seines Lebens.

R.H.: Mußten Sie sich vielleicht sogar einmal von ihm distanzieren, um Ihr eigenes Profil zu wahren?

P. Blom: Nein, ich mußte mich niemals distanzieren, um mein eigenes Profil zu wahren. Das mag auch mit daran liegen, daß er hier eben nie mit Macht seinen Siegelabdruck hinterlassen mußte und wir offen miteinander arbeiteten.

Das Gute an Lex ist aber, daß er eine starke Meinung hat und sie auch vertritt. Eine Frage, die er hin und wieder stellte, war: „Wie ist es bei Euch eigentlich um die anthroposophische Substanz bestellt?“ Das ist eine Frage, die ich bei vielen Menschen nicht sehr gern höre, denn ich habe das Gefühl, man fragt das so dahin und weiß oft gar nicht, was man damit ausdrücken möchte. Bei Lex wußte ich aber, daß diese Frage fundiert kam, und deswegen versuchte ich sie auch immer zu beantworten. Ich legte ihm also dar, worin ich unsere „anthroposophische Substanz“ sah, erzählte ihm, worum wir ringen, und fand in ihm immer einen aufmerksamen Zuhörer, der positiv aufnahm, was ich ihm dazu sagte. Er war immer offen für das Gesagte. – Ärger hatte ich nie mit Lex.

D.L.: Konnten Sie damit umgehen, weil in der Frage wirkliches Interesse lag?

P. Blom: Ja, und er hatte eben oft auch ein ganz richtiges Gespür für diese Fragen. Er hatte in vielem recht mit ihnen. Er sagte dann oft auf vielleicht ein wenig altmodische Weise etwas dazu, rückte ein wenig umständlich damit heraus, so daß man für sich dachte: „Aha. Worauf willst du hinaus, Lex?“ Aber ich habe das nie als negativ empfunden. Man mußte ihm eben verständlich machen, wie man die Sache sah.

Ich hatte aber nie ein Abgrenzungsproblem ihm gegenüber. Insofern kann ich wirklich nicht mit problematischen Bereichen dienen.

Hier weht ein weltmännischer Zug

R.H: Haben Sie einmal über eine Fusion mit der GLS-Bank in Deutschland nachgedacht, bzw. planen Sie eine Zweigniederlassung in Deutschland?

P. Blom: Wir wollten immer eine europäische Bank werden, und heute liegen 45 Prozent unserer Bank in Holland; der Rest verteilt sich auf England, Spanien und Belgien. Wir sind also im Laufe der Jahre zu einer Bank mit europäischer Tragweite geworden. Aus Deutschland richtete man immer wieder die Frage an uns, konkrete Projekte zu übernehmen. Deutschland ist

GLS Gemeinschaftsbank eG

ein großes Land, insofern gibt es viele Initiativen und Projekte; und die Nachfrage ist breit gefächert.

Im Gegensatz zur GLS-Bank war Triodos jedoch immer stark an wirtschaftlichen Projekten und Initiativen orientiert, weniger an Waldorfschulen o.ä., wenn wir auch immer wieder in diesen Bereichen tätig waren. Wir sprechen seit vielen Jahren darüber, ob man sich zusammentun soll. Man muß natürlich genau erwägen, was die Vorteile und Nachteile sind. Ein Vorteil wäre mit Sicherheit, daß man im Bankbereich immer ein gewisses Volumen braucht. Die Gemeinschaftsbank und Triodos sind inzwischen die beiden größten Banken in „unserer" Banklandschaft ohne Existenzprobleme, insofern wäre ein Zusammenschluß relativ unproblematisch; aber es gibt eben viele kleine Banken in Europa, die immer größere Schwierigkeiten haben werden.

Man kann also zweierlei tun: Man kann stiftungsartige Initiativen gründen, die überschaubar und selbständig bleiben – und man kann größeres Engagement in den großen europäischen Bankbereich investieren. Solche Entwicklungswege sind aber noch nicht zu Ende gedacht. Es gibt eben verschiedene Ansätze, und Triodos hatte immer das Ziel, europaweit aktiv zu werden. Als dann aus England, Spanien und Belgien Nachfragen kamen, sind wir einfach darauf eingegangen und haben geprüft, was sich daraus entwickeln läßt. Wir freuen uns sehr darüber, was das alles mit sich bringt; und diese Freude bezieht sich nicht allein darauf, daß es Wachstum bringt, in anderen Ländern aktiv zu werden, oder etwa, daß man neue Kontakte knüpft; sondern man kann so unendlich viel durch verschiedene Kulturformen lernen und erlebt dadurch einen Wertzuwachs für die eigene Vorgehensweise.

Ich persönlich fände es einfach unbefriedigend und ein wenig kleingeistig, in einer rein holländischen Bank zu arbeiten. Das Weltmännische ist einfach mit dem Impuls von Triodos verbunden, und ein ähnlich weltmännischer Zug geht bei den Engländern und Belgiern durch das Arbeitsleben. Wir lieben das einfach, weil es uns etwas bringt, nämlich ganz einfach Spaß, Dynamik und Lebendigkeit. Hierin erleben wir zeitweise einen gewissen Unterschied zu unseren deutschen Kollegen, mit denen wir sehr gute Beziehungen pflegen, das steht überhaupt nicht in Frage. Aber dieses innere Bedürfnis, die Tore zur Welt aufzureißen, lebt dort einfach nicht so stark. Es geht uns viel weniger um Zahlen, als man vielleicht denkt. Anthroposophen sollten sich unserer Ansicht nach einfach davor verwahren, sich in nationalen Entitäten einzuschließen und abzukapseln. In meinen Augen ist das einfach kein zukunftsgemäßes Denken.

Wir haben immer darum gerungen, die Fühler nach Deutschland auszustrecken, und es kamen auch viele Deutsche zu uns. Wir haben lange versucht, etwas Gemeinsames in die Wege zu leiten, und wir sind noch immer mit der GLS-Bank im Gespräch. Aber wir bekamen einmal eine Studie junger Studenten vorgelegt, die uns folgendes spiegelte: Die GLS-Bank ist eine Genossenschaft, wohingegen wir als Aktiengesellschaft arbeiten. Die Studie arbeitete heraus, daß die GLS-Bank ihre Zielgruppe da sucht, wo ihre Grundwerte liegen, was für eine Genossenschaft durchaus stimmig ist, wohingegen Triodos versucht, den Wert eher unmittelbar am Kunden zu bilden.

Wir sprechen hier nicht von Mitgliedern, sondern wir haben ganz einfach eine Kundenbeziehung, auf der alles gründet; es handelt sich bei uns also stärker um eine wirtschaftliche Beziehung, der Wert bildet sich am Kunden selbst. Dies ist nun doch ein grundlegender Unterschied in der Herangehensweise. Wir selbst, GLS und Triodos, sahen diesen Unterschied gar nicht so stark, aber die Gruppe junger Studenten machte ihn uns sehr deutlich, so daß auch wir ins Überlegen kamen. Ich denke gar nicht einmal, daß es sich hier um eine Prinzipienfrage handelt, aber unsere Banken sind einfach unterschiedlich gewachsen. Ich glaube auch, daß sich das u.U. ändern kann, aber in der augenblicklichen Situation unbedingt zusammenzugehen, obwohl diese unterschiedlichen Grundtendenzen da sind, sehe ich nicht unbedingt als gesund.

Die Frage ist also jetzt für uns, ob wir in Deutschland nun in eine andere Kultur hinein eine Triodos Bank ins Leben rufen, gemeinsam mit Deutschen, und ob das einen Mehrwert bedeutet. Wir sind nicht dazu da, um in Konkurrenz zu treten, wenn auch ein bißchen Konkurrenz durchaus belebt, wie ich finde. Aber Konkurrenz ist nicht unser Ziel. Der Sinn läge in der Tatsache, daß man eine Bereicherung schafft. Bis jetzt haben wir den Eindruck, der Markt in Deutschland ist so riesig, und die dort existierenden Banken sind so klein, daß die Frage sich eigentlich nicht stellt, ob wir anderen etwas wegnehmen. Wir könnten dort sehr viel bewegen und tun, ohne für andere Banken eine Konkurrenzgefahr zu bedeuten.

Es ist natürlich eine sensible Frage, das werden Sie verstehen, aber ich denke, wir sind in der Lage, erwachsen und verantwortungsvoll damit umzugehen, intensiv darüber zu sprechen und einen offenen Umgang miteinander zu pflegen.

Lex ist ein Brückenbauer

R.H.: Was wünschen Sie Lex Bos für die Zukunft?

P. Blom: Ich würde ihm wünschen, daß er weiterhin kräftig und gesund bleibt, um viele Jahre lang die menschlichen Beziehungen, in denen er lebt und zu denen immer neue hinzukommen, auszukosten, zu pflegen, zu erweitern und zu vertiefen. Lex hat vor kurzem hier zwei Ungarn vorbeigebracht; daran wurde mir wieder einmal klar, wie sehr es zu Lex gehört, Verbindungen zu knüpfen. Das liegt ihm sehr. Er hat ein gutes Urteilsvermögen, mit dem er die Perspektiven und das Entwicklungspotential von Menschen aufspürt und anregt, und er bringt die Menschen immer wieder in Zusammenhang mit Initiativen, die für sie fruchtbar sind und sie voranbringen. Lex ist eben ein Brückenbauer. Man kann ihn nicht auf diese oder jene Welt reduzieren. Er hat seit jeher starkes Interesse für Weltfragen, nicht nur für das Kleine. Ich hoffe, daß er noch viele Jahre lang Brücken schlagen kann zwischen Welten, Menschen, Initiativen.

WHERE MORE THAN MONEY COUNTS – WENN MEHR ALS GELD ZÄHLT

UNTER DIESEM MOTTO BESCHREIBT DIE TRIODOS BANK IHR PROFIL:

UNSERE MISSION

Die Triodos Bank will zu einer ethischeren, würdevolleren und menschenfreundlicheren Gesellschaft beitragen und zu einer Welt, in der Menschen, Umwelt und Kultur respektiert werden.
Die Triodos Bank finanziert Gesellschaften, Institutionen und Projekte, die soziale, umweltbewahrende und kulturelle Werte beachten, mit Hilfe von Anteilseignern und Investoren, welche die Entwicklung verantwortlicher und innovativer Wirtschaftstätigkeit ermutigen wollen.
Die Triodos Bank bezieht ethische und soziale – genauso wie finanzielle – Perspektiven in ihre Geschäftspraxis mit ein. Für diesen Drei-Wege-Ansatz steht der Name der Bank – Triodos vom Griechischen 'tri hodos' – Drei Wege.
Als eine unabhängige internationale Finanzorganisation, will die Triodos Bank soziale Erneuerung fördern und ermutigen.
Innerhalb des Rahmens ihrer sozialen Ziele bemüht sich die Triodos Bank um faire finanzielle Ergebnisse.

RECHTSFORM UND EIGENTUMSVERHÄLTNISSE

Die Triodos Bank ist in den Niederlanden offiziell registriert. Sie sieht sich als eine europäische Bank. Sie hat drei Zweigniederlassungen: in Zeist in den Niederlanden, in Bristol in Großbritannien und in Brüssel, Belgien.
Um Identität und Unabhängigkeit der Bank zu wahren, werden alle Anteile von einer Stiftung gehalten, der ‚Stichting Administratiekantoor Shares Triodos Bank (SAAT)' einer speziellen treuhänderischen Gesellschaft nach niederländischem Recht. SAAT gibt Anteilsscheine für private und institutionelle Interessenten aus. Ende 2002 wurden die Anteile von 7.013 Investoren gehalten. 40 % der Anteile wurden von 14 Finanzinstitutionen und Rentenfonds gehalten. Kein Investor darf mehr als 7,5 % der Anteile der Bank halten. Die Triodos Bank ist an keiner Börse notiert, aber sie fördert einen internen Markt der Anteilsrechte.
Die Generalversammlung der Anteilseigner bestimmt den Aufsichtsrat der SAAT, nach dessen Vorschlag und mit Zustimmung des Vorstandes der Bank. Die Stimmanteile pro Anteilseigner in der Generalversammlung sind auf maximal 1.000 Stimmen begrenzt. Mitglieder des Vorstandes oder des Aufsichtsrates der Bank können nicht Mitglied im Aufsichtsrat der SAAT werden.

Eine Auswahl von Initiativen, die im Jahre 2002 von der Triodos Bank finanziert wurden

Ein windiger Weg zur Energie
Olster Tocht BV ist ein holländisches Windenergieprojekt, das von zehn Bauern betrieben wird. Baubeginn war im September 2001. Seit dem 15 Juli 2002 produziert der *Olster Tocht Windpark* Strom.

Green City
Green City Wholefoods in Glasgow vertreibt vegetarische organische Lebensmittel. Diese Kooperative setzt sich außerdem aktiv für gesunde Ernährung ein. Sie ist durch die Soil association zertifiziert und unterstützt den fairen Handel.

Lotus Energy in Nepal
Lotus Energy ist eine der erfolgreichsten Sonnenenergiegesellschaften in Nepal. *Lotus Energy* bekam zwei Kredite von der Solar Energy Foundation, mit denen das Unternehmen seine Kapitalbasis verbessern und die interne Organisation weiterentwickeln konnte.

Kinder im Focus
Châtelimômes et Pimprenelle in Belgien bietet Tagesbetreuung für Kleinkinder bis 20 Monate, für Kinder bis zwei Jahre und für Kinder, die nach der Schule betreut werden – bis zum Alter von zwölf Jahren. Hier wird auf die Besonderheiten der Altersgruppen und auf die Entwicklung jedes einzelnen Kindes eingegangen.

Das Wort verbreiten
Buro Kloeg in den Niederlanden produziert Informationsmaterial über die Natur, zu Umweltthemen, Ökotourismus und Gartenbau. Dazu werden Informationstafeln, Informationsmappen, Spiele, Bücher und Broschüren angeboten. *Buro Kloeg* arbeitet vorwiegend für lokale Behörden und für Unweltorganisationen.

Die Entwicklung der Dynamischen Urteilsbildung

und die Stiftung Dialoog als Träger des Impulses

von Martin van den Broek

Im Frühjahr 1967 begann Lex Bos als Mitarbeiter des NPI mit seinen Forschungen für eine Doktorarbeit. Er war besorgt über die gesellschaftlichen Entwicklungen; dies war sein tieferes Motiv. Nachdem sich seine Ausgangsfrage für diese Arbeit mehrmals geändert hatte, wurde am 15. Mai 1974 seine Doktorarbeit mit dem Titel „Urteilsbildung in Gruppen; Polarität und Rhythmus als Schlüssel der Entwicklung sozialer Organismen" veröffentlicht.

Auffallend ist, daß die Dynamische Urteilsbildung zwar am NPI entwickelt wurde, dort aber nicht als Arbeitsinstrument Eingang fand. Es waren Kunden des NPI, z.B. Schulen, die Industrie und der Öffentliche Dienst, welche begannen, im Sinne der Dynamischen Urteilsbildung zu arbeiten.

Von 1978 bis 1990 veranstaltete Lex Bos für viele dieser Menschen unter der Fahne des CSO (Zentrum für soziale Entwicklung) Kurse, die für jedermann offen waren.

In der Zeit zwischen Oktober 1982 und Juli 1985 schrieb Lex Bos 24 Berichte zu Forschungsfragen und Forschungsergebnissen aus dem Felde der Urteilsbildung. Diese Berichte machte er einem Kreis interessierter Menschen zugänglich. So blieb er dem Impuls der Dynamischen Urteilsbildung verbunden.

Daraus ist eine Gruppe von Mitgliedern aus Holland und der Schweiz entstanden, die alle zwei Jahre zusammenkamen, um Erfahrungen auszutauschen und die Idee der Dynamischen Urteilsbildung zu vertiefen.

1980 habe ich das Urteilsbildungs-Modell, die Doktorarbeit von Lex Bos, kennengelernt und begann, damit zu arbeiten. Die Idee, dieses Modell „Dynamische Urteilsbildung" zu nennen, kam mir in dieser Zeit. Darin kam für mich der besondere Charakter des polaren, rhythmischen, lemniskatischen Denkens zum Ausdruck, das dieses Modell besonders auszeichnet. Es gab in den 80er Jahren viele Anfragen an mich, Kollegen als Trainer in Dynamischer Urteilsbildung auszubilden. Aber dieser Impuls wurde vom NPI nicht aufgegriffen. Gemeinsam mit meinem Kollegen Maarten Klatte habe ich dann Lex Box vorgeschlagen, eine Stiftung zu gründen. Lex war von der Idee begeistert. Am 18. September 1990 wurde die Stiftung Dialoog gegründet.

Ziel der Stiftung ist die Förderung der Dynamischen Urteilsbildung im kulturellen, im gesellschaftlichen und im wirtschaftlichen Leben, so wie es Lex Bos in seiner Doktorarbeit beschrieben und entwickelt hat.

Die Teilhaber der Stiftung sind selbständige Berater und Trainer, die sich so mit dem Impuls der Dynamischen Urteilsbildung verbunden fühlen, daß sie ihn im Sinne des Stiftungsziels weitertragen, anwenden und entwickeln wollen. Dazu gibt es regelmäßig Studien- und Intervisionstreffen. Die Teilhaber geben 10 % ihres Umsatzes an die Stiftung. Zur Zeit hat die Stiftung sechs Teilnehmer und zwei Teilhaber-Aspiranten. Für Menschen, die sich nicht in dieser Weise mit der Stiftung verbinden wollen, die aber mit dem von uns entwickelten Material arbeiten wollen, gibt es die Möglichkeit, lizensiert zu werden.

Regelmäßig organisiert die Stiftung Dialoog Kurse in Dynamischer Urteilsbildung, an denen jeder Interessierte teilnehmen kann. Außerdem bieten wir eine Ausbildung zur professionellen Handhabung der Dynamischen Urteilsbildung in Trainings- und Begleitungssituationen an.

Mindestens einmal im Jahr organisiert Dialoog einen Netzwerktag für Netzwerkmitglieder. Netzwerkmitglied kann jeder werden, der sich für die Dynamische Urteilsbildung, für ihren anthroposophischen Hintergrund und für die Ziele der Stiftung einsetzen möchte. Es gibt zur Zeit ca. 60 Netzwerkmitglieder, von denen jeweils etwa 25 an einem Netzwerktag teilnehmen.

Die Stiftung hat für eine 2. Auflage der Doktorarbeit von Lex Bos gesorgt und die Veröffentlichung einer deutschen Version ermöglicht. Durch das Sekretariat der Stiftung wurde im Laufe der Jahre eine ganze Reihe von schriftlichen Materialien erstellt, die von den Teilhabern entwickelt wurden. Von der Stiftung ging auch die Initiative zur ersten „Masterclass in Dynamischer Urteilsbildung“ aus, die dann auch in Deutschland und in Dänemark stattgefunden hat.

Dialoog organisiert die internationalen Fachtreffen zur Dynamischen Urteilsbildung, die seit 1998 jährlich stattfinden.

Anzeige der Dialoog-Stiftung 2002

Dynamische Urteilsbildung ist Tiefgang

Interview mit Martin van den Broek

von Renate Hasselberg und Dierk Lorenz

Martin van den Broek, *geb. am 7. Mai 1944 in Voorschoten, Holland. 1965 Diplom als Maschinenbau-Ingenieur. Arbeitete seitdem bis 1974 als Manager bei der holländischen PTT. Sein Thema war zu dieser Zeit „Gerechtigkeit". Lernte 1974 das NPI und die Anthroposophie kennen und arbeitete von 1974 bis 1998 als Trainer und Organisationsberater bei der PTT. Sein Thema in dieser Zeit war „menschliche Entwicklung". 1980 erster Kontakt mit der Urteilsbildung von Lex Bos und Kreierung des Namens Dynamische Urteilsbildung. 1990 Gründung der Stiftung Dialoog, Stiftung zur Förderung Dynamischer Urteilsbildung. Seit 1998 Arbeit als völlig selbständiger Organisationsberater, Trainer und Coach im Profit- und Nonprofit-Bereich. Sein Thema ist jetzt „Ich-Verstärkung". Verschiedene Veröffentlichungen über die Dynamische Urteilsbildung und Organisationsentwicklung.*

Wir trafen Martin van den Broek in den Räumen des NPI in Zeist. Für ihn wie auch für Lex Bos war – auf jeweils verschiedene Weise – das NPI ein biographisch entscheidender Ausgangspunkt. Martin van den Broek ist inzwischen selbständig als Berater tätig. Er wendet in seiner beruflichen Praxis konsequent die von Lex Bos entwickelte Dynamische Urteilsbildung an. Er ist einer der Mitbegründer der Stiftung Dialoog und hat die Dynamische Urteilsbildung schon früh zu seiner Sache gemacht.

Renate Hasselberg: Könntest Du vielleicht einen Überblick über Deine jetzige biographische Situation geben?

Martin van den Broek: Ich bin jetzt 60 Jahre alt und seit zweieinhalb Jahren Großvater; das ist ganz wunderbar. Mir ist durch diesen Einschnitt klargeworden, daß ich eine neue Lebensstufe erreicht habe, in der das private Leben genauso wichtig werden kann wie die Arbeit. Ich bin verheiratet und habe zwei Kinder: Meine Tochter ist 30 Jahre alt, mein Sohn 26 Jahre. Meine Frau und ich haben uns vor nicht allzu langer Zeit selbständig gemacht und führen gemeinsam das Van den Broek Trainings- und Beratungs-Unternehmen. Zur Zeit berate ich verschiedene Organisationen und leite Trainings und Ausbildungen für profitorientierte und nichtprofitorientierte Organisationen an.

Darüber hinaus berate ich augenblicklich viele Kollegien in Waldorfschulen und Freien Schulen der Niederlande, denn es gibt dort immer wieder Kommunikationsprobleme zu bewältigen und Zusammenarbeitsfragen zu lösen. Dabei arbeite ich fast ausschließlich nach dem Prinzip der Dynamischen Urteilsbildung; das ist ein sehr wichtiges Hilfsinstrument für derlei Fragen.

Bei der Beratung der kommerziellen Unternehmen finde ich es immer wieder spannend, Unterschiede zwischen anthroposophischen und „normalen" Organisationen herauszuarbeiten. Von der Arbeitsseite her gesehen ist das also meine heutige Situation.

Erst Gärtner, dann Lehrer

R.H.: Könntest Du etwas zu Wendepunkten und entscheidenden Augenblicken in Deiner persönlichen Biographie erzählen?

M. v.d. Broek: Das ist schwierig. Was sind wichtige Wendepunkte und entscheidende Augenblicke? Ich bin 1944 geboren und war also das, was man in Holland Kriegskind nannte. Mein Vater war Schlosser. Ich bin der zweite Sohn der Familie; mein Bruder ist drei Jahre älter, und meine Schwester ist sechs Jahre jünger als ich. Obwohl wir zu Hause kaum Geld hatten, ist mir die Atmosphäre dort als menschlich warm und liebevoll in Erinnerung geblieben.

Als ich etwa fünf Jahre alt war, wollte ich unbedingt Gärtner werden. Wir hatten einen großen Garten, in dem ich viel Zeit verbrachte, denn ich war gerne damit beschäftigt, zu gärtnern und dort etwas zu tun. Ich besuchte eine normale öffentliche Schule ganz in der Nähe, die weder konfessionell noch reformpädagogisch war. Auch meine Eltern bekannten sich zu keiner Konfession, aber sie sprachen jeden Abend mit uns ein Nachtgebet, und ihnen war wichtig, uns christliche Werte mit auf den Weg zu geben.

Als ich dann etwa elf Jahre alt war, entschied ich mich um und wollte doch lieber Lehrer werden. Dieser Berufswunsch blieb bestehen, bis ich ungefähr 16 Jahre alt wurde. Zu dieser Zeit machte mein Bruder eine Lehrerausbildung, und er kam einmal von dort nach Hause und hatte eine Blockflöte mitgebracht, auf der er mich aufforderte zu spielen. Das fand ich nun völligen Unsinn, und ich dachte mir: Nein, wenn ich für diesen Beruf Blockflöte lernen soll, dann lasse ich das und werde kein Lehrer. – Es war also aus mit dem Wunsch, Lehrer zu werden.

Ich lernte durchzuhalten

Ich besuchte aber die Mittelschule, und als wir die Abschlüsse ansteuerten, fragte uns unser Lehrer: „Was macht Ihr, wenn Ihr mit der Schule fertig seid?" Nun gaben alle anderen Schüler wunderschön vorzeigbare Antworten, und mir kam einfach nicht in den Sinn zu sagen: „Ich weiß es noch gar nicht." Auf einmal hörte ich einen Jungen sagen: „Ich werde auf die Technische Hochschule gehen", und da dachte ich so bei mir: „Das mach ich auch". Als ich dann an der Reihe war, sagte ich einfach: „Ich werde auch an die Technische Hochschule gehen und Maschinenbau studieren!" Mein Vater war ja Schlosser, und ich hatte früher viel mit ihm gemeinsam gearbeitet. Was mir besonders gefiel, als ich mich entschied, das zu sagen, war, daß es sich um eine „höhere" Schule handelte, denn ich war ja Arbeiterkind, und „höhere Schule" klang nach etwas Besserem.

Ich kam dann nach Hause und erzählte von meinem Entschluß, woraufhin meine Eltern sehr stolz auf ihren Sohn waren. Mein Vater begann sofort, Überstunden zu machen, um mein Studium bezahlen zu können. Also besuchte ich die Technische Hochschule, und schon nach zwei Wochen wußte ich ganz genau: Das ist nichts für mich. Allerdings brachte ich die vier Jahre dennoch zu Ende, denn ich wollte meine Eltern auf keinen Fall enttäuschen. Im nachhinein wurde mir jedoch klar, daß ich durch diese Ausbildung zwei Sachen gelernt habe: Ich lernte durchzuhalten, und ich lernte, mich mit dem technischen Denken vertraut zu machen.

Als ich die Technische Hochschule beendet hatte, fing ich sofort an zu arbeiten. Ich arbeitete ca. fünf bis sechs Jahre als Manager und führte im Alter von 24 Jahren etwa 120 Leute, die im Alter meines Vaters waren. Innerlich dachte ich immer: Das kann doch so nicht stimmen – aber es waren sehr schöne Jahre für mich, da diese Menschen mich einfach getragen haben. Im Grunde genommen führte ich nicht, sondern ich wurde geführt, und ich lernte dort sehr viel.

Was mir aber relativ bald deutlich wurde, war, daß es innerhalb solcher Organisationen viel Unrecht gab. Ich spürte sehr genau, daß irgend etwas daran nicht stimmte, wie mit den Menschen umgegangen wurde. Und ich erfuhr dort, daß das technische Denken nach sich zieht, daß Menschen mehr oder weniger wie Maschinen behandelt und angesehen werden. Ich nahm wahr, daß das technische Denken in der lebendigen Wirklichkeit zerstörerisch wirkt, denn ich hatte den Eindruck, daß es der Realität das Leben austreibt, und empfand es als tot. Ich entschied also, daß ich selbst so nicht arbeiten wollte. Ich bewarb mich bei der Hauptdirektion Personal und Organisationsentwicklung der PTT, und so landete ich beim Institut für Ausbildung und Fortbildung von Mitarbeitern. Ich war ja Techniker und Manager; also brauchte ich eine Umschulung. Ich hatte gespürt, daß ich letztlich doch im Bereich der Ausbildung und nicht im Bereich der reinen Technik arbeiten wollte. Insofern knüpfte ich an meinen alten Berufswunsch, Lehrer zu werden, an.

„Ihre Ideen sind Blödsinn, aber ihre Konzepte sind sehr gut"

Mein neuer Chef hatte Kontakt zum NPI, und er forderte, daß jeder, der bei ihm arbeitete, den NPI-Kurs „Ausbildung zum Betriebsausbilder" belegen solle. Folglich machte ich diesen Kurs. Mein Chef sagte mir damals: „Paß auf! Die Ideen und der ganze geistige Überbau, den die Anthroposophen vertreten, sind der reine Blödsinn. Aber die Konzepte, die sie entwickelt haben, sind wirklich sehr gut." Ich ging also dorthin und hatte ein starkes Erlebnis davon, daß ich genau so ein Ausbilder werden wollte, wie ich sie dort antraf.

R.H.: Wie alt warst Du da?

M. v.d. Broek: Das war 1975, ich war also 31 Jahre alt. Damals war ich fast alle vierzehn Tage einige Tage krank, da ich seit meiner frühen Kindheit an unglaublich starken Kopfschmerzen litt. – Schon als Kind hatte ich deshalb viele Medikamente schlucken müssen, um diese Schmerzen aushalten zu können, und die Ärzte hatten nie eine Diagnose stellen können. Mit meinen nunmehr über dreißig Jahren war es so schlimm, daß ich mich wirklich beinahe die ganze Zeit unwohl fühlte.

Ich sah die ganze Welt mit anderen Augen

Also ging ich zum Betriebsarzt und sagte ihm: „Ihr müßt doch den Eindruck haben, daß ich hier arbeite, um krankfeiern zu können. Als Manager habe ich durchgearbeitet, aber seit ich hier bin, geht alles schief." Er antwortete mir aber, daß er wisse, daß ich ehrlich sei und den Betrieb nicht hintergehen wolle. Das war für mich schon sehr beruhigend. Aber danach sagte er mir: „Ich arbeite gerade an meiner Habilitation. Würdest Du mir erlauben, Dir Blut abzunehmen? Ich brauche dazu Deine Einwilligung, denn ich werde es nicht zu Deinem Wohl tun, sondern zu eigenen Forschungszwecken." Ich stimmte natürlich zu. Drei Tage später rief er mich an und sagte: „Martin, ich würde Dir dringend raten, noch mal zum Arzt zu gehen, denn mit Deinem Zuckerspiegel stimmt etwas nicht."

Ich befolgte seinen Rat und ging für einen Tag ins Krankenhaus, wo man alle möglichen Untersuchungen anstellte. Auch hier stellte sich heraus, daß etwas nicht stimmte. Mein Hausarzt sagte mir daraufhin: „Martin, Du hast nun schon so viele Jahre Kopfschmerzen, da kommt es auf ein paar Tage auch nicht mehr an. Ich werde Dir nicht sofort allerhand neue Arzneien aufzwingen, sondern ich empfehle Dir einfach, eine Woche lang überhaupt keinen Zucker zu Dir zu nehmen." Auch seinen Rat befolgte ich – und innerhalb einer einzigen Woche waren meine unglaublich starken Kopfschmerzen wie weggeblasen. Ich war völlig schmerzfrei.

Das spielte in meinem Leben eine ganz entscheidende Rolle, denn ich brauchte von nun an keine starken Medikamente mehr einzunehmen. Das zog aber nach sich, daß ich erst jetzt wirklich wach wurde – ich wachte förmlich auf. Durch mein Studium hatte ich mich mit Hängen und Würgen geschlagen, wenn auch nicht leistungsmäßig, aber ich war immer entkräftet und konnte nicht einmal die Energie aufbringen, in der Freizeit ein Buch zu lesen. Und mit einem Mal änderte sich alles! Ich sah die ganze Welt mit anderen Augen! Ich hatte daraufhin ein halbes Jahr lang unglaubliche Wut auf all die Ärzte, die bisher Fehldiagnosen erstellt hatten, denn rückblickend konnte man genau erkennen, daß die Symptome lesbar gewesen wären. Nach einem halben Jahr korrigierte ich mich aber innerlich und dachte mir: Martin, sei nicht dumm. Freu dich lieber, daß es dir jetzt so gut geht, und sieh nach vorn.

Eigentlich muß etwas Gutes dahinterstecken

In dieser Zeit kam ich also zum NPI – und alles, was ich dort sah und hörte, war mir völlig neu. Ich wußte aber instinktiv, daß es stimmte, was mir da begegnete, und habe es unendlich genossen. Ich spürte ein sehr starkes Bedürfnis, mich zu entwickeln und fortzubilden, so daß ich von nun an jährlich einen Kurs am NPI belegte. Mein Arbeitgeber finanzierte mir all diese Kurse, investierte also sehr viel Geld in mich. Im nachhinein betrachtet ist das unvorstellbar, und ich bin ihm heute noch sehr dankbar dafür.

Ich erlebte also Lex Bos, Jerry Schöttelndreier, Hans von Sassen, Jack Moens, Erwin van Asbeck und all diese Menschen, die mir zu großen Vorbildern wurden. Ich hörte aber dort auf einmal auch oft das Wort Anthroposophie. In den verschiedenen Kursen konnte ich immer wieder einmal mitanhören, wie die Anthroposophen sich untereinander verständigten und ihre Gedanken austauschten, und ich dachte so für mich: „Siehst du, mein Chef hat wirklich recht. Das ist ja tatsächlich der völlige Blödsinn. Geister und geistige Welt und all so was, damit kann man wirklich nichts anfangen."

Das hielt eine ganze Weile an, aber schließlich kam mir nach und nach der Gedanke: „Wenn diese Menschen doch so große Vorbilder für mich sind, und wenn diese Konzepte so gut sind, was steckt dann eigentlich dahinter? Es muß doch etwas Gutes sein, sonst könnte das Endergebnis nicht so gut geraten." Diese Fragestellung war entscheidend, denn in unserer Erziehung gab es keine bewußte Neigung zum Geistigen.

Ein anderes einschneidendes Erlebnis in dieser Richtung lag viel früher; ich muß damals 21 Jahre alt gewesen sein. Ich hatte zu der Zeit mein erstes Auto und fuhr damit zur Arbeit. Morgens hörte ich im Autoradio immer die Ankündigung einer fünfminütigen Morgenandacht eines Geistlichen. In dem Augenblick, in dem er zu sprechen begann, schaltete ich aber das Radio immer sofort aus. Ich machte das eine ganze Zeitlang – und auf einmal fragte ich mich: Was tue ich hier eigentlich? Ich schalte immer wieder ab, aber 80 Prozent der Menschen um mich herum, meine Professoren, meine Nachbarn, legen Wert auf diese Dinge. Ich kommuniziere also mit 80 Prozent der Weltbevölkerung gar nicht – ich blende das einfach aus! Das geht nicht. – Also schaltete ich das Radio wieder an und horchte aufmerksam. Mit diesem und jenem war ich sehr einverstanden, anderes fand ich unsinnig – aber von diesem Augenblick an setzte ich mich mit spirituellen Fragen auseinander. Eigentlich war es Wissensdurst und Fortbildungsdrang.

Und so knüpfte ich wieder Verbindung mit christlichen und anderen religiösen oder ethischen Werten. Dieser Augenblick und die Momente, in denen ich meine Kopfschmerzen los wurde und der Anthroposophie begegnete, waren meiner Einschätzung nach wirklich sehr entscheidend.

„Du bist nicht mehr der, den ich geheiratet habe"

R.H.: War denn, indem die Kopfschmerzen weggingen, ein Stück Vergangenheit abgeschlossen? Begann damit ein Stück Zukunft?

M. v.d. Broek: Ja, aber die Zukunft begann auch mit dem NPI und der Begegnung mit der Anthroposophie. Für mich war das ein großes Glück, für meine Frau hingegen war es nicht ganz so einfach. Sie sagte mir in der Zeit: „Martin, Du bist nicht mehr der, den ich geheiratet habe, und ich bedauere den Tag, an dem Du dem NPI begegnet bist." Denn sie hatte und hat immer noch große Mühe mit der Anthroposophie. Im Privaten und Häuslichen gab es also noch eine andere Seite dieser Fragen. Ich kam zu dieser Zeit auch in Kontakt mit der Vrije School, also der Freien Schule, denn ich wurde in einem meiner Kurse von Jerry Schöttelndreier gefragt: „Hast Du die Absicht, Deine Kinder zur Waldorfschule zu schicken?" Ich hatte keine Ahnung von diesen Dingen und fragte genauer nach. Als ich dann zu Hause diese Frage mit meiner Frau bewegte, entschieden wir uns, unsere Kinder zur Waldorfschule zu schicken. Über die Elternarbeit engagierten wir uns dann also auch in der Waldorfschule. In der Zeit begann ich, zusammen mit einer Handvoll Leuten vom NPI, in meiner Freizeit Seminare für Waldorflehrer zu entwickeln und zu geben.

Martin van den Broek im NPI

Durch Lex zur Dynamischen Urteilsbildung

R.H.: Wie kamst Du zur Dynamischen Urteilsbildung?

M. v.d. Broek: Ich arbeitete vorwiegend als Trainer und Ausbilder und beriet immer wieder Gruppen, Organisationen und Unternehmen in Fragen der Zusammenarbeit und der Konferenzführung. Am NPI wandte man das System des Dreischritts an: Bildgestaltung, Urteilsbildung, Beschluß. Diese Reihenfolge hielt man strikt ein. Und so hatte ich es dort auch gelernt. Ich spürte aber ständig eine Unzufriedenheit mit dieser Vorgehensweise, da ich sie als zu technisch und formal empfand. Trotzdem wandte ich diese Methode immer wieder an, weil ich keine andere Antwort auf meine innere Frage wußte.

1980 gab ein Kollege mir ein handschriftliches Manuskript, das sich auch mit dieser Frage auseinandersetzte. Im nachhinein stellte sich heraus, daß Lex Bos der Verfasser war. Der Kollege, der mir dieses Papier an die Hand gab, wußte von meinen Zweifeln an der gewohnten Vorgehensweise, und er sagte: „Martin, ich hab' da etwas, das vielleicht eine Antwort auf deine Probleme geben kann." Ich las es also und stimmte in gewissen Teilen innerlich damit überein. Dennoch regte sich in mir ein „Ja, aber". Ich sah wohl, daß es mit meinen Fragen zu tun hatte, aber es ging doch knapp am Wesentlichen vorbei.

Dynamische Urteilsbildung – kurzgefasst!

Von Lex Bos

Das sogenannte Modell der Dynamischen Urteilsbildung ist im Wesen ein Bild für einen Suchprozeß, bei dem eine Frage ihre Antwort findet.
Dieser Prozeß hat grundsätzlich zwei Richtungen. Die eine wendet sich wahrnehmend der Vergangenheit zu, mit der Intention, die Welt zu verstehen. Die andere wendet sich unternehmend der Zukunft zu, mit der Intention, die Welt zu ändern. Auf diesem Wege wachsen Erkenntnis bzw. Entscheidungsurteile.
Auf beiden Wegen spielt sich der Suchprozeß im Rahmen einer weiteren kleineren Polarität ab. Auf dem Erkenntnisweg schwingt er zwischen Fakten und Begriffen, oder menschenkundlich ausgedrückt: zwischen einer nach außen orientierten wahrnehmenden Tätigkeit und einer nach innen orientierten denkenden Tätigkeit.
Auf dem Wahlweg, der zu Entscheidungsurteilen führt, spielt sich der Suchprozeß in der Polarität von Zielen und Wegen, oder menschenkundlich ausgedrückt: zwischen einem aus dem Inneren entspringenden Wollen und einem auf die äußere Welt gerichteten Denken ab.
So entsteht ein Landschaftsbild mit vier Feldern und einem fünften Feld in der Mitte. Dieses fünfte Feld ist die Frage.

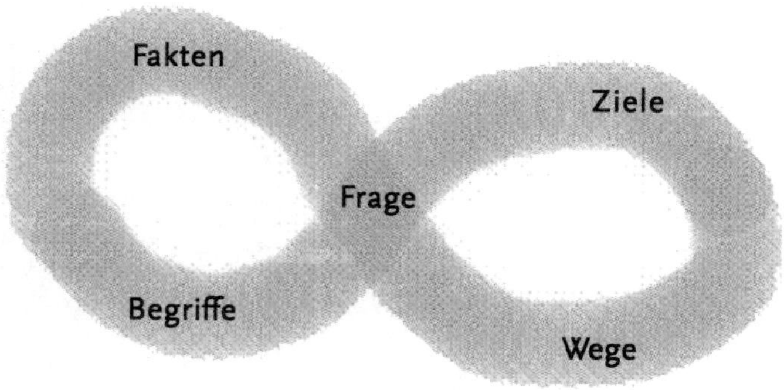

Der Suchprozeß ist ein bewegliches, atmendes, im Ablauf nicht vorgeschriebenes Hin und Her zwischen den beiden Wegen und den vier Feldern. Als Folge dieses Prozesses kann sich die Ausgangsfrage erheblich verwandeln. Der Suchprozeß bezieht sich also auch auf das Wesentliche der Frage selbst.

Ein Jahr später bekam ich von demselben Kollegen, der bei Lex einen Kurs zur Urteilsbildung gemacht hatte, die Doktorarbeit von Lex zu lesen, die den Titel trug: „Urteilsbildung in Gruppen, Polarität und Rhythmus, Schlüssel zur Entwicklung des sozialen Organismus". Als ich diese Arbeit gelesen hatte, wußte ich: Das ist die Antwort auf meine Fragen. Lex hatte dort nicht diese strenge Taktierung eingefordert – also erster, zweiter, dritter Schritt, sondern er verwies darauf, daß im Sozialen ein Rhythmus maßgeblich werden muß, der lebendig ist. Lex gab die Alternative für das im sozialen Bereich tödliche technische Denken.

Jetzt begann ich, meine Trainings auf meine eigene Art und Weise ganz anders einzurichten. Ich wandte also das von Lex entwickelte Konzept der Urteilsbildung in der Praxis an und gab ihm den Namen „Dynamische Urteilsbildung". Damit erzielte ich so schöne Erfolge, daß ich und andere immer enthusiastischer wurden. Es gab aber immer noch eine ganze Reihe von Menschen, die an der alten Methode festhielten, denn sie sagten sich: Mit der althergebrachten Methode habe ich ein Konzept an der Hand, das ich einmal lese und dann anwende. Diese neue Sache ist zwar inhaltlich sehr einfach, aber um sie in der Praxis anwenden zu können, erfordert es Übung, und das kostet uns nur Zeit und Geld.

Trotz Verbots arbeitete ich weiter

Ich war aber wirklich glühend begeistert und sprach auch mit meinem Chef darüber. Er verbot mir aber, damit zu arbeiten. Das hatte mit seinem Widerwillen gegenüber der Anthroposophie zu tun. Das war in gewissem Sinne sehr wichtig für mich, denn ich entschied im Stillen, trotzdem so weiterzuarbeiten. Ich erzählte ganz einfach niemandem davon, daß ich weiter so verfuhr, wie ich es für richtig hielt.

Nach ein paar Jahren kamen einige Leute auf mich zu, die mich fragten, ob ich sie zum Trainer auf Grundlage der Dynamischen Urteilsbildung ausbilden wolle. Das war für mich ein entscheidender Augenblick, denn ich dachte: Nein, das mache ich nicht, ich arbeite für die holländische PTT, ich kann nicht so einfach aufgrund von Lex' Konzept zum Trainer ausbilden. Die Sache ließ mir aber keine Ruhe, und schließlich entschied ich mich doch, etwas zu unternehmen. Ich ging zu Lex und sagte ihm: „Lex, man trägt diese Frage an mich heran, aber ich sehe mich nicht in der Lage, diese Aufgabe zu übernehmen. Willst Du das nicht etwa vom NPI aus machen?" Wir hatten schon früher einmal versucht, das NPI für die Dynamische Urteilsbildung zu interessieren, denn ich hatte damals durch meine Aktivitäten am NPI viele Menschen von dort in den Postbetrieb geholt, um vor Ort den Prozeß der Urteilsbildung zu begleiten. Aber das NPI konnte sich nicht zu dieser Methode durchringen; wir konnten damit dort nicht landen.

Und ich denke, es ist für Lex auch heute noch schmerzhaft, daß das so war und blieb; denn er entwickelte sein Konzept für Urteilsbildung am NPI, aber das Institut lehnte seine Methode einfach ab. Ich fragte Lex also, ob es nicht sinnvoll sei, eine Stiftung zu gründen, die die Ausbildung zu dieser Methode sichert. Lex war über diesen Vorschlag sehr froh, denn so schien die Weiterarbeit mit seiner Methode in den Niederlanden gesichert, die vorher ganz in Frage gestanden hatte. 1989 ergriff ich also die Initiative, und 1990 gründeten wir die Stiftung Dialoog, Stiftung zur Dynamischen Urteilsbildung.

Am NPI gab es den Arzt Maarten Klatte, der ein Jahr lang dort gearbeitet hatte und nach dieser Zeit feststellte, daß irgend etwas nicht stimmig war. Maarten Klatte war am NPI auch mit Lex und der Methode der Dynamischen Urteilsbildung bekannt geworden, und er war regelrecht davon begeistert. Als er das NPI verließ, rief Lex mich an und sagte: „Maarten wird jetzt gehen. Er hat im Moment keine Arbeit. Vielleicht kannst Du ihm ein wenig helfen." Ich lud ihn also ein, bei der Post etwas in Angriff zu nehmen, und wir wurden näher miteinander bekannt.

Die Stiftung Dialoog

Maarten wurde also zur Nummer eins, was die Initiative zur Stiftung Dialoog betraf. Die erste Aktion, die wir gemeinsam machten, war, eine Ausbildung zum Trainer ins Leben zu rufen. Maarten und ich nahmen im ersten Jahr zwölf Menschen auf und bildeten sie aus. Sechs von ihnen waren Mitarbeiter der Post, die wir ja ursprünglich gar nicht ausbilden durften. Der Betrieb finanzierte ihnen aber die Ausbildung! Allmählich kamen immer mehr selbständige Unternehmer zu unserer Trainerausbildung. Diese Menschen arbeiteten mit Dynamischer Urteilsbildung und verdienten auch ihr Geld damit. Sie spendeten der Stiftung aber einen Teil ihres Verdienstes, um Dynamische Urteilsbildung weiterhin zu ermöglichen und deren Weitervermittlung am Leben zu erhalten.

Augenblicklich haben wir sehr viel Material in holländischer Sprache, das ins Deutsche übersetzt wird, damit unsere Freunde in Deutschland und in der Schweiz auch die Möglichkeit haben, damit zu arbeiten. Ich selber bin sozusagen die verkörperte Dynamische Urteilsbildung geworden. Alles, was ich tue, tue ich aufgrund von Dynamischer Urteilsbildung.

R.H.: Könntest Du Deine Rolle bei der Weiterentwicklung der Dynamischen Urteilsbildung noch näher beschreiben? Wie siehst Du den gegenwärtigen Stand dieser Arbeit?

M. v.d. Broek: Die Stiftung machte natürlich ihre Entwicklungen und Krisen durch. Momentan habe ich auch ein wenig den Eindruck, daß die Stiftung in eine gewisse Krise gerät. Jedermann ist begeistert von der Arbeit, aber sie stagniert m.E. schon eine ganze Zeitlang. Einerseits sehe ich das mit Sorge, andererseits bedeutet jede Art von Stagnation natürlich immer einen Aufruf, etwas Neues zu schaffen. Für mich ist die Dynamische Urteilsbildung nicht mehr wirklich ein freier Prozeß.

Mit Helen Zwemmer und Lex bildeten wir eine Gruppe, die innerhalb Europas über Dynamische Urteilsbildung referierte – und ich freute mich und war ziemlich stolz, als Lex mich aufforderte, doch einmal darzustellen, wie meine bisherige Arbeit mit der Urteilsbildung verlaufen sei und was ich getan hatte. Lex war immer derjenige, der die Konzepte entwickelte, und er tat das sehr klug. Meine Rolle war die, die Dinge dann wirklich auf die Erde zu bringen. Und so war ich stolz, daß er mich als Erfahrungssachverständiger vor eine Gruppe lud, die sich mit Dynamischer Urteilsbildung befaßte. Mein Stolz kam natürlich auch aus meinem biographischen Hintergrund, denn Lex war für mich immer der Höhere gewesen, während ich eben als Arbeitersohn die handfeste Arbeit leistete.

Wir kamen also 1984 in Pany in der Schweiz zusammen und gingen an einem Abend gegen 20 Uhr in einem kleinen Grüppchen zurück ins Hotel. Es war strahlend blauer Himmel, die ersten Sterne tauchten auf, wir spazierten dort in aller Ruhe. Und mit einem Mal wurde mir klar: Martin, was du jetzt tust, hat keine Unverbindlichkeit mehr. Du bist verantwortlich für den Impuls der Dynamischen Urteilsbildung! Und auch im Augenblick habe ich ein solches Gefühl, denn ich beobachte, wie die Vitalität in der Stiftung weniger wird – und ich fühle mich verantwortlich für den Impuls dieser Methode. Seit diesem Aufenthalt in der Schweiz trage ich also innen dieses Verantwortungsgefühl, das sich aus der Dankbarkeit Lex gegenüber nährt und aus unserer Zusammenarbeit. Es ist aber gar nicht nur das. Es ist eine Art höhere Verantwortung, die ich seitdem spüre, und ich fühle heute immer mehr, daß ich auch selbständig an dieser Frage arbeiten muß, will und kann.

Seit sechs Jahren arbeite ich nun nicht mehr bei der PTT. Nachdem sich die Organisationsveränderung vom staatlichen PTT-Betrieb zur selbständigen kommerziellen KPN vollzogen hatte, war mein Betrag dazu nicht mehr gefordert, und ich wurde entlassen. Mir wurde einfach gesagt: „Du bist zu alt und zu teuer geworden". Und heute bin ich wirklich selbständig, auch geschäftlich gesehen.

Früher wollte ich ja Gärtner werden. Lex beschreibt in seiner Arbeit die Urteilsbildung auch einmal als agrarische Tätigkeit. Er beschreibt dort sehr schön, wie ein Urteil zustande kommt: Es entsteht eine Frage. Diese Frage bedeutet den Keim – und nun müssen vier Felder versorgt werden: Im Gärtnerischen sind das Erde, Luft, Wärme und Wasser. Man ist also eigentlich Gärtner, indem man sich für Dynamische Urteilsbildung einsetzt. Man muß in der Situation bereit sein zu schauen: Was braucht die Pflanze – im übertragenen Sinne dann die Frage – jetzt in diesem Moment, um sich weiterentwickeln zu können? Das muß man ihr geben. Ich wollte als kleiner Junge Gärtner werden, und heute bin ich eigentlich Gärtner. Mein Handbuch ist Lex' Doktorarbeit, die er an der Landwirtschaftlichen Hochschule in Wageningen geschrieben hatte.

Lex lebt seine Ansichten ganz und gar

R.H.: Gab es in Deiner Biographie Aufwachmomente und biographische Wendepunkte, die durch Lex ausgelöst wurden?

M. v.d. Broek: Es gab einen Moment, der für mich persönlich sehr wichtig war. Das muß 1983 gewesen sein. Ich war durch und durch begeistert vom NPI und den Konzepten, die dort angewandt und vermittelt wurden. Ich verfaßte also einmal einen Bericht für die PTT, der meine Sicht der Dinge beinhaltete und in dem ich beschrieb, was notwendig sei, um den PTT-Betrieb in der Entwicklung voranzubringen. Dazu trug ich die verschiedensten Elemente aus den NPI-Konzepten zusammen und erstellte auf der letzten Seite ein wunderbares Quellenverzeichnis. Das gefiel mir sehr gut, ich fand einfach phantastisch, was ich da hervorgebracht hatte. Diese Arbeit schickte ich auch an Lex. Nach ein oder zwei Wochen erhielt ich meine Arbeit zusammen mit einem Brief von ihm zurück, öffnete ihn und las die ersten drei Sätze. Schon nach diesen drei Sätzen war ich so enttäuscht, daß ich gar nicht wagte weiterzulesen. Ich legte den Brief beiseite und fand erst eine Woche später wieder den Mut, nach ihm zu greifen. Leider mußte ich beinah zu jedem Satz, den er geschrieben hatte, innerlich nicken und klein beigeben, daß er Recht hatte.

R.H.: Was hatte er denn genau in Frage gestellt?

M. v.d. Broek: Er schrieb einfach: „Warum ist es dir eigentlich so wichtig, überall die NPI-Konzepte in den Hüftschwung zu nehmen?" Wir sagen das auf Holländisch so – dieser Hüftschwung ist eine bestimmte Bewegung im Judo. Eigentlich warf er mit seinem Brief die Frage auf: „Wie echt ist deine Arbeit eigentlich?"

R.H.: War das also die Frage nach dem eigentlichen Motiv?

M. v.d. Broek: Ja. Ich denke, Lex hatte sehr klar erkannt, daß bei mir auch Stolz und Geltungsdrang Motive für meine Arbeit waren.

R.H.: Wenn man diese Frage jetzt auf Lex hin orientiert, könnte man dann sagen, Lex hat in Dir die Frage angeregt, was wirklich wahr ist? Stellte er die Frage, was an Deiner Arbeit noch Subjektivität oder persönlicher Stolz war? Sind solche Fragen charakteristisch für Lex?

M. v.d. Broek: Ja, das ist charakteristisch für ihn. Er tut das auch heute noch. Er stellt solche Fragen sehr objektiv, und er weist mit viel Liebe auf Schwachstellen hin. Anders wäre es auch nicht auszuhalten, denn sie sind gerade durch ihre Objektivität sehr konfrontierend, und es kostet Kraft, sich mit solchen Fragen zu konfrontieren und ihnen nicht auszuweichen. Man kann sich um sie nicht herumdrücken. Daß er sich diese Art von Kritik oder Fragen bei mir leisten kann, liegt daran, daß er einfach sehr authentisch ist.

Lex ist völlig kongruent, er lebt seine Ansichten ganz und gar. Dadurch wird er ganz einfach sehr glaubwürdig. Deswegen hat die Konfrontation, der er sein Gegenüber aussetzt, noch einmal mehr Gewicht. Meist stellt er dann nur eine kleine Frage, aber diese Frage hat es dann in sich.

Und obwohl ich weiß, daß solche Fragen mich voranbringen, blicke ich ihm manchmal ins Gesicht und sehe schon, daß er sich darauf vorbereitet, eine solche Frage zu stellen. Und dann wird mir angst und bange.

R.H.: Heißt das, daß Lex das Gewissen für das eigene unvermischte Motiv zum Handeln schärft?

M. v.d. Broek: Absolut. Jedenfalls bei mir. Das ist treffend. Und die Menschen, die sich dem nicht stellen wollen, weil sie es nicht aushalten können, suchen auch oft das Weite. Sie gehen einfach.

Da rutschte meine Hose nach unten

R.H.: Gab es auch krisenhafte Momente in Deiner Entwicklung? Und wenn ja, welche waren das, und was lag ihnen zugrunde?

M. v.d. Broek: Ja, die gab es durchaus. Ich befand mich immer mal wieder in innerem Konflikt. Als ich begann, Rudolf Steiners Werke zu lesen, verstand ich anfänglich sehr vieles nicht. Trotzdem blieb ich aus irgendeinem Grund bei der Sache und las immer weiter. Immer trug mich dabei das Gefühl, daß an alldem etwas stimmte. Und es stimmte ganz konkret für mich selbst. Ich verstand Rudolf Steiner so, daß er vermitteln wollte, daß die Freiheit im Geistigen liege. Das war für mich sehr bewegend, denn ich spürte, daß ich selbst ja frei sei. Also konnte ich auch Dinge lesen, die ich zunächst für vollkommen blödsinnig hielt. Ich hatte die Freiheit, es einfach blödsinnig zu finden.

R.H.: Inwieweit hat sich Deine Einstellung zur Anthroposophie, aber auch gegenüber Anthroposophen, im Laufe der Zeit verändert?

M. v.d. Broek: Die Anthroposophie selber gewinnt für mich zunehmend an Bedeutung, und gleichzeitig nehme ich die Anthroposophen immer weniger wichtig. Wenn ich sehe, was ich von mir selbst verlange, könnte ich mir oft sagen: Das ist ja schrecklich, ich bin überhaupt nicht mehr frei.

Was meine Einstellung zu einigen Anthroposophen betrifft, so kann ich dazu ein Beispiel geben: 1979 gab ich, zusammen mit einem Kollegen, einen Kurs für zwölf Menschen. In demselben Hotel fand ein anderer Kurs statt. Abends saßen wir nach dem Essen an der Bar, und ich kam mit zwei Trainern dieses anderen Kurses ins Gespräch. Es stellte sich heraus, daß dies zwei Anthroposophen waren, und man begegnete sich im Laufe dieser Woche immer wieder. Gegen Ende des Kurses regten sie an, daß wir doch in Kontakt bleiben sollten. Ich war einverstanden, und einige Wochen später besuchten mich die beiden zu Hause. Meine Frau war auch dabei. – Die beiden sagten gleich zu Anfang: „Also, wir haben Dich ja nun in der Woche des Kurses ein wenig beobachtet, und wir müssen zugeben, daß wir uns Sorgen darüber machen, wie Du mit der Anthroposophie umgehst." Auf holländisch sagt man: Da rutschte meine Hose nach unten! Ich blieb sehr höflich, aber ich war furchtbar getroffen, denn ich neigte sowieso immer dazu, zu Anthroposophen emporzublikken und mich ein wenig klein zu machen. Nach eineinhalb Stunden gingen die beiden wieder, und meine Frau fragte mich ganz entgeistert, was das denn für Menschen gewesen seien, wie man denn überhaupt so handeln könne und warum sie überhaupt gekommen seien.

Damals dachte ich: Wenn diese Menschen Anthroposophen sind, dann will ich lieber keiner sein. Und es dauerte dann auch Jahre, bis ich Mitglied der Anthroposophischen Gesellschaft wurde und mich dazu entschied, Klassenmitglied zu werden. Mit dem Inhaltlichen hatte das rein gar nichts zu tun, sondern mit den Menschen, denen ich dort überall begegnete. Und ich habe auch heute noch meine Probleme.

Lex bietet eine saubere Spiegelfläche

Lex (und seine NPI-Kollegen) hingegen ist eine ganz andere Kategorie. Lex ist authentisch, und er bietet mir eine so saubere Spiegelfläche, daß ich genau weiß, daß das Bild, das er zurückwirft, mein eigenes ist. Andere Anthroposophen sprechen so gerne und viel über Doppelgänger und Gegenmächte, aber sie merken gar nicht, daß sie sie auch selbst hervorrufen.

R.H.: Gab es auch zwischen Lex und Dir kontroverse Auffassungen?

M. v.d. Broek: Ich konnte solche kontroversen Auffassungen nie entdecken. Das war für mich selbst beinahe mit einer Art Schrecken verbunden, aber ich versuchte, dieser Tatsache auf die Spur zu kommen. Immer, wenn Lex mir etwas erzählte, brauchte ich lange Zeit, um diese Dinge zu überdenken, und obwohl ich oft zuerst das Gefühl hatte, daß etwas daran vielleicht nicht stimme, zeigte die Erfahrung doch, daß es immer richtig war.

R.H.: Könntest du ein wenig beschreiben, woran das liegt? Warum lösten seine Aussagen oft erst Zweifel aus und bewahrheiteten sich in Dir aber letztlich doch? Was sagt das über Lex aus?

M. v.d. Broek: Zunächst denke ich natürlich, daß das eher mit mir zu tun hat als mit ihm; aber es hat vielleicht doch mit Lex zu tun, insofern, als ich mich nicht traute, ihm zu sagen, wie ich seine Gedanken zunächst erlebe und was ich an ihnen unstimmig finde. Ich traute mich einfach nicht, und das hatte in gewisser Weise auch mit Lex zu tun.

R.H.: Warum?

M. v.d. Broek: Ich habe ihm das noch nie gesagt, aber ich denke, daß Lex in solchen Situationen etwas weniger intuitiv fühlt, was sein Gegenüber gerade braucht, weil er so sachorientiert ist.

R.H.: Verhindert also die Sachorientiertheit ein Stück Empathie? Hat diese unglaublich geschulte kristalline Objektivität, die die positive Seite der Medaille ist, auch eine problematische Seite, nämlich, daß Lex nicht mehr in der Lage ist, die komplexen Gefühlsverästelungen seines Gegenübers ganz aufzunehmen und sie zu bedienen?

M. v.d. Broek: Ja, ich glaube, daß das stimmt. Ich kann so etwas bei anderen Menschen sehr gut sehen, aber bei Lex nehme ich diese Seite weniger wahr, weil ich ihn vielleicht immer noch ein wenig verehre. Aber es stimmt schon, daß er diese Seite hat. Und ich nehme auch wahr, daß bei Versammlungen in der Stiftung der eine oder andere darunter leidet.

R.H.: Wie stellst Du Dir eine Begegnung mit Lex vor, in der Du das genauso ansprichst, wie wir es jetzt im Interview tun?

M. v.d. Broek: Ich glaube, daß das mein allgemeines Problem ist.

R.H.: Du würdest also das Problem, daß Du diese Dinge nicht mit Lex besprechen kannst, eher bei Dir suchen?

M. v.d. Broek: Ja.

Er ist ziemlich allein

R.H.: Wie nimmst Du Lex im Umfeld von NPI und Dialoog wahr? Wie wirken andere Menschen auf ihn, und wie wirkt er auf sie?

M. v.d. Broek: Ich habe eigentlich den Eindruck, daß Lex ein ziemlich einsamer Mensch ist. Er ist auf eine bestimmte Art ziemlich allein. Wenn Lex vor einem Publikum spricht, kann ich immer wieder erleben, daß sich binnen Kürze eine völlige Einheit zwischen ihm und den Menschen einstellt. Er ist eins mit seinen Zuhörern. Nach einem solchen Vortrag sehe ich oft Menschen auf ihn zugehen und intensiv mit ihm sprechen, doch dann ist es auch ganz rasch vorbei. Es ist, als wenn man einen Schalter umwirft. Lex ist eben wirklich unbedingt inhaltlich orientiert. Wenn man ihn auf dieser Ebene anspricht, entsteht sofort eine Verbindung, und er genießt es auch, sich mit anderen Menschen auf diese Ebene zu begeben, besonders, wenn das, was er zu geben hat, willkommen ist.

Ablehnungen?

R.H.: Hast Du beobachtet, daß es mit Lex am NPI oder im Umfeld der Anthroposophischen Gesellschaft in Holland Konflikte gab, in denen er Opfer oder vielleicht auch einmal Täter war?

M. v.d. Broek: Zum einen kann ich dazu nicht soviel aus eigener Beobachtung beitragen. Lex erzählt von sich aus sehr wenig über Ereignisse, die ihn freuen oder betrüben, obwohl sich das in letzter Zeit ändert. Zweimal aber sagte er mir etwas; das

Martin van den Broek

eine betraf eine Stelle als Professor, von der er sich eigentlich sehr erhoffte, daß er sie bekäme. Er bekam sie aber nicht, sondern eine anderer Kollege vom NPI. Das war für ihn eine Enttäuschung.

Und zum andern glaube ich, Lex hat bis heute nicht verstehen können, daß das NPI seine Methode der Dynamischen Urteilsbildung nicht akzeptierte. Er konnte einfach nicht richtig begreifen, wie das kam. Ich habe den Eindruck, daß er das als Ablehnung seiner selbst deutete.

R.H.: Begreifst Du denn, warum das NPI sich so gegen die Dynamische Urteilsbildung wehrte?

M. v.d. Broek: Lex hat von sich aus eine Art Absolutheitsanspruch. Er spürt oft im Moment nicht so deutlich, was sich im Hier und Jetzt bei den anderen Menschen abspielt. Die wirklichen Begegnungen sind für ihn doch ein Problem. Und ich weiß nicht, ob er selbst das Bedürfnis danach hat.

Dierk Lorenz: Heißt das denn, daß die Menschen des NPI sich deswegen ein wenig gegen die Dynamische Urteilsbildung verwahrten, weil sie fürchteten, es dadurch mit jemandem zu tun zu bekommen, der sie vielleicht dominiert?

M. v.d. Broek: Ich könnte mir schon vorstellen, daß Menschen einer Gruppe Lex' Dominanz ein wenig fürchten. Was die Urteilsbildung betrifft, ist vielleicht noch wichtig zu sagen, daß Lex ja anzweifelte, daß die Arbeitsweise des NPI die richtige sei; also die Methode, ganz konsequent nach den drei Schritten Bildgestaltung, Urteilsbildung, Beschluß vorzugehen. Das bedeutete natürlich eine Kontroverse. Und meiner Ansicht nach ist der Dialog zu dieser Frage im NPI nicht gesund geführt worden; der Prozeß ist strenggenommen schiefgegangen. Es blieb also eine Distanz.

R.H.: Heißt das, daß auf das NPI in diesem Dialog der Prozeß der Dynamischen Urteilsbildung nicht angewandt werden konnte?

M. v.d. Broek: Ich denke, er wäre sehr gut anzuwenden gewesen. Die Menschen des NPI waren nur eben sehr tief mit dem alten Konzept verwachsen, und Lex stellte sie nun in Frage. Es ist letztlich nicht gelungen, gemeinsam die Freiheit zu organisieren. Die beiden Standpunkte hatten ein schweres Gewicht, und sie blieben unüberbrückbar.

D.L.: Gelang es also nicht, die Dinge nebeneinander existieren zu lassen?

M. v.d. Broek: Nein. Wenn man mich in einem solchen Fall zu Hilfe rufen würde, dann würde es mir durchaus gelingen, die verschiedenen Standpunkte mit Hilfe der Dynamischen Urteilsbildung zu lösen. Ich bin davon überzeugt, daß das auch in diesem Fall möglich wäre. Man versuchte aber, diesen Konflikt ohne Hilfe von außen zu lösen. Und ich denke, das war nicht möglich.

R.H.: Was waren die wesentlichen Erlebnisse in der Begegnung mit Lex, die Dich weiterbrachten – und wo gab es vielleicht auch Hindernisse für Deinen Lebensweg?

M. v.d. Broek: Der Aspekt von Lex als Mensch, der mit der Dynamischen Urteilsbildung zu tun hat, ist für mich so wesentlich, daß mein Leben einen ganz anderen Verlauf genommen hätte, wenn ich ihm nicht begegnet wäre.

Entwicklung ist eine andere Form der Gerechtigkeit

R.H.: Was bewirkte denn die Methode der Dynamischen Urteilsbildung in Deiner Biographie, in Deinem ganz eigenen Umgang mit Dir und der Welt?

M. v.d. Broek: Seit Beginn meines Arbeitslebens war die Frage nach Gerechtigkeit immer die entscheidende. Ich fragte mich: Gibt es Gerechtigkeit, und wie kann ich dazu beitragen, daß sie entsteht? Das hat auch mit meiner Herkunft und der Stellung meines Vaters zu tun. Als ich 30 Jahre alt war, vollzog ich diesen inneren Umschwung, indem ich die Umschulung anstrebte. Und dort entschied ich mich ganz bewußt für die Lebensfrage nach Entwicklung. Denn Gerechtigkeit zu erreichen ist sehr, sehr schwer. Entwicklung verhilft den Menschen aber dazu, daß sie zu sich selbst finden und sie selbst werden. Entwicklung ist also eine andere Form der Gerechtigkeit. Ich spürte deutlich, daß Dynamische Urteilsbildung ein sehr gerechtes Instrument ist, um Menschen zu ihrer eigenen Entwicklung zu verhelfen.

Lex, Doktorarbeit hieß ja „Urteilsbildung in Gruppen", aber eigentlich trifft dieser Titel es gar nicht. Seine Untersuchungen bezogen sich zwar auf Gruppen, aber das Ergebnis hat kaum noch mit Gruppen zu tun. In der Essenz beschreibt er, wie sich innerhalb eines Individuums Urteilsbildung vollzieht. Für mich war entscheidend, daß sich die Dynamische Urteilsbildung nicht nur auf die Gruppe bezog, sondern auf mich!

Meine allererste Übung bestand in dem, was wir heute Introversion nennen. Es geht dabei darum, die eigene Urteilsbildung zu schulen. Ich spürte bald, wie wertvoll es war, mich darin zu üben, und wie einfach es sein kann, zu seinem eigenen Coach zu werden. Bei der Urteilsbildung in größeren Zusammenhängen macht die individuelle Urteilsbildung einen enorm großen Anteil aus. Und so dachte ich: Urteilsbildung ist Tiefgang und berührt bei alldem, was bisher in der sozialen Frage entwickelt wurde, eine viel tiefere Schicht. Außerdem nahm ich wahr, wie entscheidend die Einsicht in die inneren Prozesse meine Zukunft beeinflußte, und so sagte Lex zu mir: „Wenn du heute irgendwo angestellt sein solltest, wo du nicht mit Urteilsbildung arbeiten kannst, dann mußt du die Stelle fahren lassen; denn mit der Urteilsbildung bist du so verbunden, daß das nicht anders geht. Was auch immer geschieht: „Du wirst immer mit Urteilsbildung arbeiten!" Und das hat er recht gesehen.

R.H.: Dann hatte Lex ja gravierenden Einfluß auf Deine Biographie!

M. v.d. Broek: Ja, absolut. Und all das Geld, das ich heute verdiene, verdiene ich mit Dynamischer Urteilsbildung. Ich bin also gewissermaßen abhängig von ihr, denn sie ernährt mich und meiner Familie physisch. Andererseits kann man daran die starke Wirkung der Urteilsbildung sehen, denn nicht jede Methode ernährt so viele Menschen seelisch.

van den Broek
Training & Advies

Martin van den Broeks Firmenlogo

Er half mir zu entdecken, wer ich bin

R.H.: Gab es weitere Punkte in Deiner Biographie, die durch das Wesen und das geistig-seelische Gepräge von Lex berührt wurden?

M. v.d. Broek: Meine Frau sagte mir neulich, nachdem Lex wieder einmal angerufen hatte: „Sag mal, was ist das eigentlich mit Lex und Dir? Immer, wenn Ihr telefoniert, verändert sich Deine Stimme, Du benimmst dich viel anständiger und legst so eine große Hilfsbereitschaft an den Tag!" Ich glaube, ich fühle einfach eine innere Verpflichtung, Lex und seinem Urteilsbildungsimpuls zu helfen, und ich empfinde sehr große Dankbarkeit ihm gegenüber. Letztlich hat diese Dankbarkeit ganz einfach mit meiner Biographie zu tun, denn ich glaube, daß Lex mir geholfen hat zu entdecken, wer ich eigentlich bin und warum ich hier auf der Erde lebe. Aber nicht nur das! Er hat mir obendrein die Mittel an die Hand gegeben, mein Lebensziel zu verwirklichen; mitzuarbeiten an der Ich-Stärkung des Individuums.

R.H.: Kann es sein, daß die Hilfsbereitschaft, die Deine Frau an Dir wahrnimmt, auch damit zu tun hat, daß Lex so bescheiden ist und für sich selbst nichts fordert und Du ihm deswegen gern zur Hand gehst?

M. v.d. Broek: Mit Sicherheit. Ich fühle mich überhaupt nicht äußerlich verpflichtet, etwas für ihn zu tun. Er läßt mich ganz aus Freiheit handeln. Das geht so weit, daß ich manchmal das Bedürfnis habe, ihm etwas Nettes zu sagen, und beinahe davor zurückschrecke, weil ich schon weiß, daß er es vehement ablehnen wird. Aber ich weiß auch, daß er sich eigentlich über solche Dinge freut.

R.H.: Gab es denn auch Gelegenheiten, in denen Du innere Distanz herstellen mußtest, um Dir Freiräume einzuräumen?

M. v.d. Broek: In der Dialoog-Stiftung haben wir inzwischen allerhand Material gesammelt, das hauptsächlich von zwei Menschen verfaßt wurde: von Lex und von mir. Was Lex geschaffen hat, ist alles von der Qualität her eher konzeptionell und kräftig anthroposophisch – und was ich geschaffen habe, behandelt immer die Praxis, die Erfahrungen, die mit der Methode gemacht wurden, und die Erfolge. Was diese Erfahrungswerte und Auswertungen betrifft, schicke ich ihm aber ganz wenig zu und frage ihn selten nach seiner Meinung. Ich verteile meine Schriften also an viele Menschen, aber ich scheue mich davor, es ihm zukommen zu lassen.

Diese Freiheit ist für mich notwendig, denn so kann ich das, was ich zur Urteilsbildung beitragen kann, auch wirklich beitragen. Wenn ich ihn kritisch alles durchsehen lasse, geht das nicht mehr. Ich denke, daß es gut ist, es so zu machen.

Die eigene Kontur schärfen

R.H.: Heißt das, daß Du Deine eigene Kontur schärfen mußt, um für Lex Partner und Gegenüber zu bleiben?

M. v.d. Broek: Ja. Ich freue mich sehr, daß ich diesem Punkt mit Euch gerade auf die Spur komme.

D.L.: Wäre die Stiftung Dialoog überhaupt ins Leben gerufen worden, wenn innerhalb des NPI die Dynamische Urteilsbildung besser Fuß gefaßt hätte?

M. v.d. Broek: Nein, mit Sicherheit nicht, denn dann hätte ich die Initiative zur Gründung nicht ergriffen. Die Dynamische Urteilsbildung gehörte ja zum NPI und war aus ihm entstanden, und so versuchte ich alles Erdenkliche, um sie dort landen zu lassen. Ich wollte aber von mir aus nicht wirklich die Verantwortung für sie übernehmen.

D.L.: Und wie beurteilst Du das nun im Nachhinein? Kannst Du daran auch etwas Gutes finden?

M. v.d. Broek: Für mich persönlich hat es sehr viel Gutes. Das hängt damit zusammen, daß ich inzwischen genau weiß: Die Leute vom NPI sind Meister ihres Fachs und arbeiten brillant, aber ich allmählich auch! Ich bin inzwischen sowohl innerlich als auch geschäftlich und finanziell selbständig. Wenn ich genau betrachte, was ich heute dank Dynamischer Urteilsbildung zu leisten in der Lage bin, dann kann ich eigentlich stolz darauf sein. In Augenblicken, in denen ich objektiv auf die Sache schauen kann, komme ich zu dem Schluß, daß es so stimmt, wie es ist. Vielleicht ist es, von höherer Warte aus gesehen, einfach gut gewesen, daß das NPI Nein gesagt hat. Heute bin ich also froh darüber, daß es ist, wie es ist.

Damit er alle seine Schätze verschenken kann

R.H.: Was würdest Du Lex für die Zukunft wünschen?

M. v.d. Broek: Zuallererst wünsche ich ihm, daß er noch viele Jahre lang mit Hanneke, seiner Frau, zusammenbleiben kann und daß ihre Gesundheit es zuläßt, daß er nicht all seine Energie in sie investieren muß. Ich wünsche ihm natürlich auch ein Publikum, das all das, was er geschaffen hat, annehmen will, damit er all seine Schätze verschenken kann. Denn es macht ihm so große Freude, seine Gaben auszuteilen, und diese Freude gönne ich ihm von ganzem Herzen.

R.H.: Gibt es noch andere entscheidende Momente in Deinem Leben, die mit Lex zu tun haben?

M. v.d. Broek: Ich nahm 1981 an einer Initiative teil, die mit Dreigliederung zu tun hatte und die von Lex und dem NPI ausgingen. Dort sprach Lex über die Dreigliederung, und ich war so beeindruckt, daß ich von diesem Augenblick an in allen Organisationen die An- oder Abwesenheit von Dreigliederung sofort erkennen konnte, denn ich habe nicht nur mit Urteilsbildung, sondern auch mit Dreigliederung sehr viel zu tun. In der Urteilsbildung ist sehr viel Dreigliederung anwesend.

Ich verdanke Lex also u.a., daß ich durch die Dreigliederungsbrille auf die Welt und auf unterschiedliche Organisationen blicken kann. Das ist bei der Problemanalyse enorm hilfreich, um zu möglichen Lösungsansätzen zu kommen. Lex hat mir also einen weniger durchstrukturierten, sondern eher einen offenen Blick auf diese Fragen ermöglicht.

R.H.: Was wünschst Du Lex, woran er noch arbeiten könnte?

M. v.d. Broek: Ich weiß, daß er sich augenblicklich intensiv mit den zwölf Weltanschauungen beschäftigt. Ich wünsche ihm, und natürlich auch mir und der Stiftung Dialoog, daß er an diesen Fragen weiterarbeitet, denn er ist imstande, die ganze Anthroposophie immer wieder mit dem Urteilsbildungsmodell zu verbinden. Daran freut mich besonders der integrierende Faktor, den er mit dieser Fähigkeit einbringt. Er bringt die Dinge in Zusammenhang und vertieft sie gleichzeitig so unglaublich gut. Ich hoffe natürlich, daß er der Welt und der Stiftung noch viel hinterläßt, damit wir auch dann, wenn er nicht mehr da ist, Inhalte haben, an denen wir weiterarbeiten können.

Was fehlt Dir?

R.H.: Und was würdest Du ihm an innerer Arbeit wünschen?

M. v.d. Broek: Ich würde ihm wünschen, daß er vielleicht ein wenig aufmerksamer auf die Parzivalfrage achtet, die Frage an den anderen: Was fehlt *Dir*?

R.H.: Wünschst du ihm damit also, daß er auch die momentane seelisch-befindliche Ambivalenz seines Gegenübers deutlicher wahrzunehmen lernt und dieser Ambivalenz Bedeutung einräumt?

M. v.d. Broek: Ja. Was mich selbst betrifft, muß ich diesen Kritikpunkt aber deutlich einschränken, denn ich verdanke ihm etwas ganz Besonderes: Lex macht niemandem so ohne weiteres Komplimente. Er fordert sie auch selbst nicht ein, aber er verteilt sie auch nicht. Als er noch beim NPI arbeitete, gab es jährlich zwei Studientage für NPI-Leute, und jeder NPI-Mitarbeiter durfte zu diesen zwei Tagen zwei Menschen seiner Wahl einladen. Zu dieser Zeit lud er mich jedes Jahr dazu ein, und das war für mich unglaublich wichtig. Im Rückblick empfinde ich das als viel wichtiger, als mir damals klar war. Ich habe also rückblickend wirklich den Eindruck, daß *ich* von Lex gesehen wurde.

R.H.: Würdest Du mir also zustimmen, wenn ich sage: Derjenige, der dazu in der Lage ist, kann durch Lex einen echten Aufrichtungsimpuls in seiner Biographie erfahren?

Parzival hat Segramors besiegt und kämpft mit Keye

Wolfram von Eschenbach, Parzival (Handschrift), Hagenau, Werkstatt Diebold Lauber, um 1443–1446, Cod. Pal. germ. 339, I. Buch, Blatt 208v.

M. v.d. Broek: Unbedingt! Vielleicht hat Lex mich einfach geprüft. Lex prüft wahrscheinlich die Menschen, ob sie bereit sind, die Ehrlichkeit sich selbst gegenüber auszuhalten.

R.H.: Lex kann wahrscheinlich nur mit Menschen zusammenarbeiten, die ein ähnliches Format haben wie er, denn wie soll es sonst gehen? Wenn er Menschen in seiner Umgebung hätte, die in der Arbeit unklar sind, verlöre er ja selbst an Kontur. Und darum kann man seine Strenge vielleicht auch akzeptieren.

M. v.d. Broek: Ja, dem stimme ich zu. Zu der Zeit, als er noch für das NPI arbeitete, war er einmal ziemlich schwer erkrankt. Man fand ihn bewußtlos zu Hause, brachte ihn ins Krankenhaus, und es dauerte eine ganze Weile, bis er genesen konnte. Er lebte damals in der Furcht, bald zu sterben. Ich weiß noch heute, daß ich fast panisch wurde, als ich erfuhr, daß er im Krankenhaus lag. Ich schrieb ihm einen Brief, in dem ich ihm alles Gute wünschte und ihm sagte: „Lex, Du darfst einfach noch nicht gehen. Wir brauchen Dich noch." Ich spürte damals mit großer Schärfe, was ich an ihm hatte und welche Bedeutung er einnahm. Und mir wurde unsere Verbindung auf einen Schlag sehr deutlich. Ich wußte ganz genau, es darf nicht sein, daß er stirbt. Gott sei Dank blieb er ja dann auch am Leben.

Mich berührt sein tief Christliches

D.L.: Woher hat Lex eigentlich diese Gedankenschärfe und seine Strenge, sein Forderndes an andere? Hast Du eine Idee davon, wo er es hernimmt?

M. v.d. Broek: Was mich immer beeindruckte, war, daß Lex stets aus tief christlichem Impuls handelte. Er konnte sehr scharf von seinem Ich aus Luzifer und Ahriman im Gleichgewicht halten. Gleich, ob ich etwas von ihm lese oder ob ich mit ihm spreche: Mich berührt immer wieder das tief Christliche an ihm. Das ist zu wahr, um charakterologisch zu sein. Lex schreibt und spricht nicht nur christlich, sondern er lebt auch christlich. Er ist geistig enorm reich, aber er lebt sehr schlicht. Auch ist es ihm gleich, ob er manche Dinge schon 20mal gemacht hat: In den Kursen und bei Dialoog macht er alle Übungen immer wieder von vorne mit. Er ist sich dazu nicht zu schade und sagt nicht etwa: Darüber bin ich hinaus, das habe ich nicht mehr nötig. Er macht es mit den Leuten mit. Er schämt sich auch nicht, wenn ihm dabei etwas überhaupt nicht gelingt. Er steht dann dazu, daß er es einfach nicht kann.

D.L.: Beobachtest Du auch, daß Lex eine gute Wirkung auf jüngere Menschen hat?

M. v.d. Broek: Ja, denn er ist durch und durch glaubwürdig und inspiriert sehr. Er sieht ja selbst auch noch sehr jung aus und ist bis jetzt auch noch sehr vital. Bei Dialoog hat er im Laufe von über zehn Jahren insgesamt vielleicht zweimal bei einer Versammlung gefehlt; und das auch nur deshalb, weil er für Vorträge auf Auslandsreise war. Er war immer da. Es bedeutet einen großen Reichtum für Junge und Alte, einem solchen Menschen zu begegnen.

Hüter der Quelle

Interview mit Jos Schoenmaker

von Renate Hasselberg

Jos Schoenmaker, *geb. 1951 in Holland, verheiratet mit Hermien Eijsink, vier Töchter. 1959 mit den Eltern und zehn Geschwistern nach Brasilien ausgewandert. Studium der Sozialen Psychologie; seit 1976 Sozialarbeit in Sao Paulo. Zur Zeit Beschäftigung als Organisations- und Entwicklungsberater von Núcleo Maturi-Ecologia Social. Sein Hauptprojekt ist die Entwicklung eines Netzwerkes zur Stärkung kommunaler Organisationen in den meisten Armenvierteln Sao Paulos.*

In diesem Interview schildert Jos Schoenmaker, welche Bedeutung die Begegnung mit Lex Bos für seine Arbeit in Brasilien hatte. Diese Begegnung, so Jos Schoenmaker, gab ihm auch für seinen persönlichen Lebensweg die entscheidenden Impulse: das Kennenlernen der Anthroposophie, die Tätigkeitsfelder im Sozialen (Favelas) und die Fragen nach der menschlichen Erkenntnis und Entwicklung.

Renate Hasselberg: Bitte schildern Sie uns kurz Ihren biographischen Werdegang.

Jos Schoenmaker: Ich bin 1951 als siebtes Kind von elf Geschwistern in Holland geboren. Als ich acht Jahre alt war, bin ich mit meiner Familie nach Brasilien ausgewandert, wo meine Eltern und Geschwister in einer Kooperative – Holambra, gegründet von holländischen Immigranten – in den Bereichen Landwirtschaft, Gartenbau und Blumenzucht mitgearbeitet haben. Das war der Anfang des Unternehmens TERRA VIVA, das heute über 1.500 Mitarbeiter beschäftigt, die auf 10.000 ha in verschiedenen Regionen Brasiliens und Paraguays anbauen. Ich war einer der ersten von uns Geschwistern, der die Gelegenheit hatte zu studieren.

Jos Schoenmaker mit Familie,
von links Hermien (seine Frau), Michaëla, Luana, Amanda und Janaina

Als ich zwölf Jahre alt war, ging ich in ein franziskanisches Seminar, 600 km von zu Hause entfernt. Dort verbrachte ich sieben Jahre. Es war eine Zeit, die einen sehr wichtigen Beitrag zu meinem geistigen Schulungsweg leistete. Später, 1975, erwarb ich einen Universitätsabschluß in Psychologie.

1974 heiratete ich, und heute haben wir vier Töchter. Noch als Student fing ich an, als Freiwilliger in einem Gemeinschaftszentrum einer Favela zu arbeiten. 1976 wurde ich gebeten, die Tätigkeiten eines Sozialfonds gegen Armut zu koordinieren. Dies ermöglichte es mir, viele andere gemeinschaftliche Entwicklungsprojekte zugunsten der ärmsten Bevölkerung Sao Paulos zu unterstützen. Im Jahr 1978 entschieden wir uns, unter diesen Menschen zu leben, und so folgte der Umzug meiner Familie in eine der ärmsten Regionen der Stadt, Campo Limpo.

Die Anthroposophie lernte ich durch die Tobias-Klinik kennen, in der wir unsere Töchter behandeln ließen. Dort sah ich im Jahre 1979 ein Plakat mit der Anzeige eines Sozialpädagogik-Seminars von Lex und Johanna Bos.

Ich war zu Hause

R.H.: Wann sind Sie Lex Bos zum ersten Mal begegnet?

J. Schoenmaker: Ich habe mich für dieses Seminar (auf Deutsch veröffentlicht unter dem Titel „Leitbilder für Sozialkünstler“, Verlag am Goetheanum) zusammen mit 40 anderen Jugendlichen angemeldet. In diesem Seminar wurde alles vorgestellt, was ich seit langem sehnsüchtig gesucht hatte. Auf meinem Schulungsweg trieben mich drei Impulse: die Suche nach der Spiritualität (franziskanisches Seminar), die menschliche Erkenntnis und menschliche Entwicklung (Psychologie) und die soziale

Frage (Tätigkeit in den Favelas). In der Sozialpädagogik sind diese drei Impulse – diese drei Erkenntnis- und Entwicklungsfelder – in einem einzigen Ganzen integriert, und sie vereinen sich in der gleichen Weltanschauung: der Anthroposophie. Darin fand ich meine „Gruppe", durch die Flut meines Schicksals – ich war zu Hause.

Impulse

R.H.: Welche Impulse hat Ihnen die Begegnung mit Lex Bos gegeben? Wie hängen die Aufgaben, die Sie seither zu bewältigen hatten, mit dieser Begegnung zusammen? Und was hat aus Ihrer Sicht Lex Bos in Brasilien auf den Weg gebracht?

J. Schoenmaker: Die Anthroposophie und die Sozialpädagogik sind die Grundlage meiner Bildung geworden und meine Hauptinspirations- und Orientierungsquelle für die Entwicklung meiner Arbeit. Seit der Begegnung mit Lex Bos habe ich intensiv erlebt, was Rudolf Steiner am Ende seiner Texte über die Anthroposophie und die soziale Frage („Geisteswissenschaft und soziale Frage") schrieb:

„O bem de todos só poderá resultar de uma concepcao que possa penetrar as almas, inflamando-lhes a vida interior. O modo de pensar da ciencia espiritual poderá provocar isto, desde que se desenvolva de acordo com suas verdadeiras potencialidades." (Das Wohl aller wird sich allein aus einer Anschauung ergeben, die die Seelen durchdringt und ihnen das innere Leben erleuchtet. Die Art des Denkens der Geisteswissenschaft wird dies hervorrufen können, wenn sie sich gemäß ihrer wahrhaftigen Möglichkeiten entfaltet.)

Diese Anschauung, wie sie von Lex vertreten wurde, hat mich innerlich entflammt, das Denken beleuchtet und das Wollen begeistert. Sie brachte ein tieferes Verständnis der Bedingungen für die gesunde Entwicklung des sozialen Lebens in allen Bereichen: in der zwischenmenschlichen Sphäre, in Gruppen, Einrichtungen, Gemeinschaften und in der Gesellschaft als Ganzer. Diese Gedanken gaben dem Impuls Kraft und eine Richtung. Sie lieferten die Grundlage dessen, was wir heute „Soziale Ökologie" nennen und deren größter Vordenker Rudolf Steiner war. Auch das von Bernhard Lievegoed gegründete NPI wirkte sich hier fördernd aus. In Brasilien war Lex Bos der erste, der das verbreitet hat.

Heute sind eine Gruppe von Menschen, die von Lex Bos ausgebildet wurden, und viele andere, die mit ihm gearbeitet haben oder später kamen (Johanna Bos, Herwig Haetinger, Jacques Uljeé u.a.), als Verbreiter dieses Impulses in Brasilien tätig. Dies geschah und geschieht noch durch die Fortsetzung von Sozialpädagogik-Seminaren unter der Verantwortung einer dafür gegründeten Vereinigung. Daher ergab sich auch die Gründung des *Nucleo Maturi-Ecologia Social*, der Berater vereint, die in der Entwicklung von Menschen und Einrichtungen in der Sozialpädagogik tätig sind. Hier gibt es verschiedene Bereiche: ein

Núcleo Maturi

Netz der Waldorfschulen, eines von sozialen Einrichtungen (*Corrente Viva*); und ein anderes Netz verbindet Umweltschutzeinrichtungen, die in Amazonien durch ein Entwicklungsprogramm für Familien-Unternehmen tätig sind.

Lex und Johanna Bos brachten auch einen wesentlichen Impuls mit für die Entwicklung des Unternehmens meiner Familie, *Terra Viva*, in Holambra. Es ist heute ein Maßstab für die menschliche, soziale und umweltschutzbewußte Selbstverwaltung, eine Frucht aus Samen, die in den Treffen mit der Familie Bos in den 80er Jahren gepflanzt wurden. Der Entwicklungsweg dieses Unternehmens wird gerade in einem Buch dokumentiert, welches demnächst veröffentlicht wird, sozusagen als Inspiration für andere Unternehmen, die auf der Suche nach neuen Wegen für eine sozialverantwortliche Unternehmenstätigkeit sind.

Lex und Johanna Bos leisteten auch einen großen Beitrag für die Entwicklung verschiedener Waldorfschulen, die sie während ihrer Aufenthalte in Brasilien beraten haben. Die Fortdauer dieses Entwicklungsimpulses wird zur Zeit von dem Institutionsentwicklungsprogramm der Waldorfschulen gepflegt und von dem *Núcleo Matur-Ecologia Social* in Partnerschaft mit dem Waldorfschulverband durchgeführt.

Auch für die Entwicklung der Anthroposophischen Gesellschaft in Brasilien leistete Lex Bos einen großen Beitrag: Durch seine Arbeit mit dem Vorstand, Vorträge in den Zweigen und der Orientierung für Studiengruppen, die seither seinen methodologischen Hinweisen, wie man Anthroposophie in Gruppen studieren kann, folgen.

Zum Nutzen der Menschheit

R.H.: Wie würden Sie Lex Bos charakterisieren? Wo liegen seine besonderen Fähigkeiten und Begabungen?

J. Schoenmaker: Erstens möchte ich die tiefe Verbundenheit von Lex Bos mit der Anthroposophie hervorheben als Inspirationsquelle, Ernährung und Orientierung für die Entwicklung seiner ganzen Tätigkeit weltweit; nicht nur als Studierender und vorbildlicher Forscher der Geisteswissenschaften – so wie er es mit der Entwicklung der Dynamischen Urteilsbildung gezeigt hat –, sondern besonders als Hüter dieser Quelle, die gepflegt werden muß, damit sie weiter zum Nutzen der Menschheit fließen kann.

Lex Bos hat die besondere Begabung, durch seine Vorträge und Bücher einen großen Reichtum von Wissen, ordnungsgemäß strukturiert, anderen beizubringen, erreichbar zu gestalten und klar zu formulieren – vor allem in seiner lebendigen, inspirierenden Form, als Antwort auf die Fragen, die von seiner Umgebung gestellt werden.

Lex Bos hat tiefes Interesse und Mitverantwortungssinn für die Entwicklung von Menschen und Initiativen auf der Grundlage der Anthroposophie entwickelt. Er trägt Menschen im Bewußtsein und bemüht sich sehr darum, zu ihrer Entwicklung beizutragen – genau dort, wo sie ihn benötigen.

Lex ist wie ein Leuchtturm

R.H.: Was wünschen Sie Lex Bos für seinen weiteren Lebensweg?

J. Schoenmaker: Für mich, wie auch für viele andere Menschen hier in Brasilien, ist Lex Bos wie ein Leuchtturm, der uns hilft, unsere eigenen Lebenswege zu finden. Er wirft Licht hinein, um die Fortsetzung unseres Weges zu beleuchten.

Ich wünsche ihm, daß er die Früchte ernten kann, die er gepflanzt hat – und zwar durch die Anerkennung und Dankbarkeit der Menschen, die etwas aufgrund seiner Beiträge verwirklichen konnten –, und daß er nach Brasilien zu dieser Ernte zurückkehren kann!

Ich möchte ihm wünschen, daß ihm nie Fragen fehlen, die ihn dazu anregen, sich geistig zu betätigen, und die ihm erlauben, weiter zur Entwicklung der Menschen und der Welt beizutragen.

Vor allem möchte ich ihm wünschen, daß sein Vermächtnis in uns lebendig bleibt und daß wir es für andere Menschen weitertragen können, wie eine Fackel, deren Flamme sich ernährt und erneuert durch die unerschöpfliche Quelle: die Anthroposophie.

Lex Bos im Centro Paulus 1984

Sternstunden im Geistigen

Interview mit Lex Bos

von Renate Hasselberg und Dierk Lorenz

Lex Bos zu Hause

Dierk Lorenz: Welche Menschen begegneten Dir, die in Deinem Leben Entwicklungswege anregten?

Renate Hasselberg: Und welche Menschen begegneten Dir, die etwas verhindert haben?

Lex Bos: Viele Menschen formten in meinem Leben sozusagen das Flußbett, aber ich kann nicht sagen, daß jemand unter ihnen eine ganz einschneidende Rolle spielte. Am ehesten könnte ich meine Frau und Bernard Lievegoed nennen.

Eigentlich war es immer der ganz eigene innere Steuermann, der das Schiff konstant auf Kurs hielt. Es gibt Ausnahmen, die gewisse Richtungsänderungen einleiteten, aber streng genommen waren das nie Menschen, die mich bewußt beeinflußten. Mir fällt der Mann ein, dem ich 1945 im Schneesturm begegnete und der mir besagtes Büchlein gab. Natürlich hatte er nicht die leiseste Ahnung davon, was er einleitete. Manchmal setzt das Karma Menschen als Makler ein, im Sinne von: Gib diesem jungen Mann das Buch; er kann es brauchen.

Ein Mensch, der wesentlichen Einfluß auf meine Entwicklung hatte, war mein Vater. Er war in Rotterdam verantwortlich für den Wohnungsbestand und erzählte zu Hause oft über Schwierigkeiten mit dem Stadtrat oder bestimmten Projektentwicklern, über Zusammenarbeitsfragen, über alles, was ihn bewegte. Während des Zweiten Weltkriegs hatte er ein Buch verfaßt, das den Titel trug: „Die Stadt der Zukunft – die Zukunft der Stadt", in dem er ganz neue Ideen zu Formen des Zusammenlebens entwickelte, was auch in mir soziales Interesse wachrief.

Wer mich als Persönlichkeit außerdem tief beeindruckte, war Willem Zeylmans von Emmichoven, der wirklich in der geistigen Wirklichkeit verwurzelt war. Die Begegnung mit ihm erlebte ich mehr oder weniger als eine Begegnung mit einem Eingeweihten.

Darüber hinaus gab es eine wichtige Begegnung mit einem Menschen, der mir persönlich gar nicht so sehr lag. Er hieß Hans ten Dam und arbeitete eine Zeitlang probeweise am NPI. Ich gab ihm das Konzept meiner Doktorarbeit zu lesen, zu einem Zeitpunkt, als ich bereits Hunderte von Seiten vollgeschrieben hatte; und ich bat ihn um seine Meinung zum Geschriebenen. Er sagte: „Lieber Lex, es ist phantastisch, was Du alles von Psychologie, Geschichte und Philosophie weißt! Aber wo ist Deine Frage? Ich kann aus all dem keine Fragestellung herauslesen. Ich gebe Dir einen Rat: Wirf alles in den Papierkorb, besinn Dich auf Deine Frage und beginne von vorn!" – Ich befolgte seinen Rat.

Hans ten Dam

D.L.: Gab es menschliche Beziehungen, die Du abgebrochen hast?

L. Bos: Ja, Abbrüche gab es. Meist hing das weniger mit Konflikten zusammen als damit, daß meine Lebensbühne sich änderte. Wenn eine Phase zu Ende ging – wie Schule oder Studienzeit –, pflegte ich die dortigen Beziehungen nicht weiter. Bleibende Beziehungen entstanden erst mit dem Kontakt zur Anthroposophie und durch den Beruf.

Es gab aber durchaus auch einige Persönlichkeiten, zu denen ich kein positives Verhältnis finden konnte und die ich mied, um Konflikten vorzubeugen.

Schattenseiten

D.L.: Gab es in Deinem Leben handfeste Irrtümer oder Irrwege? Wenn ja, was hast Du daraus gemacht?

L. Bos: Einige Initiativen gelangen nicht, und man könnte sie vielleicht als „Holzwege" bezeichnen. Ob das nun Irrtümer waren, kann ich nicht genau sagen; ich würde sie eher als Versuche bezeichnen. Ich nahm mehrmals wahr, daß der eingeschlagene Weg zu nichts führt und daß ich ihn verlassen muß.

Die schon erwähnte Aufnahme der Pflegekinder in unsere Familie brachte gewisse Schattenseiten in mein Leben. Ich würde nie so weit gehen, das als Irrtum zu bezeichnen, denn das Schicksal leitete etwas in die Wege, und wir sagten Ja dazu. Dennoch brachte es Schwierigkeiten mit sich.

Darüber hinaus ist meine gesamte Biographie extrem arbeits- und aufgabenorientiert – darüber sprachen wir schon –, was nach sich zog, daß unsere Kinder immer wieder zu kurz kamen. Aber auch hier würde ich nicht von einem Irrweg sprechen, denn so war mein Weg.

Ich stelle mir aber immer wieder eine grundlegende Frage. Sie lautet: Habe ich mich mit der Wahl meines Berufsweges vor etwas schützen wollen?

Die Berufshaltung, die ich einnahm, schützte mich mein Leben lang vor unmittelbarer Interaktion. Ich arbeitete von Anfang an und ohne jede Berufserfahrung als Berater. Ein Berater ist jedoch nie wirklich in die Sache involviert: Er spiegelt aus der Distanz, er ist der Ratgeber, er hält sich außen vor – und er zieht sich nach einiger Zeit aus dem Geschehen wieder zurück. Später gab ich jungen Menschen oft den Rat, zunächst einige Jahre aktiv im Management zu arbeiten, Menschen zu führen und Verantwortung zu übernehmen, um dann aus der Erfahrung heraus andere Menschen beraten zu können. Erst die Erfahrung gibt eine gewisse Berechtigung, beratend tätig zu werden. Ich selbst lernte diese unmittelbare Interaktion und die tätige Verantwortung in der Turbulenz der Auseinandersetzung nicht am eigenen Leibe kennen.

Menschliche Beziehungen ausklammern?

In der Seminararbeit war es ähnlich: Dort hatte ich meist die Rolle des Vortragenden, und wenn das nicht der Fall war, hatte ich bei Gruppenarbeit die Auswertungsarbeit zu leisten; also gab ich auch hier die Interaktion an andere ab: „Liebe Seminaristen, ihr wollt euch soziale Fähigkeiten erüben, also bitte ich euch, ein Gespräch unter eigener Leitung zu führen, während ich mich als Beobachter außen vor halte und euch im nachhinein zurückspiegle, wie ihr wart."

Selbst bei meinem Engagement in Brasilien finde ich dieses Element. Ich versuchte z.B., portugiesisch zu lernen, gab es aber schließlich auf. Vielleicht hätte ich diese doppelvokalische Sprache mit Mühe lernen können, aber dadurch, daß ich es nicht tat, geriet ich immer wieder in die Rolle eines Außenstehenden. Man mußte meine Vorträge und Ansprachen immer übersetzen, und ich nahm nicht wirklich aktiv an den Gruppengesprächen teil.

Schließlich findet man diese Fragestellung auch bei meiner Herangehensweise an die Dynamische Urteilsbildung. Ich erklärte gleich zu Beginn meines Buches zu diesem Thema, daß ich die menschlichen Beziehungen ausklammern werde. Die Arbeit handelte also von Urteilsbildung in Gruppen, aber die interaktive Dimension ließ ich völlig außen vor. Natürlich war mir bewußt, daß Gruppenbildung und Urteilsbildung unmittelbar zusammengehören – doch ich wollte mich nicht mit Gruppenbildung befassen.

NPI instituut voor Organisatieontwikkeling

In meiner Zeit am NPI hielt ich mich durchgehend fern von der Sparte „Konfliktlösung", in die sich andere Kollegen, allen voran Fritz Glasl, mit Begeisterung einarbeiteten. Der Bereich, in dem es seelisch unüberschaubar und turbulent wird, behagte mir nicht; und ich sagte immer: Haltet mich dort raus; das ist nicht mein Weg. – Vielleicht handelte ich aus berechtigtem Selbstschutz, weil ich spürte, daß ich diesen Bereichen noch nicht gewachsen sei.

D.L.: Welche Initiativen gelangen nicht?

L. Bos: Die erste dieser Initiativen war das sogenannte Werkstudio, eine Art pädagogisches Jobcenter oder Stellenvermittlungsbüro. Ich faßte den Impuls dazu, weil ich aktiv an der von Lievegoed initiierten Vrije Hogeschool mitarbeitete, über die wir vorhin schon sprachen. Diese Hochschule sollte den Abiturienten in einem Freijahr ermöglichen, sich breitgefächert beruflich zu orientieren. Im Grunde war dieses Freijahr auf Selbsterkenntnis angelegt, denn die Schulabgänger sollten sich selbst und ihre Möglichkeiten entdecken dürfen. Durch das Pauken für die Prüfungen waren sie in ihrem Bewußtsein so verengt, daß es uns ein Anliegen war, sie künstlerisch arbeiten, singen, sprechen und schauspielern zu lassen. Es handelte sich also um eine breit angelegte menschliche Auffrischung.

Entdeckungsreisen in die moderne Wirtschaft

Eines Tages kam einer der Studenten der Vrije Hogeschool zu mir und sagte: „Ich bin begeistert von diesem freien Jahr, aber es ist ein Jahr, in dem wir uns stark nach innen orientieren und ganz mit uns selbst beschäftigt sind. Das ist berechtigt, aber ich würde gern ein Jahr anhängen, in dem ich ganz nach außen gehe. Ich möchte die Welt, das Berufsleben und die soziale Wirklichkeit kennenlernen – und habe gleichzeitig ein bißchen Angst davor." Eigentlich fragte er also nach einer Art Begleitung für den Schritt in die Welt, und es stellte sich heraus, daß auch andere Studenten dieses Bedürfnis hatten.

Wir richteten das Ganze also so ein, daß wir uns für die Studenten nach Jobs umsahen, denen sie an vier Tagen der Woche nachgehen konnten. Jeden fünften Wochentag kamen wir zusammen, um die Erfahrungen auszuwerten, die sie beim Kellnern, Fahren, bei der Fließbandarbeit, im Krankenhaus usw. gemacht hatten. Wir gingen von der Erfahrung an der Sache aus, gestalteten sie als induktiven Lernweg und stellten Fragen wie: Was habt ihr an sozialen, wirtschaftlichen, technologischen Phänomenen beobachten können? Wie sind die sozialen Bezüge, wie gehen die Menschen miteinander um, gibt es Statusunterschiede usw.?

Weil ich im Betriebs- und Organisationsleben heimisch war und mich gut auskannte, konnte ich jede Erfahrung in einen größeren Zusammenhang stellen und dazu Hintergründe aufzeichnen. Es war faszinierend, welche Entdeckungsfahrten die jungen Leute machten. Oft endeten diese Zusammenkünfte auch mit neuen Fragen: Versucht, in der nächsten Arbeitswoche einmal genau hinzusehen, was in dieser oder jener Hinsicht funktioniert; horcht hin, was die Menschen sich gegenseitig in der Pause sagen, wie sie auf neue Initiativen oder ungewohnte Prozeduren reagieren usw. Die jungen Menschen machten also Entdeckungsreisen durch alle Aspekte der modernen Wirtschaft. Einige fanden dadurch auch ihren Beruf. Einer von ihnen arbeitete beispielsweise in einem Unternehmen, in dem Gemüse verpackt wurde. Ihm fiel auf, wie ehrfurchtslos man dort mit Lebensmitteln umging und daß dort Erneuerung nötig ist. Eine Frau machte im Krankenhaus sauber und hatte bald herausgefunden, daß sie Krankenschwester werden wollte.

Einmal fand einer der Arbeitgeber heraus, daß bei uns im Werkstudio die Erfahrungen aus der Arbeit besprochen wurden; und er wurde stutzig. Er ging davon aus, daß wir dort über den Kapitalismus herzögen und alles gesellschaftskritisch in Frage stellten. Ich suchte das Gespräch mit ihm und erklärte ihm, daß all das als Lernprozeß gedacht sei, und versuchte, ihm klarzumachen, daß er sogar selbst Vorteile aus unserer Arbeit ziehen könne. Schließlich kämen frische, junge Menschen in seinen Betrieb, die alles mögliche wahrnähmen und vielleicht auch sähen, was verbesserungswürdig sei. Wenn er wolle, könnten wir ihm gerne ein Feedback dazu geben, was bei uns an Erfahrungen zusammenkäme. Letztlich wagte aber nur ein Unternehmen, sich auf einen diesbezüglichen Austausch einzulassen. Die meisten Unternehmer waren zu arrogant, sich von einem Neuling ein Feedback geben zu lassen, und meinten, sie hätten davon keinen Nutzen für den Betrieb.

Eröffnung „Werkstudio“ 1982

Das Werkstudio-Konzept

Nach zwei, drei Jahren hatte ich genügend Erfahrung zu erkennen, daß dieser Weg fruchtbar war. Ich erarbeitete also ein Konzept und bot es verschiedenen sozialen Organisationen an, mit dem Vorschlag, es auch für Menschen einzusetzen, die arbeitslos geworden sind. Für solche Prozesse hatte man aber recht wenig Verständnis, denn man beabsichtigte, die Menschen schnellstmöglich wieder an einen Arbeitsplatz zu bekommen; sie sollten keinen zwischengeschalteten biographischen Prozeß eingehen. Insofern hatte ich das Ziel ein wenig zu hoch angesetzt.

Später griff man das Konzept aber bei ARTA auf, einem Institut für ehemalige Drogenabhängige. Für Menschen, die ihren Weg zurück ins Arbeitsleben und in die Gesellschaft finden wollten, schien das Werkstudio-Konzept genau richtig. Man setzte es nach dem Ende der Therapiephase ein. Das war zwischen 1977 und 1980.

D.L.: Ist es nicht so, daß für diese Idee eigentlich noch immer riesengroßer Bedarf besteht?

L. Bos: Das sehe ich genauso. Gerade junge Menschen wollen heute lieber den Entdeckungsweg gehen als einen Instruktionsweg. Sie lehnen ab, daß man sie mit Gedanken vollstopft, denn sie wollen ihre ganz persönlichen Erfahrungen machen und sie auswerten.

Assoziationen

Die zweite Initiative, die nicht wirklich erfolgreich war, befaßte sich mit Geschäftsinhabern. Bei der Beschäftigung mit Fragen der sozialen Dreigliederung faszinierte mich von Anfang an die Idee der Wirtschaftsassoziation. Assoziation bedeutete hier ein Steuerorgan des autonomen Wirtschaftslebens, in dem Produzent, Händler und Konsument miteinander ins Gespräch über Bedürfnisse, Preise, Qualität und Lieferbedingungen eintreten. Ich versuchte also, mit Kleinhändlern ins Gespräch zu kommen. Es handelte sich um Alternativläden und kleinere Unternehmer. Mein Anliegen war, einen Erfahrungsaustausch darüber anzuregen, wie in der Mittelstellung zwischen Produzenten und Konsumenten sinnvoll und fruchtbar mit beiden Seiten umgegangen werden kann. In solchen Zusammenkünften wurden Fragen bewegt wie: Wie nimmt man die Kundenbedürfnisse wahr? Wie verhält man sich dem Großhandel gegenüber, der immer bestrebt ist, den Einzelhandel in den Griff zu bekommen? Wie bezieht man die Produzenten mit ein? Ich begleitete diese Gespräche, und wir arbeiteten mit der Stiftung Kraaybeekerhof zusammen, einem Informations- und Schulungszentrum für biologisch-dynamische Landwirtschaft. Der Leiter dieses Zentrums war sehr engagiert und unterstütze meine Pläne in Richtung einer Freien Handelsakademie. Freie Schulen und Freie Kunststätten gab es schon, aber ich träumte von einer Freien Handelsakademie, in deren Zentrum der Assoziationsbegriff steht. Dort sollten die Menschen sich schulen, sich im Handel so zu verhalten, daß zwischen Produzent und Konsument tatsächlich etwas Assoziatives entsteht. Leider kam diese Akademie aber nie zustande; das hatte einerseits finanzielle Gründe, andererseits waren die Händler viel zu beschäftigt, um nebenbei noch Kurse und Seminare zu belegen.

Grundsätzlich gesehen lag es aber wohl auch daran, daß ich selbst auf diesem Gebiet nicht wirklich zu Hause bin. Ich bin weder Händler noch Kaufmann noch Geschäftsmann, stehe also nicht im Wirtschaftsleben. So ein Projekt muß aber von Menschen getragen werden, die mitten im Wirtschaftsleben stehen. Trotzdem denke ich, daß diese Initiative Früchte trug. Zwar entstand keine Freie Handelsakademie, aber inzwischen gibt es im Rahmen der Stiftung Kraaybeekerhof einen Ausbildungsweg, der sich mit solchen Fragen befaßt.

Das Soziale Zentrum trugen wir zu Grabe

Als drittes Beispiel für eine Initiative, die nicht ganz gelungen ist, sehe ich das CSO, das „Centrum voor Sociale Ontwikkeling", ein Projekt, von dem mir selbst im nachhinein nicht ganz klar ist, was wir damit wollten.

Am Anfang dieser Initiative stand eine Gruppe von Menschen, die den Eindruck hatte, daß zwischen ihnen enge karmische Beziehungen bestünden. Was uns verband, war, daß wir nach grundsätzlich neuen sozialen Formen suchten und eine andere Art der Begegnung und Zusammenarbeit anstrebten. Wir hatten also vor, ein Zentrum zu errichten, in dem diese etwas vagen Ziele gefördert und praktisch vorgelebt würden. Bei diesem Vorhaben waren wir inspiriert vom Center for Social Development in Forest Row in England, in dem Coenrad van Houten eine leitende Position innehatte.

Unser Zentrum sollte aber dennoch etwas anderes werden. Wir dachten dabei an einen Ort der Besinnung und hatten dabei eine Art modernes Kloster vor Augen, einen Platz, an dem man eine Zeitlang leben und sich zurückziehen kann. Wir arbeiteten über sieben Jahre an diesem Projekt, zwischen 1966 und 1973; wir trafen uns über viele Wochenenden und arbeiteten anthroposophisch. Einer der Beteiligten bot ein Biographie-Seminar an, ein anderer bot uns einen Ort, an dem Seminare durchgeführt werden konnten; ein Dritter suchte nach Wegen, eine Sozialakademie zu gründen, und ich selbst veranstaltete Wochenendseminare zu den Themen „Individuelle und soziale Bewußtwerdung" und „Dynamische Urteilsbildung". Wir waren immer auf der Suche nach einem Schloß oder einem Landgut, das wir erwerben wollten, um dort unser Soziales Zentrum entstehen zu lassen. Wir organisierten Wochenenden, die dreigliedrig strukturiert waren. Letztlich sollte dort geistiges Leben stattfinden, indem Inhalte erarbeitet wurden, soziales Leben, indem Begegnung stattfand, und es sollte praktische Arbeit getan werden, z.B. in der Küche oder auf dem Bauernhof. Diese Initiative gewann aber nie richtig Kontur; sie blieb vage und im Ansatz. Wir trugen sie als gute Freunde zu Grabe. Manchmal denke ich, daß sich diese Initiative vielleicht in die Dynamische Urteilsbildung metamorphosiert hat.

Ich setze mich durch Fragen in Bewegung

R.H.: In seinen Erinnerungen sagt Bernard Lievegoed, daß er, wenn er keine Initiative bediente, seinen Schulungsweg einschlafen ließ, da ihm der konkrete Bezug zu etwas fehlte. Ist das bei Dir auch so? Sind solche konkreten Initiativen für Dich ein Lebenselixier, damit Du Deine innere und äußere Entwicklung vorantreiben kannst?

L. Bos: Ja, ich setze mich grundsätzlich durch Fragen in Bewegung. Schon zu Studienzeiten begann ich erst dann zu arbeiten, wenn das Datum eines Examens feststand; wenn Ziel und Fragestellung deutlich wurden, geriet ich in innere Motivation. Dies blieb auch später im Beruf so, wo für meine Arbeit immer entscheidend war, daß eine Frage im Raum stand. Wenn ganz konkrete Menschen, also etwa Kunden, eine Frage stellten, die ich als Bedürfnis wahrnahm, dann konnte ich loslegen. Wenn allerdings keine Frage kam, fühlte ich mich arbeitslos.

Beim Schreiben fragte ich mich immer wieder: Welche Menschen warten eigentlich auf Dein Buch? Ein Verleger, dem ich einmal ein Manuskript zu lesen gegeben hatte, fragte mich daraufhin: „Nur eine Frage: Für wen hast Du dieses Buch geschrieben?“ Da wurde mir deutlich, wie verschieden die schriftstellerische Arbeit von der anderen Arbeit war: Hinter dem Schreibtisch hatte ich meine „Kunden“ nicht leibhaftig vor mir sitzen, wie etwa bei einem Vortrag oder bei einer Beratung. Ich ging mein Buch also noch einmal durch und stellte folgendes fest: Das erste Kapitel wandte sich an die breite Öffentlichkeit. Das zweite Kapitel wandte sich an einen kleinen Kreis von Fachleuten; und das dritte sprach Menschen an, die recht gut in die Anthroposophie eingedacht sind.

Diese typische Verlegerfrage, an welche Leserschaft sich ein Buch wendet, war sehr hilfreich. Es ist schön aufzuschreiben, was man weiß, aber die Frage, auf wessen Frage eine solche Schrift Antwort geben könnte, ist entscheidend. Ein wenig später verfaßte ich sogar ein Buch über die Notwendigkeit einer neuen Fragekultur.

R.H.: Was fehlte Dir denn ganz persönlich, von den mangelnden Managementfähigkeiten abgesehen, bei Deinen nicht funktionierenden Initiativen? Dir war doch sonst so vieles gelungen!

L. Bos: Was das Werkstudio und die Handelsakademie betraf, lag es tatsächlich daran, daß ich nicht in den Gebieten zu Hause war, die „Landeplatz“ der Initiativen hätten sein müssen. Das Werkstudio sollte eigentlich im Bereich der Arbeitslosenvermittlung landen, also bei Behörden, die für mich eine fremde Welt darstellten. Das Konzept hätte in Regelwerke eingepaßt werden müssen. Es war aus freiem Geistesleben entwickelt worden und mußte nun im Rechtsleben landen, in dem ich mich nicht zu Hause fühlte und auch keine Beziehungen hatte. Und das gleiche galt für die Handelsakademie: Auch sie war aus dem freien Geistesleben entwickelt worden und sollte im Wirtschaftsleben Fuß fassen, wo ich ebenfalls nicht zu Hause war. Ich bin kein Händler, sondern Forscher, Pädagoge und Berater.

Das CSO hingegen fußte auf einer Art Illusionsgebilde. Es entsprang zwar dem echten, tiefen Gefühl, daß man etwas Gemeinsames in eine bestimmte Richtung erreichen wollte, aber diese Richtung blieb unklar und vage, und sie hatte weder Hand noch Fuß; zudem richtete sich die individuelle Initiativkraft auf sehr verschiedene Bereiche. Diesem Projekt fehlte der echte Unternehmerwillen – wie Lievegoed ihn hatte, dem es immer gelang, die richtigen Menschen zu finden und einer Sache Hand und Fuß zu verleihen.

Gestaltung einer menschenwürdigen sozialen Welt: Triodos

D.L.: Woran lag es, daß die Initiative zur Triodos Bank gelang, die ja auch im Wirtschaftsleben landen mußte? Hattest du bessere Partner?

L. Bos: An der Initiative zu dieser Bankgründung waren damals mindestens zwei Menschen beteiligt, die auf diesem Gebiet wirklich heimisch waren. Rudolf Mees, der Sohn von Leendert Mees, stammt aus einer Bankerfamilie, und Dieter Brüll war Steuerberater; sie waren also beide Fachleute. Es gab auch darüber hinaus einige Menschen, die mehr oder weniger Fachleute waren.

D.L.: Kommen wir also zur Triodos Bank, die eng mit Deinem Namen in Zusammenhang gebracht wird, als eine Initiative, die aus kleinen Anfängen zu einer beeindruckenden festen Größe herangewachsen ist. Was ist aus Deiner Sicht die Aufgabe der Triodos Bank?

L. Bos: Die Aufgabe der Triodos Bank ist, durch erhöhtes Bewußtsein im Umgang mit Geld zur Gestaltung einer menschenwürdigen sozialen Welt beizutragen.

Eine menschenwürdige soziale Welt ist für mich gleichbedeutend mit einer sozial dreigliedrigen Welt, in der sich die drei Bereiche Geistesleben, Rechtsleben und Wirtschaftsleben gegenseitig stützen und fördern. Weil das Geld wie ein Blutstrom betrachtet werden kann, der durch alle drei Bereiche hindurchströmt, ist ein erhöhtes Bewußtsein im Umgang mit Geld gefragt. Dieses Bewußtsein muß imstande sein, Geldqualitäten zu unterscheiden und Konsequenzen von Geldhandlungen vorherzusehen.

Eine Besonderheit in meinem Leben besteht darin, daß ich immer wieder das Amt des Schatzmeisters übernahm. Schon als Student geriet ich in den Vorstand der Studentischen Musikgesellschaft und arbeitete dort als Schatzmeister. Als ich dann begann, in der Christengemeinschaft aktiv zu werden, wählte man mich auch dort eines Tages zum Schatzmeister. Aber dennoch habe ich keine fachmännische Beziehung zum Geld und bin auch heute noch nicht in der Lage, eine Bilanz zu lesen. Obwohl dies also

Lex Bos vor der Triodos Bank

nicht mein Heimatgebiet ist, faszinierten mich die Geheimnisse des Wirtschaftslebens immer stark. Beim Studium des „Nationalökonomischen Kurses" von Rudolf Steiner spürte ich immer wieder diese Faszination. Dadurch erarbeitete ich mir ein intensives Verständnis für die Wichtigkeit des Wirtschaftslebens.

Das Wirtschaftsleben als Keim für Neues

Daß ich dem Wirtschaftsleben eine solche Bedeutung beimesse, hängt auch mit dem zusammen, was Steiner über die Mysterienhintergründe der sozialen Dreigliederung entwickelte. Er beschreibt das Geistesleben als erstorben, intellektualisiert und verhärtet, das Rechtsleben als korrumpiert und festgefahren in der Bürokratie, und schließlich spricht er über ein rundum erneuertes Wirtschaftsleben. Aus diesem Wirtschaftsleben, so Steiner, wird ein völlig neues Rechtsleben aufblühen, und ein ganz neues Geistesleben wird sich daraus entwickeln. Für diese Entwicklung kann man heute tatsächlich Ansätze finden. Unmittelbar aus dem Wirtschaftsleben ergeben sich neue Fragestellungen: Rechtsfragen, Eigentumsfragen, Fragen zur rechtlichen Regelung im Hinblick auf Arbeitskraft oder Umweltschutz usw., und selbst im Geistesleben stellen sich aus dem Wirtschaftsleben heraus Fragen nach Forschung und Erziehung.

Die Sekem-Initiative in Ägypten ist ein Musterbeispiel dafür, wie aus dem Wirtschaftsleben ganz neues Rechtsleben und neues Geistesleben aufblühen können. Man begann diese Initiative, indem man ein Stück Wüste fruchtbar machte, um dort ganz fundamental Landwirtschaft betreiben zu können. Bald darauf wurden Heilkräuter, Gewürze und Teesorten angebaut und industriell verarbeitet. Heute findet man dort ein Gesundheitszentrum und eine Schule für Mitarbeiter; eine Eurythmieakademie ist im Entstehen, eine Universität wird gegründet, Kindergärten für die Mitarbeiter werden errichtet, ein Therapeutikum entwickelt sich usw. Gleichzeitig wirkt dort eine neue Form des sozialen Lebens: Islam und Christentum arbeiten zusammen. Sekem hat inzwischen über 300 Zulieferer, die Baumwolle rein biologisch-dynamisch anbauen; ein Projekt, das vorher stark in Frage gestellt wurde, weil die Baumwollproduktion einer der chemieintensivsten Zweige der gesamten Landwirtschaft ist. Über diese Zulieferbetriebe verbreitet sich darüber hinaus der Impuls von Sekem. Es ist unglaublich, was dort alles in Bewegung gesetzt wurde; ausgehend von einem Wirtschaftsimpuls.

Man muß am Geld ansetzen

Was außerdem mit dazu beitrug, daß ich mich so stark für das Wirtschaftsleben interessierte, waren die Ereignisse um 1968, die die ganze Welt in ihren Fundamenten erschütterten. Die Menschen, die kurz nach dem Krieg geboren wurden, kamen ins Erwachsenenalter und entdeckten jetzt, welche Welt ihnen die Eltern übergeben hatten. Sie empfanden, daß sich alles grundlegend ändern müsse und daß alles, was da war, nichts taugte; und so kam schockartig eine Revolutionswelle in Gang. Ich war damals 43 Jahre alt und erlebte alles sehr intensiv mit. In mir entstand der Eindruck, daß dieser weltumfassende Ruck nach einer Initiative fragte, die mehr enthielt, als allein die Waldorfschule. Man sehnte sich nach einer fundamentalen Erneuerung, die alle Lebensbereiche umfaßte. Zur gleichen Zeit hielt ich einen Jahresbericht der GLS-Bank in Händen; und da sprang in mir der Funke über: Man muß am Geld ansetzen! Geld durchdringt alle Lebensbereiche und ist gleichzeitig Einfalltor für Luzifer, Ahriman und andere Gegenkräfte. Dort muß heilend eingegriffen werden! – Mit diesen Gedanken entstand die innere Sicherheit, daß es gut sei, eine neue Bank zu gründen. Ich sprach also einen Freund aus der Anthroposophischen Gesellschaft an, Adriaan Deking Dura, der sofort hellauf begeistert war. Später gewannen wir noch Rudolf Mees und Dieter Brüll hinzu, zwei Freunde, die bald mit einstiegen.

R.H.: Welche Menschen waren noch an diesem Prozeß beteiligt?

L. Bos: Außer den dreien versuchten wir zunächst die Schatzmeister verschiedener anthroposophischer Einrichtungen zu gewinnen; etwa die Schatzmeister der Waldorfschulen, die Schatzmeister der therapeutischen Einrichtungen usw. Sie ließen sich begeistern und brachten ein wenig Fachwissen mit.

Bürgschaften

Zunächst ging es uns um mehr Offenheit in finanziellen Belangen. Wir hatten entdeckt, daß jede dieser Einrichtungen ihre stillen Reserven hatte. Das sollte aber natürlich nicht an die Öffentlichkeit gehen, denn sonst hätte man ja den Eindruck gewinnen können, sie hätten Geld, obwohl sie doch so furchtbar arm waren. Wir regten an, ob es nicht möglich sei, diese Reserven in einen Pool fließen zu lassen, um dafür mehr Rendite zu bekommen. Dieser Pool hätte ermöglicht, daß die Einrichtungen daraus Geld schöpften, wenn sie es nötig hätten; denn erfahrungsgemäß leiden meist nicht alle Institutionen zu gleicher Zeit Not; man hätte sich also gegenseitig helfen können. Aber wir machten recht bald mit einem Widerstand Bekanntschaft: dem Institutionsegoismus. Man sagte uns: „Nein, die Reserven meiner Institution will ich dann verfügbar haben, wenn wir in Not sind. Am Ende sind sie genau dann ausgeliehen, wenn wir sie brauchen!“

Bald schon gesellten sich die ersten Freiwilligen hinzu, wie Peter Blom, der heute als Bankdirektor bei Triodos arbeitet und sehr früh zu uns stieß. Auch Wim Schukking, Wim Scherpenhuijsen Rom und Bartjan Krouwel, die alle gestandene Bankiers waren, begannen mitzuarbeiten. Und recht bald trat man mit Projekten an uns heran, auch aus anthroposophischen Kreisen. Diese Projekte mußten hinsichtlich einer etwaigen Kreditvergabe beurteilt werden. Wir lösten solche Fragen im Kreis der Gründer und der neu Hinzugekommenen.

Zunächst besaßen wir noch kein eigenes Geld, sondern arbeiteten mit Bürgschaften. Dazu hatten wir eine sogenannte Garantiegenossenschaft gegründet, um Bürgschaften gegenüber öffentlichen Banken abgeben zu können. Junge alternative Unternehmen bekommen oft keine Kredite, wenn sie keine materiellen Sicherheiten wie Rücklagen oder Immobilien bieten können. – Wenn wir aber Vertrauen zu den Menschen faßten, die um einen Kredit baten, so vertrauten wir auch deren Initiativen. Wir drückten unser Vertrauen in Form einer Garantiesumme aus, die dem Kreditanwärter ermöglichte, damit auf eine Bank zuzugehen. Wenn jemand mit der Bitte um einen Kredit auf uns zukam, sagten wir nach erworbenem Vertrauen: „Versuche in Deinem Umkreis Menschen zu finden, die Deine Initiative glaubwürdig finden und die bereit sind, ihr Vertrauen in eine Bürgschaft umzusetzen.“ Wenn die Menschen sich dann auf die Suche machten, staunten sie oft selbst darüber, daß sie offensichtlich von Vertrauen umgeben waren. Eine solche Suche ist ein Stück Karmaforschung, denn die Suchergebnisse spiegeln einem wider, welche Menschen einen sehen und Vertrauen in die eigene Initiative haben. Einige junge Unternehmer entdeckten, daß es in ihrem Umkreis Menschen gab, die bereit waren, für stattliche Summen zu bürgen oder gar selbst Geld zu verleihen.

Allmählich waren wir darauf angewiesen, daß sich der Kreis der Freiwilligen erweiterte, da immer mehr Kundengespräche geführt und Projekte beurteilt werden mußten; und so kam es schließlich zur Bankgründung. An der Gründung selbst beteiligte ich mich nicht sehr eng, aber Rudolf Mees, Paul Mackay und Wim Scherpenhuijsen Rom vollzogen die Gründungsvorbereitungen, und Wim Schukking und Bartjan Krouwel setzten die Gründung dann ganz konkret in die Tat um.

Unsichtbare Hilfen für die öffentliche Bank

In dieser Gründungsphase führten wir hochinteressante Gespräche mit der Niederländischen Zentralbank. Dort versucht man – unbeabsichtigt –, uns in eine Sektenekke zu drängen. Man sagte uns dort: „Eine Bank zu gründen ist mit großen Schwierigkeiten verbunden und bedeutet hohe Anforderungen und Bedingungen für Sie. Sie könnten es sich leichter machen, indem Sie eine Vereinigung gründen. Dann können Sie unter sich, also unter Mitgliedern, Geschäfte abwickeln". Strenggenommen rührte dieser Rat aus der Sichtweise, daß Anthroposophen sowieso am liebsten ihre eigene Sache machen: Anthroposophen haben ihre eigenen Schulen, ihre eigene Nahrung, sogar eine eigene, komische Kunst – na, dann sollen sie auch ihre eigene Bank oder etwas Ähnliches haben. Normalerweise manövrieren sich Anthroposophen selbst durch ihr Verhalten in eine Sektenecke; hier kam uns das von außen entgegen.

Wir sagten daraufhin: Liebe Zentralbank, wir wollen eine öffentliche Bank gründen, die für jeden da ist. In aller Bescheidenheit wollen wir sogar Erneuerungsimpulse im Bankwesen auf den Weg bringen!

Zu den Freiwilligen zählte ein hochbegabter junger Mann namens Gert de Nooy, der in Rotterdam Nationalökonomie studierte. Er entwickelte phantastisch fruchtbare Gedanken zu Bankgeschäften, zur assoziativen Wirtschaft und zur Kreditvergabe. Er erweckte ganz den Eindruck, aus dem Strom zu kommen, den diese Bankgründung brauchte. Sein Vater war Schmied, und auch sein Großvater und Urgroßvater hatten als Schmied gearbeitet; sie waren eine Art Kainsgeschlecht. Kurz vor der Bankgründung bekam dieser junge Mann Krebs und erfuhr auf dem Sterbebett von uns, daß wir grünes Licht für die Bankgründung bekommen hatten. Ich hatte den Eindruck, daß er nach seinem Tod die Bankgründung hilfreich unterstützte und erlebte als wesentlich, daß wir den Bankbetrieb mit Hilfe „von der anderen Seite" aufnahmen. Wenn ich das Schicksal der Bank betrachte und sehe, wie wir immer wieder die richtigen Leute fanden, die treffenden Initiativen ergriffen und wie wir gewissermaßen mit dem Zeitgeist im Rücken segelten, dann denke ich oft, daß wir das auch Gert de Nooy zu verdanken haben.

Als die Arbeit sich zu professionalisieren begann, entstand eine schwierige Phase für die Bank. Die Niederländische Zentralbank stellte gewisse Anforderungen, die spürbar machten, daß es ernst wurde. Diese Schwierigkeiten bedeuteten, daß sich die Riege der Freiwilligen Schritt für Schritt zurückziehen mußte, um professionellere Arbeit zu ermöglichen. Menschlich gesehen war das nicht so einfach, denn im Freundeskreis arbeiteten alle hochmotiviert. Einige unternahmen den Schritt, die entsprechenden Examina abzulegen, die für die Arbeit in der Bank gebraucht wurden. Die vier Musketiere gingen aber ihre eigenen Wege. –

Aus dieser Arbeitsphase entstand auch das Büchlein „Zwölf Drachen im Kampf gegen soziale Initiativen".

Wir wollen es, und wir tun es!

D.L.: Welche Probleme gab es in der Pionierphase?

L. Bos: Es war nicht einfach, die Verschiedenheit der Menschen, die in der Initiative arbeiteten, unter einen Hut zu bringen. Es gab große Unterschiede im Hinblick auf menschliches Temperament, Hintergrund und Verhältnis zur Arbeit. Wir konnten solche Differenzen aber immer auf eine sachliche Ebene anheben, um das Ganze nicht ins Persönliche abdriften zu lassen. Darüber hinaus gab es natürlich Widerstände von außen. Wir beschäftigten uns intensiv mit der Frage, ob wir in der Lage waren, Gegenmächte wahrzunehmen; ob wir sehen konnten, wo sie lauern – aber nicht nur von außen, sondern auch im eigenen Kreis.

In der Anfangszeit gingen wir zu viert zu Bernard Lievegoed, der Vorsitzender der Anthroposophischen Gesellschaft war. Lievegoed hatte selbst wenig Beziehung zum Geld, aber wir bauten auf seine Weitsicht. Wir legten ihm also dar, was wir vorhatten. Er antwortete daraufhin mit einer Frage: „Wollt Ihr das wirklich?" Und er fragte sogar jeden einzelnen von uns: „Willst Du es?" Wir antworteten alle vier: „Wir wollen es, und wir tun es!" – woraufhin er entgegnete: „Dann habt ihr meinen Segen, geht und tut es!" Er machte keinerlei Äußerungen dazu, ob er es für die anthroposophische Bewegung als wichtig erachtete, daß es so eine Bank gäbe. Er wollte nur ganz persönlich von uns wissen, ob wir wirklich wollten, was wir vorhatten. Das war typisch für Lievegoed. Später verfaßte er auf unsere Bitte hin sogar einen Spruch, der den spirituellen Hintergrund unserer Initiative zum Ausdruck brachte.

Ich fühlte mich überfordert

D.L.: Wie war Dein Abschied von dieser Initiative?

L. Bos: Der Abschied ging allmählich vonstatten und begann eigentlich recht bald; denn in dem Augenblick, als die Professionalisierung begann, fing ich an, mich zu lösen. Als die Bank dann gegründet wurde, fragte man mich, ob ich Vorsitzender des Aufsichtsrates werden wolle. Man wollte mich nicht als Bankfachmann, sondern als jemanden, der dort das Soziale im Blick behält. Wenn fachliche Fragen in den Sitzungen erörtert wurden, war es letztlich der Bankdirektor, der gefragt war, aber ich konnte sicher im Menschlichen einiges bewirken. Mein Blick richtete sich immer auf

die sozialen Prozesse zwischen den Menschen und auf die Entscheidungswege; ich sah mich immer als Berater und Begleiter.

Als die Themen, die im Aufsichtsrat bearbeitet werden mußten, immer mehr Sachverstand erforderten, wurde deutlich, daß ich damit überfordert war. Zwei Freunde aus dem Aufsichtsrat kamen auf mich zu und fragten: „Lex, ist es nicht an der Zeit, daß Du Deinen Platz an einen anderen abtrittst und einfaches Mitglied wirst?" Das hatten die Freunde sehr richtig eingeschätzt, denn ich fühlte mich schon einigermaßen ungemütlich.

Inzwischen war ich in der Bank eine Art Personalberater geworden, und wir arbeiteten an einem neuen Gehaltssystem. In dieser Frage war ich wiederum sehr engagiert, denn es ging um Arbeitsplatzbewertung, interne Ausbildungen, Organisationsformen; alles Themen, die zu meinem Fachgebiet zählten. Ich schied dann auch bald ganz aus dem Aufsichtsrat aus. Eine ganze Weile engagierte ich mich noch in der Stiftung, die die Eigentumsrechte der Bank innehat. Triodos ist zwar eine Aktiengesellschaft, aber wer eine Aktie kauft, erwirbt damit keine Eigentumsrechte. Die Stiftung besteht aus einem Kreis von Menschen, der eine Art Hüterfunktion für diese Initiative wahrnimmt, indem er den anthroposophischen Hintergrund pflegt.

Als ich 72 Jahre alt wurde, war die Zeit gekommen, mich zu verabschieden. Die Niederländische Zentralbank hatte eine Altersgrenze installiert, um einer Art chinesischer Gerontokratie vorzubeugen. Bis ich 74 Jahre alt war, blieb ich; und dann kam das wirkliche Arbeitsende – das war auch gut so. Wenn man mich allerdings in meiner Funktion als Berater brauchen kann, kann man mich jederzeit anrufen. Hin und wieder bin ich zu einem Gespräch bei Peter Blom, der mich von Zeit zu Zeit anruft, um gewisse Fragen mit mir zu besprechen. Umgekehrt rufe auch ich an, wenn ich Fragen zu bestimmten Vorgängen habe. Der Abschied verlief sehr organisch und ohne große Schmerzen.

R.H.: Wie beurteilst Du im Rückblick die Arbeit der Triodos Bank, und was wünscht Du den Kollegen für die Zukunft?

L. Bos: Ich kann dazu nur sagen, daß ich begeistert bin, wie phantastisch sich alles entwickelt. Triodos ist weltoffen, wach und politisch aktiv.

Triodos initiierte vor einiger Zeit eine Gesetzgebung, die sogenannte „Green investments" erleichtert; die Bank bildete die Lobby und sprach die entscheidenden Minister an. Auch bei der Ermöglichung von Kleinkrediten für Entwicklungsländer spielte Triodos eine entscheidende Rolle. All das zeigt, mit welcher Weltoffenheit hier gearbeitet wird.

Wenn ich abspüre, wie motiviert die Menschen sind, die für Triodos arbeiten, stelle ich fest, daß alle Mitarbeiter in dem Bewußtsein aktiv sind, daß sie für eine gute Sache arbeiten. Natürlich will und muß man auch Geld verdienen, aber ich sehe deutlich, daß die Sache im Zentrum steht und nicht der Gewinn. Das ist m.E. auch der Grund dafür, daß bei Triodos so wenig Rivalität entsteht.

Zu Deiner Frage: Erstens wünsche ich mir, daß es den Freunden gelingt, die geistige Quelle der Arbeit bleibend zu versorgen, um die Identität zu bewahren. – Zweitens wünsche ich Triodos, daß es weiterhin gelingt, die Offenheit zur Welt zu erhalten. – Drittens wünsche ich den Menschen und der Bank, daß sie das enorme Wachstum gut bewältigen. Es zählt zu den größten Gefahren, daß der Erfolg Wachstum mit sich bringt. Wachstum kann, wenn es zu rasant kommt, Chaos verursachen und nach sich ziehen, so daß die Quelle versiegt.

Sozial getragene Ideen

R.H.: Du hast immer wieder betont, daß Du kein Bankier bist. Dennoch hat Dir Deine Rolle in dieser Initiative eine enorme Urteilsfähigkeit abverlangt. Steiner weist darauf hin, daß die Anthroposophie ein Weg ist, urteilsfähig zu werden, auch auf Gebieten, für die man kein Fachmann ist. Hast Du durch die Arbeit für die Triodos Bank bestimmte Fähigkeiten verstärken oder ganz neu entwickeln müssen?

L. Bos: Ja. Wenn ich zurückblicke, fällt mir auf, daß ich während dieser Arbeit abzuspüren lernte, wie die Frage lautet, die im konkreten Augenblick gestellt werden muß. Ich spreche weniger von Fachfragen, sondern von grundlegenden Fragen, die sich auf den jeweiligen Prozeß bezogen, in dem man sich gerade befand; es ging also oft um das Einschätzen von Konsequenzen.

Außerdem lernte ich durch diese Arbeit sehr konkret, die drei Glieder des sozialen Organismus aufeinander zu beziehen. Ein wirtschaftlicher Schritt wird unternommen, der aber gleichzeitig politisch-rechtliche Konsequenzen hat; und gleichzeitig wirft er die Frage auf: Was bedeutet dieser Schritt für das Geistesleben?

Daraus entstand übrigens der Name der Bank. Den Namen Triodos versteht man in jedem Land, was mir damals noch gar nicht klar war, was sich aber im nachhinein als

Glücksfall erweist. In diesem Namen steckt unsere Mission, die soziale Dreigliederung. Sie artikuliert sich in den drei Fragen, die wir an jede Initiative stellen. Erstens: Ist die Initiative von einer Idee getragen? Gibt es ein Leitbild? Und zweitens: Ist sie sozial gesund? Welche Menschen sind mit ihr und durch sie verbunden, und welche Rechtsform hat sie? Und schließlich: Besteht wirklich Nachfrage nach dieser Initiative, gründet sie sich auf ein echtes Bedürfnis von außen, oder betreibt man sie rein als Hobby?

Wenn diese drei Fragen bejaht werden können, wird die Initiative auch die zu ihr passende Finanzierung finden.

In dieser Richtung bin ich an meiner Arbeit für die Triodos Bank gewachsen.

Selbstlos wie die Templer

R.H.: Beispielhaft könnte man also sagen, daß man für eine solche Pionierleistung, wie die Gründung einer Bank, zusätzlich zum Sachverstand noch ganz andere Fähigkeiten braucht?

L. Bos: Bevor ich auf Deine Frage eingehe, möchte ich noch einmal betonen, daß nicht irgend jemand, also auch nicht ich, diese Bank gründete; sondern daß sie sich gründete, weil es eine Gruppe von Menschen gab, zu denen auch zwei Sachverständige in Geldangelegenheiten gehörten.

Und nun zu Deiner Frage: 1980, im Gründungsjahr der Triodos Bank, mußte ich einmal für Rudolf Mees einspringen und einen Vortrag über die Templer halten. Natürlich kann man nie genau wissen, aus welcher geistigen Strömung man kommt, aber bei mir ist durch diesen Vortrag eine sehr intime Beziehung zum Templerorden entstanden. Die Tempelritter lebten über zwei Jahrhunderte hinweg in Europa einen neuen Ansatz im Geldwesen vor. Wie sie mit dem Geld umgingen, war absolut selbstlos. Die Templer selbst waren als Individuen alle arme Leute, aber die Bewegung, für die sie sich einsetzten, war ungeheuer reich. 1968, als ich den ersten Gedanken zu einer Bankgründung hegte, kam mir ganz intuitiv die Idee, daß ein ähnlicher Impuls nötig sei. Ähnlich wie die Tempelritter in ganz Europa geschäftlich aktiv waren, ist nun auch die Triodos Bank in ganz Europa aktiv.

Siegel der Tempelritter

Was mich darüber hinaus an der Triodos Bank fasziniert, ist die Frage, welche Direktoren dort aktiv wurden. Unsere beiden ersten Direktoren strahlten immer etwas von Vater und Sohn aus. Wim Schukking war pensionierter Finanzberater und damals schon 70 Jahre alt, wohingegen Bartjan Krouwel fast noch als junger Dachs bezeichnet werden konnte. Er war vielleicht Ende 30 und arbeitete bei der Credit en Effecten Bank, einer kleinen Bank in Zeist. Zur Bankgründung forderte die Zentralbank, daß die beiden Direktorenposten mit anerkannten Fachleuten besetzt werden sollten. Wir fragten also Schukking und Krouwel, wobei letzterer bereits als Freiwilliger bei uns eingestiegen war. Sie bildeten ein perfektes Duo. Die beiden waren ungeheuer engagiert und nahmen alles selbst in die Hand: Sie ließen firmeneigene Briefumschläge drucken, klebten Briefmarken, telefonierten unentwegt, richteten das neue Gebäude ein, schafften Büromaterial an usw. – und sie arbeiteten großartig zusammen. Schukking schied dann aus Altersgründen aus, und Krouwel ging eigene Wege.

Nachdem die beiden gegangen waren, folgte eine Phase, in der wir Schwierigkeiten hatten, die richtigen Leute zu finden. Es gerieten Menschen zu uns, die nicht wirklich inspiriert waren und ohne Weitsicht handelten. Paul Mackay und Peter Blom hingegen gaben wieder ein gutes Gespann ab; sie verstanden sich bestens und leiteten sofort eine Aufwärtsentwicklung ein.

Als später unsere Wahl auf Roland Mees, den Sohn des Bruders von Rudolf Mees, fiel, merkten wir bald, daß wir damit eine Fehlentscheidung getroffen hatten; er kam aus einer großen Bank und hatte dort als Projektleiter gearbeitet. Wir dachten, er sei jung, Anthroposoph und habe Bankerfahrung; das müsse gut gehen. Er war jedoch in eine Bank eingebettet gewesen, die mit festgefügten Abteilungen und reibungslos funktionierenden Strukturen arbeitete. Er wechselte also in unsere damals sehr kleine Bank, wo plötzlich unternehmerische Initiative gefordert war. Bei uns mußte man aus dem Nichts Neues schaffen – mit unternehmerischer Phantasie und Kreativität. Das fiel ihm enorm schwer.

Triodos engagierte sich schon ganz zu Beginn im internationalen Erfahrungsaustausch der Bankinitiativen. Zu diesen Zusammenkünften trafen sich zunächst nur die zwei Initiativen aus Holland und Deutschland. Bald stießen England mit der Initiative Mercury, Belgien mit Mercurius und kleine Initiativen aus Frankreich und Dänemark hinzu. Inzwischen sind fast alle Länder Europas auf diesen Treffen vertreten.

Über die eigenen Landesgrenzen hinauszudenken, erlebe ich als typisch für holländische Initiativen.

Spirituelles Marketing

R.H.: Warum und mit welchem Auftrag bist Du nach Brasilien gegangen?

L. Bos: Wir sahen im NPI schon sehr früh Fragen aus den Entwicklungsländern auf uns zukommen, denn wir erlebten uns bei unserer Arbeit in Organisationen und Einrichtungen selbst immer wieder als Entwicklungshelfer. Wir beobachteten, was an gängiger Entwicklungshilfe geleistet wurde, und stellten fest, daß es alles andere war als Hilfe zur Entwicklung. Es ging um rein wirtschaftliche und politische Interessen und eine Art Neokolonialismus. Unserer Auffassung nach gab es da ganz andere Möglichkeiten, wirklich Entwicklung zu ermöglichen. Also spürten wir ab, ob in diesem Bereich vielleicht Aufgaben für uns lägen. Wir waren der Meinung, daß wir aktiv werden sollten, und fragten uns, wie man sich auf eine solche Arbeit vorbereiten könne.

Am NPI wurde frühzeitig der Entschluß gefaßt, viermal im Jahr eine ganze Woche das Institut zu schließen, um in die interne Zusammenarbeit Zeit zu investieren. Das bedeutete zwar einen Einkommensverzicht, aber als freie Unternehmer faßten wir diesen Beschluß und erachteten ihn als wichtig. Meist arbeiteten wir zu diesen Zeiten anthroposophisch oder fachlich vertiefend.

Wir entschieden uns also, die vier internen Arbeitswochen eines Arbeitsjahres dem Thema Entwicklungshilfe zu widmen, und wir wollten über Asien, Afrika, Lateinamerika und – als gesondertes Thema – über die kommunistischen Länder arbeiten. Zur Vorbereitung dieser Arbeit teilten wir die Welt untereinander auf und stellten einander die Frage: Wer bereitet welchen Kontinent vor, um durch die jeweilige Arbeitswoche zu führen? Ich entschied mich für Lateinamerika; weiß der Himmel, warum. Wahrscheinlich waren die anderen Kontinente schon verteilt. Keine zwei Jahre, nachdem wir diese Arbeit durchgeführt hatten, kamen die ersten Anfragen aus Afrika, aus Asien und Lateinamerika. Später nannten wir unsere interne Arbeit zu den genannten Kontinenten scherzhaft „spirituelles Marketing".

Wer sich innerlich aktiv mit einer Sache auseinandersetzt, wird nachts, wenn das Geistig-Seelische des Menschen sich im Kosmos ausbreitet, für andere Seelen sichtbar, die vielleicht eine Frage zu genau der Sache haben, an der man augenblicklich arbeitet. Solche Seelen entdecken während der Nacht, daß es dort Menschen gibt, die vielleicht helfen könnten. Wenn sie dann wieder in ihre Leiber zurückkehren, kann es vielleicht eine ganze Weile dauern, bis das Karma regelt, daß sich die richtigen Menschen auch physisch begegnen.

Mit einem Brief aus Brasilien fing alles an

Als ein Brief aus Sao Paulo im Sekretariat eintraf, wurde er in mein Fach gelegt. Südamerika – das betrifft Lex Bos, also kommt es in sein Fach. Damit fing alles an.

R.H.: Wann war das?

L. Bos: Das war 1963. Die Arbeitswochen hatten wir 1961 abgehalten. Die Anfrage kam von einem Unternehmer in Brasilien, Peter Schmidt, der sehr sozial eingestellt war. Er hatte in Sao Paulo als Direktor einer kleinen Stuhlfabrik gearbeitet, in der er gleichzeitig Sozialarbeit für Jugendliche anbieten wollte. Sein Projekt war aber mißglückt, denn man hatte ihn nicht verstanden. Er folgerte daraus, daß ein Unternehmen nicht der rechte Ort für soziale Arbeit sei, und entschloß sich, Waldorflehrer zu werden, weil er einen starken sozialen Impuls verspürte. Nun schrieb er also seinem Chef in die Schweiz, wo der Hauptsitz des Unternehmens lag, daß er vorhabe, zu kündigen und die Waldorflaufbahn einzuschlagen. Sein Chef akzeptierte die Entscheidung mit Bedauern und schlug ihm vor, wenn er nach Europa käme, an einem Seminar teilzunehmen, das vor Ort im Unternehmen stattfand. Peter Schmidt sagte zu und nahm an besagtem Seminar teil. Dort hörte er auf einmal von den drei Entwicklungsphasen eines Unternehmens, hörte von Denken, Fühlen und Wollen, erfuhr etwas über die menschliche Biographie, über Polarität und Rhythmus. Er hatte an einem NPI-Kurs teilgenommen, denn die Stuhlfirma war zufällig einer unserer Kunden. In diesem Seminar erfuhr er also, daß das, was er suchte, nämlich soziale Arbeit in der Industrie, bereits existierte; und zwar aus der Anthroposophie begründet. Er erlebte das wie eine Offenbarung, entschied sich aber dennoch, das Waldorfseminar zu machen, und ging dann zurück nach Sao Paulo.

Von dort aus suchte er Kontakt zum NPI, lernte Lievegoed kennen und versuchte zunächst selbst, im Unternehmen einiges zu entwickeln. Er merkte aber bald, daß es zu laienhaft geriet. 1970 lud er Lievegoed ein, der dort einige Vorträge hielt, die zum Teil hochesoterischen Inhalts waren und sich an die Mitglieder der Gesellschaft richteten, die zum Teil aber auch für Unternehmer gedacht waren und ihnen Anregungen boten. Aus dieser Vortragsreihe erwachte dort großes Interesse für die Art von Management, Führung und Sozialgestaltung, von der Lievegoed gesprochen hatte.

Unser Mann für Brasilien

Peter Schmidt versammelte eine Gruppe von Unternehmern um sich, die an diesen Themen weiterarbeiteten. Wenn er in Europa war, nahm er immer wieder an einem unserer Seminare teil und versuchte, in besagtem Unternehmerkreis in Brasilien das hier Gelernte anzuwenden. Bald zeigte sich ihm jedoch, daß man für eine solche Arbeit einen Fachmann benötigte.

1972 fragte man uns, ob wir nicht jemanden schicken könnten, der fachmännisch helfen könne. Die Wahl fiel auf Lex Bos, den „Mann für Südamerika". Man entschied, er solle dort hingehen. – Ich zögerte einen Augenblick; woraufhin Coen van Houten sagte: „Gut, wenn Du nicht willst, dann gehe eben ich." Diese Worte waren genau der richtige kleine Schubs, der mir noch gefehlt hatte, und ich entschied, nach Brasilien zu gehen; zunächst nur für zwei Wochen. Ich hielt Vorträge vor dieser Unternehmergruppe, machte in den verschiedenen Unternehmen unsere Übungen, führte Gespräche mit dem Topmanagement und behandelte verschiedene Probleme. Das Ganze lief recht gut.

1973 war ich wieder für ein paar Wochen dort. Inzwischen erwachte vor Ort der Wunsch, ein eigenes Institut aufzubauen, statt ständig Fachleute aus Zeist kommen lassen zu müssen. Man war auf der Suche nach einem Menschen, der sich zunächst in Zeist ausbilden lassen solle, um dann in Brasilien die Institutsgründung zu veranlassen und zu begleiten. Man fand ihn recht bald; es handelte sich um Daniel Burkhard, einen geborenen Schweizer und Ingenieur, der sich schon sehr lange in Brasilien niedergelassen hatte. Er kam mit seiner gesamten Familie nach Zeist, um sich zwei Jahre lang ausbilden zu lassen.

1975 gründete Burkhard das NPI *do Brasil.* Ich hielt mich also einige Jahre fern von Brasilien, denn Burkhard wollte selbständig arbeiten und fand, daß „Papa Lex" ruhig ein wenig in Zeist bleiben könne.

Das Institut nahm aber eine schwierige Entwicklung. Daniel Burkhard verließ das *Institut do Brasil* recht bald, weil er sich der Clinica Tobias widmen mußte, mit der seine Frau eng verbunden war.

Nach seinem Ausscheiden geriet das NPI in autoritäre Hände; eine Art Traditionalismus bildete sich heraus, man wollte alles exakt so machen wie in Zeist. Herwig Haetinger hatte die Führung übernommen, und es kamen kaum neue Mitarbeiter hinzu, da es schwer war, Zugang zu finden. Das Institut wurde umbenannt, nachdem es für ein Jahr geschlossen war. Als es wieder eröffnet wurde, hieß es Christopherus. Herwig Haetinger starb unerwartet, und das Institut fusionierte mit einer befreundeten Beratergruppe.

Als Daniel Burkhard wieder Kapazitäten für die Beratungsarbeit frei hatte, gründete er ein neues Institut, das sich sehr gut entwickelte. Er arbeitet heute mit zwölf Kollegen und betreut langfristige Projekte in brasilianischen Großunternehmen.

Es entstand eine soziale Bewegung

Ich kehrte 1979, vier Jahre nach der Gründung des NPI do Brasil, wieder zurück nach Brasilien. Dort hatten sich Gudrun Burkhard und einige andere Anthroposophen zu einer Initiative zusammengefunden, die sich zum Ziel gesetzt hatten, in Brasilien eine Freie Hochschule zu gründen. Es gab bereits eine medizinische Fakultät und eine Ärzteausbildung im Umfeld der Clinica Tobias. Nun sollte auch eine soziale Fakultät ins Leben gerufen werden. Gudrun Burkhard fragte mich, ob ich nach Brasilien kommen könne, um dort einen sozialpädagogischen Grundkurs zu halten.

Bei dieser Anfrage ging es nicht mehr nur darum, für die Dauer eines Seminars anzureisen, sondern es stand die Frage im Raum, ganz nach Brasilien überzusiedeln. Meine Frau spürte das sofort und kam deswegen diesmal mit. Sie sagte: „Wenn ich schon verkauft werde, will ich wenigstens dabeisein."

Der Kurs beinhaltete eine Einführung in die Anthroposophie und in die Sozialwissenschaften. Wir sollten dort Grundhaltungen vermitteln und den Menschen dabei helfen, sich Fähigkeiten in Kommunikation, Gruppenarbeit und Menschenführung zu erwerben. Die 32 Teilnehmer waren hauptsächlich junge Leute, die offensichtlich alle auf diesen Kurs gewartet hatten. Für viele war der Kurs biographisch sehr einschneidend, denn sie erlebten in ihm ganz neue soziale Qualitäten. Eine Gruppe der Anwesenden kam aus Florinopolis, einem Ort 800 km südlich von Sao Paulo; diese Menschen entschieden sich daraufhin, eine Waldorfschule zu gründen. Die Schule, deren

Gründungsimpuls während dieses Kurses gefaßt wurde, hat heute zwölf Klassen und drei Kindergartengruppen. Wir wandten in der Kursarbeit völlig neue Seminarformen an: Die Vorträge waren so angelegt, daß sie inhaltlich anfangs sehr einfach und sehr allgemein gehalten waren. An diesen Inhalten arbeitete man anschließend in Kleingruppen, und die Fragen, die dort entstanden, bildeten den Ausgangspunkt für den nächsten Vortrag. Die Seminargemeinschaft gestaltete also den Inhalt gemeinsam. Wir hatten auch künstlerische Elemente integriert, indem wir die Inhalte z.B. nicht nur über die Sprache erarbeiteten, sondern auch über das Malen. Dieser Ansatz entwickelte sich weiter, und von da an veranstalteten wir jährlich einen Grund- und einen Vertiefungskurs, bis schließlich eine ganze Bewegung aus dieser Initiative wuchs. Diese Kursen gaben also den Impuls für verschiedene Schulgründungen und lösten aktive Sozialarbeit aus.

Meine Arbeit in Brasilien war breit gefächert: Ich hielt an der Sozialen Fakultät der Universität verschiedene Vorträge und arbeitete gemeinsam mit Ute Craemer in der Favela und in Botocatù am Aufbau eines landwirtschaftlichen Zentrums. Durch unsere Seminare war eine soziale Bewegung entstanden.

Nach zwei Jahren wurde auf gute brasilianische Art ein Seminargebäude errichtet; was soviel hieß wie: Man kaufte ein Grundstück, auf dem eigentlich nicht gebaut werden durfte. Man baute aber dennoch, und als das Gebäude dann illegal stand, kam ein brasilianischer Beamter zur Begutachtung, mit dem man aushandelte, wie man das Ganze nun regeln solle, was es koste, die Erlaubnis zu bekommen usw. Auf diese Art entstand das Seminargebäude, das wir Paulus-Zentrum nannten.

Weil die Tochter krank wurde

Einer der aktivsten Mitwirkenden war ein Holländer, Jos Schoenmaker. Er hatte zehn Geschwister, und sein Vater hatte in Holland kleinflächigen Gemüseanbau auf fünf Hektar Land betrieben. Jos' Vater wollte, daß alle seine Söhne Landwirte werden sollten; er sah aber, daß seine kleinen Flächen dafür niemals ausreichen würden. Also entschied er sich, mit Frau und elf Kindern nach Brasilien umzusiedeln. Das jüngste Kind war damals gerade fünf Monate alt, das älteste 16 Jahre. Der Vater reiste also mit einem Traktor, einigen Küchenstühlen und ein paar Tüten Gladiolensamen nach Brasilien ein. Zunächst verdiente er sein Geld mit Lohnpflügen und kaufte sich nach und nach Land. Er bewältigte eine sehr schwierige Pionierphase, doch inzwischen hat er 8.000 ha Land und beschäftigt 2.000 Mitarbeiter. Seine älteren Söhne stiegen alle mit ins Unternehmen ein, nur Jos entschied sich, Sozialarbeiter zu werden und zu studieren. Er heiratete, und eines Tages erkrankte seine Tochter, weswegen er mit ihr verschiedene Krankenhäuser aufsuchte, mit deren Behandlungsmethoden er sehr unzufrieden war. Ein Bekannter empfahl ihm die Clinica Tobias, und Jos brachte seine Tochter dorthin. Über die dortigen Behandlungsmethoden und darüber, wie sehr seiner Tochter geholfen wurde, war er begeistert. Er stand dort in der Klinik und las am schwarzen Brett einen Aushang mit der Ankündigung: „Sozialpädagogischer Grundkurs, veranstaltet von Johanna und Lex Bos“. Jos wurde neugierig, denn dieser Kurs speiste sich offensichtlich aus derselben Quelle wie die Klinik, in der man seiner Tochter geholfen hatte. Obendrein wurde der Kurs von zwei Holländern geleitet! Also entschied er kurzerhand, daß er an dem Kurs teilnehmen wollte. Und so traf Jos bei uns im Seminar ein; mit einer Gitarre in der Hand. Heute ist Jos Klassenmitglied, hat ein Institut gegründet und spielt in der sozialen Bewegung der Anthroposophie eine zentrale Rolle.

Seit dieser Zeit hat Jos Schoenmaker immer wieder begeistert von diesen Seminaren erzählt, so daß nach und nach immer mehr holländische Emigranten die Seminare besuchten. Mit der Zeit entstanden Lesegruppen, und es wurden niederländische Steiner-Übersetzungen angeschafft.

Teil von Centro Paulus

Einstieg in der Krisenzeit

1983 kam es in der Firma der Familie Schoenmaker zu einer Krise, und es sah so aus, als müßte die Firma aufgeteilt werden. Ohne zu zögern, empfahl mich Jos seinem Vater Klaas als Berater.

Als wir uns das erste Mal begegneten, hatten wir beide sofort das Gefühl, als würden wir uns schon lange kennen. Er zeigte mir das Unternehmen, ich lernte seine Familie kennen, und dann erstellte ich zusammen mit meiner Frau einen Kalkulationsvorschlag für eine Beratung. Er wünschte unbedingt, daß meine Frau mitkommt, damit wir den Betrieb als Ehepaar beraten.

Es wurde eine dramatische Woche, denn die Spannungen waren enorm. Quer durch die Familie war man sich uneins, ob man streng wirtschaftlich oder sozial engagiert arbeiten sollte. Weitere Differenzen traten entlang der Frage auf, ob man die Landwirtschaft ökologisch oder konventionell betreiben sollte. Trotz dieser großen Spannungen gelang es uns, alle Beteiligten des Betriebes beieinander zu halten und ihnen eine neue Zielrichtung zu zeigen.

Meine Frau arbeitete abends mit den Beteiligten über Kulturgeschichte, was sie begeistert aufnahmen, da alle ihr Leben lang immer nur gearbeitet und nie eine Schule genossen hatten. Sie hatten also großen Nachholbedarf. Das Institut von Herwig Haetinger begleitete dann die weitere Entwicklung.

Das war also mein brasilianisches Schicksal – insgesamt 25 Jahre, von 1972 bis 1997. 1997 hatten wir das Gefühl, daß wir uns von Brasilien verabschieden müßten, weil die Menschen jetzt auf eigenen Beinen stehen konnten. Zwar war ich 1999 noch ein letztes Mal in Brasilien, aber in dieser Zeit begannen bei meiner Frau und mir bereits gesundheitliche Probleme.

In diesem Jahr 1999 hatte ich vier biographische Erntefeste. Mein erstes Jubiläum war im Februar 1999 unsere Goldene Hochzeit. Im Mai folgte dann das 25jährige Jubiläum meiner Doktorarbeit: Es ist nicht selbstverständlich, daß nach 25 Jahren eine Doktorarbeit noch gelesen und übersetzt wird und sogar eine ganze Bewegung auslöst. Dieses Ereignis feierten wir mit meinem Doktorvater und einigen Leuten aus der Promotionskommission. – Einige Wochen später war ich in Brasilien, da die Association for Social Development ihr jährliches Treffen zum ersten Mal dort abhielt. – Wieder ein paar Wochen später wurde das neue Hauptgebäude der Triodos-Bank eröffnet. Es stellte sich heraus, daß zu dieser Zeit mein vierter Mondknoten war.

Als ich meiner ältesten Tochter dann erzählte, daß ich in diesem Jahr vier Erntefeste gefeiert hätte, erwiderte sie: „Aber du gehst doch nicht weg?!“ Ich beruhigte sie und teilte ihr mit, daß ich hoffte, daß noch weitere und neue Aufgaben auf mich zukämen. Als meine Frau dann ihren ersten Schlaganfall bekam, wußte ich: Da liegt meine neue Aufgabe.

Ich mußte mir große Aufgaben stellen

R.H.: Was war Dein inneres Motiv, nach Brasilien zu gehen?

L. Bos: Helfen, Abenteuer und Horizonterweiterung, aber der Schwerpunkt lag auf dem Helfen. Außerdem kam die Einlösung einer Schuld hinzu, denn wir Europäer haben uns in diesem Kontinent wie die Raubtiere benommen, indem wir den dort lebenden Menschen Gold und Silber, Kaffee, Zucker und Kautschuk und jetzt die Edelhölzer genommen haben. Wir haben eine Riesenschuld einzulösen.

R.H.: Wie sah Deine innere Biographie aus, als Du Dich entschlossen hast, nach Brasilien zu gehen?

L. Bos: In den Jahren zuvor verlief mein Leben in turbulenten Bahnen: 1967 begann ich mit meiner Doktorarbeit, 1968 mit der Initiative Triodos. Zusammen mit dem Beginn meiner Brasilien-Initiative im Jahr 1972 waren das große Arbeitsbereiche, zusammengedrängt in einer kurzen Zeit. Mein Sternzeichen ist Widder, und vom Temperament her bin ich Choleriker. Wenn ein cholerischer Widder mit 42 Jahren in seine Marsphase kommt, muß er sehr aufpassen, da an dieser Stelle eine große Kraftzu-

Gästehaus Paulino des Centro Paulus

sammenballung entsteht. Deshalb mußte ich mir große Aufgaben stellen, um diese Kräfte zu bannen.

R.H.: Wie muß man konfiguriert sein, um in einem Land wie Brasilien zu leben und gestaltend tätig zu sein?

L. Bos: Meine Frau und ich entschieden uns letztlich, nicht dauerhaft in Brasilien zu leben, auch wenn man von verschiedener Seite versucht hat, uns zum Bleiben zu überreden. Zwar hätte ich mit meiner Rente dort einen doppelt so hohen Lebensstandard genießen können, aber man muß das ungeformte und ungeplante Chaos Brasiliens ertragen können. Man muß zusätzlich bereit sein, die Jahresfeste ganz entgegen den gewohnten Jahreszeiten zu feiern, und schließlich muß man dem Klima gewachsen sein. In Brasilien sind grundsätzlich alle Fenster offen. Zurück in den Niederlanden haben wir es sehr genossen, daß wir Fenster und Türen wieder schließen konnten. Man braucht hin und wieder einfach eine gewisse Abgeschlossenheit. Außerdem muß man eine gewisse Ich-Schwäche der Brasilianer ertragen können, die sich z.B. darin äußert, daß die Menschen sehr schnell von verschiedenen Ideen begeistert sind; aber mit den konkreten Verabredungen und dem Durchhaltewillen hapert es oft. Wir sind in unserer Bewußtseinsseelenkultur schon sehr daran gewöhnt, etwas zu verabreden und es dann auch zu tun. Aber dieses brasilianische Lebensgefühl haben meine Frau und ich nicht ertragen. Wir konnten dort, ständig lebend, auf Dauer nicht produktiv arbeiten und mußten auch erleben, wie viele Anthroposophen dort ihren geistigen Boden mehr oder weniger verloren haben.

Ein weiteres Problem ist die Stadt Sao Paulo mit ihren 16 Mio. Einwohnern und ihrer Luftverschmutzung. Wenn man diese Stadt über dem Ozean anfliegt, dann sieht man über ihr eine Art Pfannkuchen hängen, unter den man bei der Landung taucht. Ich habe Nächte erlebt, in denen ich mit dem Gefühl aufwachte, daß mir der Sauerstoff ausging – so vergiftet und verschmutzt ist die Luft dort. Deswegen hielten wir es für besser, regelmäßig nach Holland zurückzufahren, um dort erneut auftanken zu können. Dadurch konnte ich die Brasilianer auch reich beschenken und bekam auch viel zurück. Es ging mir z.B. oft so, daß ich in Europa verschiedene Dinge aufnahm, sie aber noch nicht richtig verarbeiten konnte. Kaum war ich dann wieder in Brasilien, spürte ich, daß sie jetzt zur Reife kamen. Ich erlebte einen Inspirationsstrom und konnte Sachen aussprechen, über die ich im nachhinein sehr erstaunt war. – Ein weiteres Geschenk Brasiliens war die Herzenswärme der Menschen.

R.H.: Was waren im Rückblick Deine wesentlichen inneren und äußeren Erfahrungen in Brasilien?

L. Bos: Ich erlebte, daß die Anthroposophie in einem anderen Volk und an einem anderen Ort eine andere Erscheinungsform als in Europa hat. Das hat bei mir ein Stück Fundamentalismus aufgelöst. Es war für mich, der besonders die Formen liebt, eine Art Schulungsweg, in etwas Formlosem zu leben. Ich habe daran erkannt, daß das Improvisieren auch zu etwas führen kann – und dies auszuhalten, war für mich eine Prüfung.

D.L.: Gibt es eine innere Frage, auf die Deine Entscheidung für Brasilien eine Antwort war?

L. Bos: Eine innere Frage gab es nicht, ich bin auf Fragen der Menschen eingegangen. Schwierig dabei war, daß meine Brasilien-Aktivitäten nicht immer vollständig von meinen NPI-Kollegen mitgetragen wurden. Die Menschen in Brasilien sind arm und konnten mich – mit Ausnahme der Reisekosten – nicht bezahlen. Ich war jeweils sechs bis acht Wochen dort, und das NPI-Institut bezahlte mich weiter, ohne daß ich ihm Geld einbrachte. An dieser Stelle tauchte die Frage auf, ob meine Brasilien-Aktivitäten wirklich NPI-Arbeit seien. Aber diesen Widerstand nahm ich in Kauf, denn ich lebte in der Gewißheit, daß ich helfen müsse und daß die Anthroposophie in Brasilien erblühen könne.

D.L.: Gab es auch auf anderen Kontinenten NPI-Aktivitäten?

L. Bos: In Südafrika wurde ein Institut gegründet, dessen Arbeit im Zusammenhang mit dem Ende der Apartheid sehr hilfreich war. Schwache Ansätze gab es in Mosambik. In Ägypten war das NPI bei der Sekem-Initiative beratend tätig, und in Indonesien gab es eine Initiative an der Universität von Djakarta. Aber daraus wurde nichts, was u.a. an dem schwierigen Verhältnis zwischen Indonesien und Holland wegen der Kolonialzeit liegt. Darüber hinaus gibt es in Australien, Neuseeland, Kanada und den USA funktionierende Einzelpersonen.

Lex Bos in Südafrika

Die Suche nach Werten

D.L.: Kannst Du bitte die Entstehungsgeschichte der Dynamischen Urteilsbildung ein wenig darstellen?

L. Bos: Nach Beendigung meines Studiums nahm ich mir vor, eines Tages nach genügender Praxiserfahrung zu promovieren. Mit 42 Jahren, als der cholerische Widder in seine Marsphase kam, wurde das der biographische Anlaß dafür.

Inhaltlich bewegte mich immer wieder die Frage: Was gibt einem Unternehmen Kohäsion, was gibt ihm inneren Zusammenhalt? Die Menschen streben doch auseinander, jeder will etwas anderes. Also muß es eine Kraft geben, die inneren Zusammenhang schafft.

Nachdem wir uns mit den Entwicklungsphasen eines Unternehmens beschäftigt hatten, gaben wir folgende Antworten: In der Pionierphase gibt der Pionier als Person Kohäsion, er hält alles zusammen. In der zweiten Phase ist es eher ein System, eine Logik, eine rationale Struktur. In der dritten Phase ist es einerseits die gemeinsame Zielsetzung, der Blick nach außen, z.B. auf die Bedürfnisse der Kunden. Zum anderen geht es auch um die Frage, welche Werte und moralischen Ansätze wir vertreten wollen.

Mein Ansatz war die Suche nach Werten in der Beschlußfassung. Wenn Menschen gemeinsame Werte haben, müssen diese auch als Kriterien in der Beschlußfassung auftauchen. Im Niederländischen gibt es dafür ein schönes Wort: *Beleid*. Damit ist ein innerlicher Leitfaden gemeint, Kriterien, die man bei jeder Entscheidung im Bewußtsein hat. Mit diesen Fragen begann meine Doktorarbeit, denn ich wollte herausfinden, an welchen Stellen diese Werte auftauchen. Und ich entdeckte, daß solche gemeinsamen Werte immer dann zur Sprache kommen, wenn die Menschen um Entscheidungen ringen. Damit begann sich das Thema der *Beleid*-Gestaltung in Richtung der Dynamischen Urteilsbildung zu bewegen.

Das Modell stimmte nicht

Der andere Ansatz hing damit zusammen, daß ich im NPI mit dem Modell POM („Problem Oplossings Methode") aufgewachsen bin. Dieses Modell besteht aus drei Schritten: Bildgestaltung, Urteilsbildung, Beschlußfassung. Das gliedert sich wie Denken, Fühlen und Wollen. Vor diese drei Schritte haben wir noch einen weiteren eingeführt, nämlich die Gruppenbildung. Gruppenbildung hat mit Wärme, Bildgestaltung mit Licht, Urteilsbildung mit Bewegung und die Beschlußfassung mit Form zu tun. Damit hatten wir die gesamte Evolution beschrieben, wie Rudolf Steiner sie für die Entwicklung der Erde – von der Wärme bis zur Materie – darstellt. Man konnte dieses Modell auch mit Imagination, Inspiration und Intuition verbinden.

Aber dieses Modell hatte ein einziges Problem: In der Praxis stimmte es nicht! Es war zwar ein herrliches konzeptionelles Modell, aber im Tun stimmte es nicht. Ich habe immer wieder Menschen erlebt, die über die einzelnen Phasen gestolpert sind. Befanden sie sich z.B. in der Phase der Bildgestaltung, sollten sie noch keine Urteile und Vorschläge unterbreiten, denn schließlich waren sie in der Phase der Bildgestaltung. Und wenn Menschen das stur durchgehalten haben, kamen sie oft in eine Art inneren Krampf. Für mich persönlich blieb in diesem Modell die Urteilsbildung unscharf, während Bildgestaltung und Beschlußfassung ziemlich klar herausstachen. Aber wie funktioniert eigentlich Urteilsbildung?

An dieser Stelle war das NPI-Modell zu nebulös, und ich wollte hier mehr Klarheit schaffen. Ich war der Ansicht, daß diese Klarheit für die *Beleid*-Gestaltung eine große Rolle spielen konnte.

Außerdem erlebte ich in meiner Beratungspraxis, daß Menschen häufig kommunizieren, indem sie Urteile austauschen, aber meist stellen sie damit nur Standpunkte dar. Oft wird dann ein Gegenstandpunkt aufgestellt; die Fronten verhärten sich, und es eskaliert. Meist trifft man sich dann in der Mitte. Aber was ist diese Mitte? Meist ist sie nur eine Karikatur, ein fauler Kompromiß. Daran wurde mir klar, daß man Urteile nicht in der Kommunikation austauschen sollte, sondern daß die Urteile in Bewegung kommen müssen, so daß sie wirklich erst im Gespräch entstehen.

R.H.: Geht dieses Phasenmodell auf Lievegoed zurück?

L. Bos: Nicht ausschließlich; vor allem auf das NPI insgesamt.

R.H.: Drohte die Form das, was wachsen sollte, zu ersticken?

L. Bos: Ja, diese Form diente nicht dem Leben und war ein wenig bolschewistisch. Es war wie eine schöne gedankliche Form, die man auf die Wirklichkeit drückte und mit der man das Leben vergewaltigte. Man bekam zwar ein Bewußtsein für den

Prozeß, aber dieser geriet zu einer Art Abhaken einzelner Schritte. Es war ein Weg vom Chaos in die Erstarrung.

Ich habe drei Doktorväter verschlissen

D.L.: Wie ging es mit Deiner Promotion zum Thema Urteilsbildung weiter?

L. Bos: Ich habe drei Doktorväter verschlissen. Es war ein einziges Ringen, bei dem mich die Kollegen vom NPI großartig unterstützt haben. Einerseits haben sie mich nach Möglichkeit freigestellt, andererseits war ich auch während meiner Arbeit mit meinem Promotionsthema beschäftigt. Immer wenn ich Beratungen durchführte oder Seminare gab, war ich bei meinem Thema: Wie läuft hier der Prozeß ab? Wie geht hier die Urteilsbildung vor sich?

Eigentlich wollte ich meine Doktorarbeit in einem Jahr fertigstellen, aber es wurden dann sieben Jahre. Dabei habe ich sehr viel allein gearbeitet, denn Forschung ist oft eine einsame Angelegenheit. – Nach meiner Promotion übernahm ich eine Teilzeitbeschäftigung am Business Administration Department der Landwirtschaftlichen Hochschule, an der ich promovierte, und zwar wurde ich dort als Sozialwissenschaftler für Vorlesungen und Studienbegleitung eingestellt. Aber diese Stelle wurde nach weiteren sieben Jahren wieder gestrichen.

D.L.: Was ist das Charakteristische Deiner Doktorarbeit?

L. Bos: Ich habe mich vor allem auf den inhaltlichen Prozeß gestützt und alles Zwischenmenschliche und Gruppendynamische zunächst ausgeklammert. Vielleicht ist das sogar eine Schwachstelle von mir, wenn es darum geht, wirklich zu Urteilen zu finden. Ich weiß zwar genau, wie man es macht, aber wenn ich um eine konkrete Antwort gebeten werde, habe ich oft kein Urteil.

R.H.: Das ist ein ganz verbreitetes Phänomen. Marx z.B. konnte nicht mit Geld umgehen; er mußte Engels ständig anpumpen, arbeitete aber hochwissenschaftlich über Ökonomie. Freud war extrem prüde, aber in seiner Psychoanalyse spielte die Sexualität eine herausragende Rolle. Du hast Schwierigkeiten mit der Urteilsbildung und entwickelst dazu ein eigenes Konzept. Offensichtlich können viele Menschen, die ihre Schwachstellen zum Lebensthema machen, darin außerordentlich kreativ werden.

L. Bos: Das wäre ein Lösungsansatz – ja, das gefällt mir.

Ätherische Formkräfte

Ein Leitmotiv war für mich auch, daß ich dazu beitragen wollte, das soziale Leben durch Ideen gesund zu machen, die sich am anthroposophischen Menschenbild orientieren. Zwar ist das Phasenmodell mit Bildgestaltung, Urteilsbildung und Entscheidung auch aus dem anthroposophischen Menschenbild geschaffen. Aber es ist in einer festen Struktur erstarrt. Auch in der amerikanischen Literatur gibt es viele Phasenmodelle, aber alles sind es mechanistische Betrachtungsweisen. Aus dieser Erstarrung wollte ich die sozialen Ideen wieder erlösen und in lebendiger Formgestalt auferstehen lassen. Es ging also schon um Formkräfte, aber um ätherische Formkräfte – Formkräfte im Sinne eines Strömungsmodells.

D.L.: War die Doktorarbeit der richtige Weg, um die Dynamische Urteilsbildung auf den Weg zu bringen?

L. Bos: Ja. Ich habe diese Mühe gesucht. Im nachhinein hat sich diese Mühe gelohnt: immer wieder verzweifeln, aufgeben, neu ansetzen, einen neuen Doktorvater suchen. Im Rückblick habe ich mich manchmal gefragt, wie ich das alles ausgehalten habe. In der Doktorarbeit kommt auch meine doppelte Zielsetzung zum Ausdruck: Einerseits sollte sie den regulären Anforderungen der Wissenschaft genügen, andererseits wollte ich im Hinblick auf mein geisteswissenschaftliches Gewissen keinen Kompromiß eingehen.

Die Dynamische Urteilsbildung wird entdeckt

Als meine Doktorarbeit als Buch veröffentlicht wurde, glaubte ich noch, daß die ganze Welt nur auf mein Buch warten würde. Ich rechnete täglich damit, daß es entdeckt und besprochen würde. Aber es geschah nichts – es herrschte absolute Stille! Und diese Stille dauerte ganze sieben Jahre. Aber nach sieben Jahren kamen gleichzeitig drei Anrufe, daß man mein Buch entdeckt habe und es eigenständig für Seminare verwenden wolle. Eine Anfrage kam von Philips, eine zweite aus der Tabakindustrie und eine dritte aus der Personalabteilung des Wirtschaftsministeriums. Lediglich ein Dozent der Sozialakademie in Amsterdam, Niko Kollewijn, hatte mein Buch sofort entdeckt und es in sein Lehrprogramm eingeführt. Er hatte in dieser Zeit den Mut, dort Dynamische Urteilsbildung einzuführen, obwohl sich die Menschen dagegen wehrten. Sie wollten an den gegenseitigen Beziehungen arbeiten, aber nicht sachlich am Inhalt. Es dauerte eine ganze Weile, bis man entdeckte, daß mein Modell Wege zeigt, auf denen sich durch eine sorgfältige und selbstlose Bearbeitung des Inhalts die menschlichen Beziehungen in schönster Art entfalten. Kollewijn hat diese Arbeit auch mit Eurythmie kombiniert. – Einen weiteren Pionier gab es auch in einer Ingenieursfirma.

Ich hielt mich dabei bewußt zurück. Es gibt ja die Versuchung, wenn man ein solches Kind geboren hat, es zu behüten und zu begleiten. Aber ich ließ die Leute machen.

D.L.: Was war der Grund für Deine Zurückhaltung?

L. Bos: Einerseits war es die Zügelung meines Temperaments, denn ich habe die Neigung, alles sehr in Form zu halten und zu kontrollieren. Andererseits spielte auch ein Leitmotiv Lievegoeds eine Rolle. Er sagte uns im NPI, daß es unsere Aufgabe sei, vernünftige soziale Ideen in die Wirklichkeit zu tragen; daß diese Ideen aber ihren eigenen Weg gehen müßten, ihr eigenes Schicksal hätten und daß wir um Gottes Willen nicht als Inquisitoren hinterherrennen sollten.

Schenken und Loslassen – das war Lievegoeds Grundhaltung. Oft ist das aber auch ein Leidensweg, z.B. wenn man Teile des eigenen Modells in verzerrter Weise ohne jede Quellenangabe in Zeitschriften begegnet. Das ist dann Wege gegangen, die man kaum noch nachvollziehen kann. Ich weise die Menschen dann darauf hin, daß es zwar ihre Freiheit sei, mit meinem Modell umzugehen, aber daß es doch korrekt wäre, die Quelle anzugeben.

D.L.: Wie ging es nach den sieben Jahren weiter?

L. Bos: Schon bald bildete sich um Niko Kollewijn herum eine Gruppe, die öffentliche Seminare durchführte. Später bat man mich mitzumachen. Ich meinerseits arbeitete in Brasilien, Argentinien, den USA und in Südafrika sowie in einem Dutzend europäischer Länder mit Dynamischer Urteilsbildung, und es war für mich immer wieder ein freudiges Erlebnis, wie sich mir zurückspiegelte, daß mein Modell Freiheit schafft. Die Menschen spürten das Wecken einer autonomen Kraft, die nicht aus der Begierde kommt, auch nicht von außen zwingend eingreift, sondern daß sie einem geistigen Kern entspringt, wodurch die Freiheitsqualität zum Tragen kommt. In jedem Land hat man dazu in dem Modell etwas Urmenschliches entdeckt und mir oftmals versichert: „Lex, das ist kein Modell, das ist der Mensch."

R.H.: Das kann ich gut verstehen. Aus meiner Erfahrung mit der Dynamischen Urteilsbildung weiß ich, daß durch dieses Modell alle Fixierungen zurückgenommen werden, und zwar im Gefühlsbereich, im Willensbereich und im Denken.

L. Bos: Es ist ein heilender Impuls. Ich spüre oft, wie die Menschen unter ihrem Unvermögen leiden, sich gegenseitig zu verstehen, weil sie nur ihre jeweiligen Standpunkte vertreten können. Aber mit meinem Modell öffnen sich ihnen plötzlich Türen zum Verständnis des anderen Menschen.

R.H.: Und man läßt auch andere an sich selbst heran.

L. Bos: Genau. Und dieses Erlebnis ist nicht an Geschlechter oder Völker gebunden; auch nicht an spezifische Arbeitsgebiete. – Mein Modell der Dynamischen Urteilsbildung hatte in verschiedenen Bereichen Erfolg: Es begann im Wirtschaftsleben, später im kulturellen Bereich, z.B. in Waldorfschulen, sowie im Kreditwesen der Triodos-Bank. Seit einiger Zeit wird die Dynamische Urteilsbildung auch im Verteidigungsministerium angewandt, z.B. in Seminaren für Offiziere, die nach Kosovo oder Afghanistan geschickt werden und dort in schwierige Situationen geraten können.

Nehmen wir an, man bewacht einen Container mit Lebensmitteln, die für die Soldaten bestimmt sind, aber nun kommen viele halb verhungerte Menschen. Wie soll man sich in einer derartigen Situation verhalten? Soll man ihnen das Essen geben, soll man schießen, muß man sie gefangennehmen? Man muß Fähigkeiten entwickeln, das Problem zu erkennen und zwischen den eigenen moralischen Ansprüchen und den Pflichten unterscheiden zu lernen. Dabei kann die Dynamische Urteilsbildung helfen.

Good morning, Mr. Lemniskate

Inzwischen habe ich begriffen, daß mein Modell kein Modell, sondern eine Lebensweise ist. In den verschiedensten Bereichen erlebe ich ein Aufblühen der Arbeit, wenn Dynamische Urteilsbildung angewandt wird, gleich, ob das in der Organisationsentwicklung, der Konfliktberatung, in der Biographiearbeit, in der Supervisionsarbeit oder im Dilemma-Training ist. Daran zeigt sich, wie allgemein menschlich der Kern der Dynamischen Urteilsbildung ist. In Schweden, wo die Menschen sehr sensibel für Ätherkräfte sind, ist sie besonders gut angekommen, und die schwedischen NPI-Mitarbeiter gestalten eigentlich alles mit Dynamischer Urteilsbildung. Wenn ich zu ihnen komme, begrüßen sie mich immer mit: „Good Morning, Mr. Lemniskate!"

R.H.: Und wie steht es mit Holland und der Dynamischen Urteilsbildung?

L. Bos: Dabei ist eine schmerzliche Seite der Entwicklung zu erwähnen – was man im Rückblick aber auch positiv betrachten kann. Hier in den Niederlanden im NPI ist die Dynamische Urteilsbildung eigentlich nie angekommen, sie wurde nicht wirklich zum methodischen Werkzeugkasten der NPI-Mitarbeiter. Das Phasenmodell war zu sehr im Gewohnheitsleib des Instituts verankert. Meine Arbeit wurde zwar als interessant und verwandt erlebt, aber sie ist nicht im Institut gelandet. Es ging sogar so weit, daß Lievegoed mich fallengelassen hat.

D.L.: Inwiefern?

L. Bos: Er war in der Promotionskommission, da ich ihn darum gebeten hatte. Nach seinem Tod bekam ich von seiner Frau sein Exemplar meiner Doktorarbeit mit seinen Randbemerkungen, und der allgemeine Tenor dieser Randbemerkungen war: Alles ist sehr interessant gedacht, aber wir sollten ruhig mit unserem Phasenmodell weiterarbeiten. Aber weil die Dynamische Urteilsbildung nicht vom NPI angenommen wurde, konnte sie in der Stiftung *Dialoog* ihr eigenes Leben entfalten. Entdeckt wurde sie von Martin van den Broek, dessen Chef ihm darüber berichtete, weil er die Dynamische Urteilsbildung auf einem Seminar kennengelernt hatte. Zwar wollte sein Chef überhaupt nicht, daß sich Martin van den Broek mit der Dynamischen Urteilsbildung beschäftigt, aber dieses Verbot war für ihn Ansporn genug.

Mit der Stiftung *Dialoog* bekamen meine Ideen Flügel

Dann gab es noch einen jungen Arzt, Maarten Klatte, der für ein Jahr Assistent am NPI war. Er wollte dort einsteigen, wurde aber nicht aufgenommen, weil man das Gefühl hatte, daß ein Arzt kein Gespür für das Wirtschaftsleben, für Organisation und Management hätte. Auch er entdeckte die Dynamische Urteilsbildung. Martin und Maarten kamen dann zu mir und brachten ihre Begeisterung über die Dynamische Urteilsbildung zum Ausdruck, gleichzeitig ihre Erschütterung darüber, daß sie nicht wirklich vom NPI aufgenommen wurde. Deswegen trugen sie an mich die Idee einer Stiftung heran, mit mir als Vorsitzendem, um die Dynamische Urteilsbildung in die Welt hinauszutragen. Durch diese Stiftung *Dialoog* bekamen meine Ideen viel freiere Flügel, als wenn sie als Instrument innerhalb eines methodischen Werkzeugkastens eingebunden gewesen wären. Ich bin den beiden sehr dankbar, daß sie diese Initiative geboren haben. Martin van den Broek war übrigens derjenige, der den Namen „Dynamische Urteilsbildung" gebildet hat.

Eine wichtige Rolle spielte auch Helen Zwemmer, eine in der Schweiz lebende Holländerin und Dozentin an der Sozialakademie in Zürich. Sie hatte Kontakt mit Niko Kollewijn. Dadurch wurde sie auf die Dynamische Urteilsbildung aufmerksam und wandte diese erfolgreich bei der Supervision von Praxiserfahrungen der Studenten an. Daraus entstand die erste selbständige ausländische Niederlassung von *Dialoog*; später gab es auch in anderen Ländern entsprechende Gründungen.

D.L.: Welche Rolle hattest Du bei der Zusammenarbeit mit der Stiftung *Dialoog* und den ausländischen Gründungen?

L. Bos: Für mich entstand die Frage, wie ich den Prozeß unterstützen könnte, ohne ihn zu beherrschen oder zu programmieren. Er sollte sein eigenes Leben führen, und ich fragte mich, wie ich ihn trotzdem unterstützen könnte. Deshalb begann ich 1982 jeden Monat für einen kleinen Kreis von Interessierten, einen Forschungsbericht zu verschicken, sozusagen Nahrung, um das Modell durch einen geisteswissenschaftlichen Hintergrund zu vertiefen und in diesem zu verankern.

Es wurde schnell sichtbar, daß das Modell in der Gefahr schwebte zu verflachen – vier Felder und eine Lemniskate, das ist beschämend einfach und verführt zu einer mechanistisch-modellmäßigen Herangehensweise. Darum brauchte es ständig Impulse zur Vertiefung und zur Bildung eines geisteswissenschaftlichen Hintergrundes. 1998 hatte ich das Gefühl, daß die Stiftung durch eigenes Leben getragen wird, und so habe ich mich zurückgezogen.

Marjolein Thiebout aus der Stiftung forderte mich allerdings auf, mich nicht zurückzuziehen, bevor ich nicht alles ausgepackt hätte, was ich um die Dynamische Urteilsbildung herum erforscht habe.

Sie organisierte eine Masterclass für mich, um mir für meine Forschungen ein Podium zu schaffen. Für diese Wachheit bin ich ihr sehr dankbar. Die Masterclass umfaßte zehn Montage von Oktober bis Juni, die für mich sehr feierlich waren. Vorher arbeitete ich monatelang alle meine Notizen durch und suchte sämtliche Stellen bei Steiner heraus, in denen man etwas über Urteilsbildung finden kann. Diese Masterclass hat sich dann in anderen Ländern, z.B. in England, Dänemark und Deutschland, wiederholt.

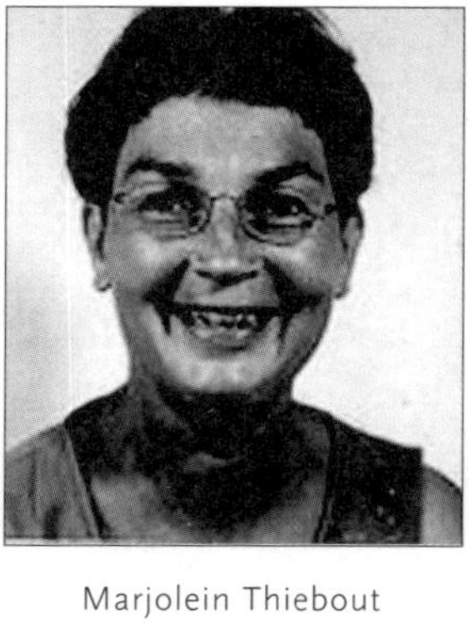

Marjolein Thiebout

Erkennen und Entscheiden

Lex Bos bei der Masterclass

D.L.: Wie würdest Du die Dynamische Urteilsbildung als Wesen beschreiben?

L. Bos: Jede Frage zur Urteilsbildung ist eine doppelte Frage, ein Januskopf. Immer handelt es sich um eine Erkenntnis- und um eine Entscheidungsfrage. Wenn man die Erkenntnisfrage stellt, schwebt im Hintergrund immer die andere Frage mit: Was tun wir damit? Wie handeln wir damit? Und bei der Entscheidungsfrage schwebt die Erkenntnisfrage im Hintergrund mit: Auf Grundlage welcher Erkenntnis wollen wir handeln?

Die Dynamische Urteilsbildung ist ein Weg, auf dem man Antworten auf Fragen sucht. Am Anfang steht immer eine Frage, aber im Laufe des Prozesses kann diese Frage neu formuliert werden, weil man feststellt, daß die Ausgangsfrage noch nicht die richtige war. Dabei geht der Suchprozeß grundsätzlich in zwei verschiedene Richtungen, und zwar in die Vergangenheit und in die Zukunft. In die Vergangenheit wird der Prozeß durch die Erkenntnisfrage geführt, weil man eine Situation in ihrem Zusammenhang oder in ihrem Entstehen verstehen will. In die Zukunft wird der Prozeß durch die Entscheidungsfrage geführt, weil man sich fragt, wie gehandelt werden soll. Zusammen bilden beide Prozesse eine Art Polarität, und weil es ein Hin- und Herbewegen zwischen beiden Richtungen gibt, also zwischen Erkennen und Entscheiden, ist dies ein dynamischer Urteilsprozeß.

Und wenn man genauer in beide Richtungen schaut, bemerkt man, daß dieser dynamische Urteilsprozeß auf beiden Seiten einen dialogischen Charakter hat. Der Suchprozeß auf dem Erkenntnisweg bewegt sich zwischen dem Hinschauen auf Wahrnehmungen und Fakten einerseits und dem Verstehen dieser Fakten und dem Bilden von Begriffen andererseits. Auf dem Entscheidungsweg findet der dialogische Prozeß zwischen den Zielen und Wegen statt. Einerseits fragt man sich, was man will, was die eigenen Leitbilder sind, welche Intentionen und Werte man vertritt, andererseits stellt man sich die Frage, welche Wege man gehen muß, um seine Ziele zu erreichen.

Erst später ist mir in der Einleitung zu Rudolf Steiners „Die Philosophie der Freiheit" aufgefallen, daß er dort aussagt, daß alle Aussagen seines Buches aus einer zweifachen Frage resultieren. Er nennt sie Wurzelfragen. Die eine Frage ist mehr eine Erkenntnisfrage, die andere hat eher einen moralischen Ansatz. Die ersten sieben Kapitel unter der Überschrift „Wissenschaft der Freiheit" beschreiben den Erkenntnisweg, die zweiten sieben Kapitel unter der Überschrift „Die Wirklichkeit der Freiheit" den Entscheidungsweg. Beide Abschnitte stützen sich jeweils auf zwei Säulen: Auf der

Erkenntnisseite geht es um Wahrnehmen und Denken, auf dem Entscheidungsweg um Motiv und Triebfeder; in der Dynamischen Urteilsbildung habe ich letzteres Ziele und Wege genannt, was im Wesen das gleiche ist.

Form kann Freiheit schaffen

R.H.: Verlangt die Anwendung der Dynamischen Urteilsbildung bestimmte Voraussetzungen? Hast Du Situationen erlebt, in denen die Dynamische Urteilsbildung als Instrument nicht geeignet war?

L. Bos: Grundsätzlich nicht. Allerdings gibt es Situationen, in denen Menschen bestimmte Fakten nicht sehen wollen, dürfen oder können. Und wenn sich Menschen in bestimmte Gedanken verbohrt haben und dabei nicht in Bewegung kommen, zeigen diese Menschen gegenüber dem Modell ein Unvermögen.

R.H.: Nach meiner Beobachtung ist die Dynamische Urteilsbildung als Modell voraussetzungslos, aber hinsichtlich der Menschen, die sie anwenden, gibt es Voraussetzungen. Denn eine Gruppe von Menschen muß zumindest in der Lage sein, einen eigenen Wandlungs- und Erkenntnisprozeß zuzulassen, der über das hinauswächst, was sie bereits mitbringen. Erlebst Du es ähnlich?

L. Bos: Ja, das trifft zu. Aber um diese Beweglichkeit auszulösen, brauchen nicht alle das Modell zu kennen. Oft kommen Menschen aus Seminaren zu mir, um mir mitzuteilen, daß man mit der gesamten Gruppe doch erst dann in den Prozeß der Dynamischen Urteilsbildung eintreten könne, wenn alle das Seminar absolviert hätten. Ich antworte ihnen dann meistens, daß das gar nicht nötig sei und man gleich mit einfachen Beispielen in die Dynamische Urteilsbildung eintreten könne. Man kann z.B. einfache Fragen stellen: Kannst du mir ein Beispiel geben, da ich es mir nicht genau vorstellen kann? Vielleicht ist alles zu gedanklich und theoretisch, und durch die Frage nach einem Beispiel gerät man in das Faktenfeld, und das Modell beginnt zu wirken.

Oder man fragt: Kann jemand die Frage noch einmal kurz formulieren, da ich die Orientierung verloren habe? Was war unsere Frage? Auch hier gerät man sofort wieder in das Dynamische Urteilsmodell. Oder man fragt: Was ist eigentlich unser Ziel, wo wollen wir hin? Auch mit einer solchen Frage ist man sofort wieder in der Dynamischen Urteilsbildung – ohne Verdacht zu erregen, daß man im Geheimen ein Modell anwendet.

R.H.: Das kann ich nur unterstreichen. Es wäre ein methodischer Mißgriff, mit dem Modell der Dynamischen Urteilsbildung die Menschen nur überzeugen zu wollen. Überzeugen kann man eigentlich nur, wenn man das Leben sprechen läßt.

L. Bos: Martin van den Broek hatte zu der Zeit, als er noch bei der Post arbeitete, einmal ein Gespräch mit seinem Chef, und nach dem Gespräch fragte dieser ihn ganz verwundert: „Das Gespräch war außerordentlich kreativ. Wie kommt das? Daß Gespräche mit Kollegen so kreativ verlaufen, kenne ich eigentlich nicht.“ Martin hatte während dieses Gesprächs das Modell der Dynamischen Urteilsbildung angewandt, ohne es explizit zu nennen. Er hat es einfach getan.

R.H.: Also dient dieses Modell dazu, daß man es einfach ins Leben einführt, ohne den Menschen vorher zu signalisieren oder sie gar zu verschrecken, daß man ein Modell ausprobieren möchte?

L. Bos: Genauso ist es. Modelle rufen oft Widerstände hervor, und statt dessen wollen die Menschen lieber frei reden.

R.H.: Die Menschen erleben dann durch die Arbeit mit der Dynamischen Urteilsbildung, daß Form Freiheit schaffen kann. Sie erleben es, aber es wird nicht als Prämisse vorangestellt. Was ermöglicht die Dynamische Urteilsbildung – außer der Freiheit – auf anderen Ebenen?

L. Bos: Es geht um die drei Tugenden. Auf dem Erkenntnisweg wird das Staunen angesprochen: Wie schaue ich auf die Wirklichkeit, was ist meine Erkenntnisfrage? Geht es nur um eine intellektuelle Fragestellung, oder habe ich wirklich das Staunen als Hintergrund meiner Frage? Dieses Staunen ist eine moralische Qualität der Empfindungsseele.

Im Interaktiven wird zwischen den Menschen, die miteinander im Gespräch sind, durch die lemniskatische Bewegung allmählich Empathie geweckt. Man wird angeregt, wirklich in den anderen hineinzuhören, und erlebt, was an Leiden mitschwingt. Hier wird die moralische Qualität der Verstandes- oder Gemütsseele geweckt.

Und hinter dem Entscheidungsweg liegt die Verantwortung mit der Fragestellung, was unsere Entscheidungen bewirken. Dabei wird die Moralität der Bewußtseinsseele angesprochen. Das ist tief christlich. – Das wäre eine Antwort auf Deine Frage auf höchster Stufe. Auf einer etwas einfacheren Ebene ist es schlicht eine Entkrampfung. Man entdeckt, daß Sachen von verschiedenen Seiten aus betrachtet werden können und daß man andere Menschen verstehen kann.

Die lernende Organisation

Sozial und organisatorisch entsteht ein ganz neues Leben. Man kommt zur lernenden Organisation. Dabei tritt man in die größere Lemniskate ein, die ich in meiner Doktorarbeit noch nicht erwähne. Es gibt nämlich noch eine größere Lemniskate zwischen dem Sprechen und dem Handeln. Die kleine Lemniskate zwischen Erkenntnis- und Entscheidungsweg ist eine Beschreibung des Gesprächs. Aber dann geht die Gruppe auseinander und beginnt zu handeln – in der Schule, im Therapeutikum, im Unternehmen. Das ist die große Schleife des Handelns. Alle Erkenntnis- und Entscheidungswege sind ja noch im Besprechungszimmer, also in der Innenwelt. Erst im Handeln werden sie zur Außenwelt, und dann entsteht die Frage, wie das Ergebnis dieses Handelns zurück in die Innenwelt geführt wird; man fragt sich also, welche Erfahrungen gemacht wurden, was man wirklich in der Außenwelt geleistet hat und wie die Welt darauf reagiert hat. All das ist der Input für die nächste Besprechung. Wenn das gut funktioniert, bekommt man eine lernende Organisation. Durch dieses Zurückführen der Erfahrungen in die Gruppe wird die Organisation zu einer lernenden Organisation. Durch diese Rückkoppelung entdeckt man z.B., daß man bestimmte Fakten übersehen oder falsch interpretiert hat – oder daß man sich zu hohe Ziele gesteckt hat oder nicht die richtigen Wege gegangen ist. Daß die Menschen aus Erfahrungen lernen, ist sozial ungeheuer wichtig, damit sie nicht immer wieder die gleichen Fehler machen.

Das Phasenmodell des NPI

D.L.: Ich möchte noch einmal auf das Phasenmodell des NPI zurückkommen. Du hast Dich besonders für die Phase der Urteilsbildung interessiert. Dein Modell ist ein Strömungsmodell. Bezieht die Urteilsbildung als Strömungsvorgang die anderen Phasen in die Urteilsbildung mit ein? Kommen damit auch die anderen Phasen in Bewegung?

L. Bos: Ja, wenn man die Bildgestaltung als Ende des Erkenntnisweges betrachtet. Darin inbegriffen ist dann aber die Urteilsbildung. Klammert man diese aus, kommt man nicht zu Bildern. Man hat dann zwar einzelne Fakten, aber wenn man eine Situation erkenntnismäßig beurteilen will, muß man sich auch Gedanken darüber machen und zu einer Vorstellung davon kommen, wie die einzelnen Fakten zusammenhängen. Die Bildgestaltung ist die Erkenntnisseite der Urteilsbildung.

Auf dem Entscheidungsweg der Dynamischen Urteilsbildung steht am Ende ebenfalls ein Urteil, und zwar den Weg betreffend, wie man am besten handeln kann. Das ist eine Vorstellung über etwas Zukünftiges, also auch ein Urteil. In der Entscheidungsphase des Phasenmodells sind dagegen keine Urteile mehr erlaubt. Auf diesem Wege kommt man aber nie zu einer Vorstellung davon, wie man handeln will. Das Phasenmodell ist in der Dynamischen Urteilsbildung enthalten, aber nicht in Form und Phasen.

Meine persönlichste Leistung

R.H.: Wenn Du Deine Pionierleistungen gewichtest, welchen Rang hat dann für Dich die Dynamische Urteilsbildung?

L. Bos: Die Dynamische Urteilsbildung ist meine persönlichste Leistung. Die Bankgründung ist keine persönliche Leistung, denn dabei ging es mir und den Mitbegründern darum, der Initiative treu zu sein und die richtigen Menschen zu treffen oder dafür zu interessieren. Beim NPI habe ich konzeptionell viel beigetragen, aber es war doch zu einem großen Anteil Gruppenarbeit. Es war faszinierend, mit Lievegoed und anderen Schritt für Schritt Konzepte und Methoden auszuarbeiten. Im Gegensatz dazu ist aber die Dynamische Urteilsbildung etwas ganz Eigenes von mir. Vielleicht war ich mit dieser Arbeit zu isoliert, und vielleicht ist sie deshalb auch nicht im NPI angekommen. Eine solche Forschungsarbeit geht oft durch sehr einsame Strecken.

R.H.: Welche Menschen waren auf dem Weg zur Dynamischen Urteilsbildung besonders wichtig für Dich?

L. Bos: Auf jeden Fall Hans ten Dam, der mich gefragt hatte, was eigentlich meine Frage sei. Er war ein wichtiger Gesprächspartner. Inhaltlich war es besonders Leo de la Houssaye. Eigentlich hätte Leo meine Doktorarbeit schreiben müssen, denn er beschrieb zu einem bestimmten Zeitpunkt sehr klar die beiden Pole Erkenntnisweg und Entscheidungsweg, auch unter Einbeziehung der Mysterien als Weisheits- und Willensmysterien. Leo ist ein echter Okkultist und hat mich sehr inspiriert.

Dann muß ich noch Hans von Sassen nennen, der mehr der Philosoph ist, der an seiner Pfeife zieht und dann seine Gedanken äußert. Auf seine eigene Art hat auch Cees Zwart beigetragen. Er hat kurz vor mir promoviert und in seiner Promotionsarbeit zwischen zwei Arten von Wissenschaft unterschieden, der erkennenden und der handelnden Wissenschaft. In bestimmter Weise gehört auch noch Lievegoed im Hintergrund dazu.

R.H.: Arbeiten die Menschen der Stiftung *Dialoog* auch mit anderen Modellen?

L. Bos: Wir interessieren uns für verwandte Modelle, die aber meistens eine bestimmte Einseitigkeit aufweisen. Man kann sie in das Modell der Dynamischen Urteilsbildung für bestimmte Aspekte einordnen. Andererseits sollte man nicht zu überheblich werden, indem man grundsätzlich davon ausgeht, daß man das umfassende Modell hat, in das alle anderen hineinpassen. Aber es ist befriedigend, daß wir andere Modelle nicht zu bekämpfen brauchen, sondern sie im Sinne einer Ergänzung einordnen können.

R.H.: Das „Kind Dynamische Urteilsbildung" ist jetzt 30 Jahre alt. Was würdest Du diesem Kind für die nächste Zeit noch wünschen?

L. Bos: Ich wünsche mir, daß es seiner Quelle Anthroposophie nicht untreu wird. Auf der anderen Seite wünsche ich mir, daß es in immer mehr Lebensbereichen aufgegriffen wird. Es ist schön zu sehen, daß dies bereits geschieht, z.B. am Goetheanum in der Sozialen Sektion. Insofern wünsche ich mir, daß die Dynamische Urteilsbildung immer lebendig bleibt und nicht dogmatisiert wird. Und dann wird man sehen, daß sie sich bis zur sozialen Dreigliederung ausweiten wird.

Das NPI – Form und Inhalt

R.H.: Wie würdest Du die Aufgaben des NPI beschreiben?

L. Bos: Zum einen ist es ein therapeutischer Impuls, der gesunde soziale Ideen, die aus einer menschenorientierten spirituellen Quelle kommen, in Organisationen tragen soll. Ein zweites großes Anliegen des NPI ist es, Menschen zu helfen, soziale Fähigkeiten zu entwickeln.

Es geht also um Mensch und Organisation bzw. um Form und Inhalt. Überall, wo gearbeitet wird, finden sich soziale Formen, gleichzeitig gibt es dort Fähigkeiten, um

Lex Bos vor dem NPI

diese Formen mit Leben zu füllen. Für uns war es immer grundlegend, in den Unternehmen sowohl an den Fähigkeiten als auch an den Formen zu arbeiten. Es gibt Seminarbetriebe, in denen nur Ausbildung betrieben wird. Aus diesen strömen die Menschen dann voller neuer Ideen in die Unternehmen zurück und stoßen dort wieder auf die alten Formen – und nach einiger Zeit zeigt sich dann, daß sich nichts verändert hat.

Und wenn man bei der Umstrukturierung in einem Unternehmen nur die Formen ändert, diese aber nicht mit Leben erfüllt, dann wird man erleben, daß die geschaffenen Formen nach einiger Zeit verwässern. Die alten Formen werden dann wieder hochkommen. Deshalb besteht unser Leitmotiv darin, immer mit den Menschen an ihren Formen zu arbeiten, damit durch diese Arbeit neue Fähigkeiten entwickelt werden können.

Als wir das NPI gründeten, wollten wir klein bleiben, um keine internen Probleme zu bekommen und um uns ganz unserer Aufgabe draußen widmen zu können. Das war luziferisch gedacht, da wir selbst die Probleme nicht haben wollten, zu denen wir die Menschen berieten. Das Schicksal hat uns korrigiert, denn wir sind stark gewachsen. Und als wir 20 Mitarbeiter waren, bemerkten wir, daß es von großem Vorteil war, dieselben Probleme wie unsere Kunden zu durchleiden. Dadurch bekamen wir eine andere Legitimation: *Practice what you preach.*

Wir hatten drei Standbeine: Forschung, Ausbildung, Beratung. Diese bildeten eine organische Einheit. Mit unseren Seminaren traten wir an die Öffentlichkeit, und oft wurden wir nach solchen Seminaren von Abteilungsleitern angerufen, um ihnen in ihrem Betrieb konkret zu helfen. Auf diese Weise wurden unsere Seminare zu Ausgangspunkten für unsere Projekte. Und die Erfahrung, die wir in unseren Projekten machten, haben wir reflektiert, und sie führten zu unseren Forschungen. Es gab interne Forschungsgruppen, die neue Konzepte entwickelten. Diese Konzepte testeten wir wieder in den Seminaren und prüften, ob sie den Menschen gegenüber standhalten konnten. Auf diese Weise war ein Lebenskreis geschlossen.

R.H.: Haben sich die Aufgaben gewandelt?

L. Bos: Im wesentlichen nicht, die Arbeitsweise allerdings schon. Früher gab es mehr Seminare, es wurde mehr „gepredigt“, und für neue Konzepte und neue Leitbilder gab es ein großes Bedürfnis. Jetzt geht es mehr darum, in die Praxis einzusteigen; im Vordergrund steht das Coaching, die Ausbildung vor Ort. Wir wollen in der Wirklichkeit anwesend sein, Verantwortung übernehmen und nicht auf der Schwelle stehenbleiben und den anderen zurufen, wie es sein soll. Das sind die wesentlichen Veränderungen im Beratungsstil.

Die Wirklichkeit ist zunächst ganz anders

Eine weitere Veränderung könnte man auch in der Ausdrucksweise der Dynamischen Urteilsbildung beschreiben – eine Bewegung vom Konzeptionellen zur Wahrnehmung. Wir entdeckten, daß im Reden vieles zugedeckt wird, und führten deshalb viele nonverbale Übungen mit Farbe, Ton und Bewegung ein. Das war sehr wirksam, oft aber auch erschütternd. Wir forderten z.B. die Menschen dazu auf, gemeinsam eine Zeichnung aufs Papier zu bringen. Der eine bekam einen roten, der andere einen blauen Stift. Wir baten sie dann, langsam miteinander mit Farbschattierungen zu beginnen, so daß etwas wie ein Gespräch auf dem Blatt entstehen konnte. Aber dann gab es immer wieder Leute, die z.B. einen Strich mitten über das Papier zogen und meinten: „Hier ist meine Hälfte, und das ist deine." Oder jemand füllte das ganze Blatt mit einem kräftigen Rot aus und sagte: „So, jetzt bist du dran."

Als der Künstler Rob Otte in unser Team kam, hat er sehr stark auf die Wahrnehmung hingewiesen. Er brachte z.B. ein Bild von Rembrandt in ein Seminar, auf dem Christus in der Mitte steht – links die Schriftgelehrten und rechts die leidende Menschheit: Bettler und Krüppel. Insgesamt sieht man über 50 Personen. Dieses Bild wurde als Druck an die Teilnehmer ausgehändigt, und die Aufgabe eines jeden einzelnen war es, sich eine Figur ganz genau anzusehen, das Blatt umzudrehen und aus dem Gedächtnis zu beschreiben, was man gesehen hatte. Die anderen mußten herausbekommen, welche Person jeweils beschrieben wurde. Meist fing das so an, daß jemand sagte: „Ich sehe einen Schriftgelehrten ..." Darauf sagte Rob: „Nein, das siehst du nicht, das denkst du. Was siehst du?" Und dann kam allmählich die Beschreibung der einzelnen Wahrnehmung in Gang: „Ich sehe einen Mann, hochgewachsen, mit langem Bart, er trägt einen Hut, hält ein Buch in der Hand ..." So kamen die Teilnehmer allmählich in die Wahrnehmung.

Ein anderes Beispiel: Rob sollte eine Projektgruppe begleiten, die in Schwierigkeiten war. Es gab wöchentliche Zusammenkünfte. Bei der zweiten Sitzung fragte er: „Ihr hattet letzte Woche eine Sitzung. Könnt ihr mir sagen, wer als erster in diesen Raum gekommen ist?" Als sich jemand meldete und eine Person nannte, fragte Rob weiter: „Was hast du da gesehen? Wie sah der Raum aus?" Die Leute waren irritiert, und er fragte weiter: „Wer kam als zweites hinein? Womit fing die Besprechung an?"

Und er faßte ihre Irritationen zusammen, indem er ihnen erklärte, daß man meist nur in Vorstellungen über die Wirklichkeit lebt, aber nicht in der Wirklichkeit selbst drinsteckt.

Das ist das Grundthema des Sozialen, daß Menschen nicht wirklich im Prozeß drinstehen. Sie machen sich Vorstellungen über die Wirklichkeit, aber die Wirklichkeit ist meist ganz anders. Deshalb handelt man auch gegen den Strom. Man kann es aber so machen, wie es Rudolf Steiner mit seiner Wolkenübung beschreibt: Man schaue sich einmal am Tag den Himmel und die Wolken an, man nehme einfach nur wahr, ohne dabei zu denken. Allmählich ist man so im Wolkenbildungsprozeß drinnen, daß man auf ganz andere Gedanken kommt, daß man Prognosen machen kann, weil man mit dem Prozeß mitdenken kann.

Stärker auf Perzeption statt einseitig auf Konzeption zu setzen wurde im NPI immer mehr zum Stil.

Die Buchhaltung ist der Spiegel der Unternehmen

Eine weitere Entwicklung war, daß in den Unternehmen, die wir beraten sollten, immer mehr nach den Bilanzen gefragt wurde. Lievegoed hatte allerdings kaum ein Verhältnis zu Zahlen und zum Geld. Gewinn und Verlust wurden aber im Laufe der Zeit immer stärker in die Beratung einbezogen, und es wurde bei jeder Kostenposition gefragt, wer das Recht hat einzugreifen, wer das Geld ausgibt und wer weiß, ob es richtig verwendet wird. Es zeigte sich, daß in einem Unternehmen die Gewinn- und Verlustrechnung alles widerspiegelt: Schwächen, Übergewichte, unklare Verantwortungen, Mangel an Bewußtsein. Alles kann man in der Buchhaltung wiederfinden. Sie ist der Spiegel der Unternehmen.

D.L.: Wie ist das NPI im Laufe der Zeit mit der EDV umgegangen?

L. Bos: Zu Lievegoeds Zeiten war das noch nicht relevant. Später schafften sich einige Mitarbeiter Computer an. Gleichzeitig führten sie Projekte mit der Fragestellung durch, wie man menschenwürdig mit Computern im Unternehmen umgehen kann, damit sich keine neuen Machtzentren der Programmierer herauskristallisieren.

R.H.: Welche Mitarbeiter prägten das NPI besonders?

L. Bos: Eigentlich alle. Sie alle leisteten ihren spezifischen Beitrag, und damit haben sie das Institut gemeinsam zu dem gemacht, was es heute ist.

Lievegoed konnte allem eine größere Dimension geben

R.H.: Und wie war die Rolle von Lievegoed?

L. Bos: Lievegoed hatte immer größere Perspektiven. Er konnte allem eine größere Dimension geben. Er war ein Kenner der Menschenkunde und lernte durch seine Arbeit in der Heilpädagogik, tief in die menschlichen Fähigkeiten und Einseitigkeiten zu schauen. Eine seiner Stärken war es, in der herkömmlichen Literatur anthroposophisches Gedankengut zu entdecken. Als Professor war er genötigt, in der wissenschaftlichen Literatur heimisch zu sein. Er hatte das Vermögen, Urbilder dessen zu entdecken, was die Menschen in der herkömmlichen und wissenschaftlichen Literatur niederschrieben. Einmal kam er aus Deutschland zurück und hatte ein Buch entdeckt: „Die sieben Aufgaben des Managements". Und er setzte sich zur Aufgabe, dieses Buch neu zu gliedern, zu einer planetarischen Ganzheit zu ordnen, weil er erkannte, welche Idee eigentlich hinter dem steckte, was der Verfasser meinte.

Er hat sich auch mit Taylor beschäftigt, dem Ingenieur, der sich um die Jahrhundertwende vom 19. zum 20. Jahrhundert als erster mit der Frage der Organisation beschäftigte. Bei Taylor ging es um ein viergliedriges Theoriegebäude: Mechanisierung, Standardisierung, Spezialisierung, Koordinierung. Lievegoed sah darin den viergliedrigen Menschen. In der Mechanisierung sah er die Mechanik des physischen Leibes, in der Standardisierung den Ätherleib, also die Wiederholung des immer Gleichen, in der Spezialisierung den Astralleib, der Organe schafft und für verschiedene Aufgaben differenziert, und die Koordinierung war für ihn das Ich, also diejenige Kraft, die alles wieder in einer Ganzheit zusammenfaßt.

Lievegoed hatte diesen offenen Blick nach außen, der nicht abweist, was aus anderen Quellen kam. Er sah den Zeitgeist überall wehen.

Gespräche visualisieren

R.H.: Welche Aufgaben hattest Du beim NPI?

L. Bos: Aufgrund meines musikalischen Ansatzes habe ich sehr früh mit einer Methode begonnen, die ich immer die Partitur eines Gesprächs genannt habe. Das war der methodische Ansatz für Gesprächsauswertungen. Als Lievegoed aus den USA zurückkam, erzählte er, wie er dort Group dynamics und Sensitivity training kennengelernt hatte und daß diese Erfahrungen auch für uns wichtig seien. Nur mußten wir die einseitige Fokussierung auf die Gefühle zwischen den Menschen mit einem Willens- und einem Gedankenelement ergänzen, damit der ganze Mensch angesprochen wird. Dazu programmierten wir eine Planungssitzung, in der man vorab klärt, worüber man sprechen will, und am Ende eine Auswertung, mit der man zurückblickt und aus den eigenen Erfahrungen lernt.

Schon sehr bald organisierten wir unsere Seminare entsprechend: abends eine Planung für das Gespräch am kommenden Tag, dann das eigentliche Gespräch, das wir auf Tonband aufnahmen, und nachmittags eine Rückschau als Auswertung. Diese Auswertung habe ich auf einer Zeitachse – z.B. von 9 bis 10.30 Uhr – visualisiert. Inspiriert hat mich dazu ein Musiklehrer, der mit Lehrlingen aus Handwerksberufen mehrmals „Finlandia" von Sibelius angehört hatte. Besonders die ersten fünf Minuten hörte er immer wieder mit ihnen an, bis sie immer detaillierter zuhörten, neue Instrumente und Melodien kennnenlernten, bis eine richtige Partitur der ersten 50 Takte entstand. Dadurch kam mir die Idee, daß man ein Gespräch genauso als Partitur darstellen könne.

Vorgegeben war die Zeitachse, andererseits die Gesprächsteilnehmer, die ich eintrug. Dann machte ich den Verlauf des Gesprächs in einzelnen Stücken sichtbar und sah dabei z.B., daß zwei Menschen miteinander redeten und dem anderen nicht zuhörten, daß durch einen Dritten eine neue Thematik hineinkam, daß ein Vierter zu seinem eigentlichen Thema zurückkehrte usw. Auf diese Weise kann man ein Gespräch fast als hörbare Dynamik nachvollziehen. Das habe ich jahrelang gemacht.

Weiterhin habe ich mich um die interne Organisation gekümmert, da mir auffiel, daß alles ziemlich chaotisch verlief. Wir waren zehn Mitarbeiter und hatten weitgehend keine Planung und keine Übersicht. Deshalb mußten wir damit beginnen, Formen zu schaffen und uns zu organisieren. Ich schrieb auch viele Manuskripte für Kursteilnehmer, und vor allem war es mir wichtig, immer mit vollem Einsatz für den anthroposophischen Hintergrund zu arbeiten. Dann unterstützte ich stark die Internationalisierung und arbeitete an einer Organisationstypologie. Organisationen können zu ganz verschiedenen Kategorien gehören: zu professionellen, dienstleistenden und produzierenden.

Meist weiß man nicht, ob man etwas erreicht

R.H.: Welche Fähigkeiten mußtest Du bei Dir für die Arbeit am NPI entwickeln?

L. Bos: Neben den sozialen Kontakten, die durch meine Arbeit zu kurz kamen, mußte ich den Verzicht auf das Ergebnis leisten. Man arbeitete z.B. eine Woche intensiv zusammen und ging wieder auseinander. Aber hatte man ein Ergebnis erreicht? Meist wußten wir es nicht. Immer wieder erlebte ich es, daß Jahre später jemand auf mich zukam und mir erzählte, was ich damals bei einem Seminar alles bei ihm selbst oder anderen angelegt hatte. Insofern geht es bei den Seminaren um einen Ehrgeiz, der im selben Moment nicht befriedigt werden kann. Man schuftet in einer Organisation, löst interne Probleme, legt neue Formen an – aber man weiß nicht, ob man etwas erreicht hat. Das Leben geht weiter. Und dann sieht man nach Jahren, ob man etwas verändert hat oder ob die gleichen alten Fehler weiter betrieben werden. Im Kamaloka kann man sich alles noch einmal anschauen. Das Ziel ist, daß der Auftraggeber das Gefühl bekommt: Ich habe es selbst getan. Es ist immer ein Ideal, wenn es gelingt, dem Auftraggeber Fragen so zu stellen, daß er durch sie kreativ wird. Allerdings bekommt er dann eine Rechnung und denkt manchmal: Wieso, ich habe doch alles selbst getan!

R.H.: Das empfinde ich in den psychotherapeutischen Sitzungen genauso.

L. Bos: Außerdem versuchte ich immer, jeglichen Missionsdrang zu überwinden. Denn ich war von der Anthroposophie begeistert, und aus dieser Begeisterung heraus wird man zu sehr verführt, z.B. in Seminaren die Anthroposophie als solche herauszustellen. Meistens wurde das auch unmittelbar bestraft, denn die Leute kamen nicht wegen der Anthroposophie. Und ich mußte nicht nur den inneren Missionar zum

Schweigen bringen, sondern die Anthroposophie auch so verarbeiten, daß man mit ihrem Hintergrund trotzdem in normaler Sprache zu den Menschen redete. In dieser Hinsicht lernten wir sehr viel von Lievegoed. Er hatte die Fähigkeit, allerhöchste esoterische Hintergründe innerlich präsent zu haben, sie aber gleichzeitig in einer Sprache auszusprechen, die jedem verständlich war.

Es war auch ein innerer Lernprozeß, mich nicht durch Vorstandsvorsitzende oder Direktoren großer Firmen beeindrucken zu lassen. Man kommt vielleicht in die Vorstandsetage mit schweren Teppichen, geht durch Vorzimmer, vorbei an Sekretärinnen – und das alles hat einen bestimmten Status. Ich mußte mich dazu erziehen, mich ganz bewußt nicht durch diesen Status beeindrucken zu lassen, z.B. indem ich mir klarmachte, daß ich andere Fähigkeiten besitze. Trotzdem habe ich mich oft wie ein kleiner Junge gefühlt, und das ist eigentlich bis heute so geblieben.

Eine weitere Herausforderung war es, in der Industrie, der Technik und auch im Konsum das Positive zu erkennen. Immer wieder tauchten negative Gedanken auf, daß das Kommerzielle einzig dem Gewinnstreben diene oder die Menschen durch die Technik erdrückt würden. Man denkt dann an eine schöne Welt, an schöne Landschaften und Kulturen usw. Aber wir müssen es lernen, mit der Technik umzugehen. Sie hat zwar ihre Gefahren, gleichzeitig aber auch einen Sinn in der heutigen Zeit.

Und letztlich mußte ich immer wieder das bildhafte Denken üben, da ich eine Neigung zur Abstraktion besitze. Allerdings scheint mir dies im Laufe meines Lebens recht gut gelungen zu sein, da mir immer wieder bestätigt wird, daß meine Vorträge und Bücher sehr plastisch und bildhaft seien.

Lievegoed fürchtete unsere Doppelgänger

R.H.: Gab es Konflikte im NPI?

L. Bos: Meist dachte man, daß man im NPI alles über soziale Fähigkeiten und Formen der Zusammenarbeit wüßte, so daß dort das Paradies herrsche. Aber so war es natürlich nicht. Ich will damit nicht sagen, daß das NPI eine Hölle war, aber wir mußten uns gegenseitig viel abringen. Wir hatten die Neigung, die internen Probleme durch Auswertung, Spiegelung und auch ein bißchen durch die Art des Sensitivity training zu bearbeiten. Lievegoed hatte davor aber große Angst, denn er fürchtete die Begegnung unserer Doppelgänger.

R.H.: Und wie hat er das verhindert?

L. Bos: Als wir einmal einen internen Konflikt in dieser Art durch gegenseitiges Auswerten zu lösen versuchten, rief er uns zusammen und hielt einmal einen begeisternden michaelischen Vortrag, die Sonne schien wieder, und man sah die Doppelgänger sozusagen durch die Hintertür verschwinden. Gemeinsame Aufgaben! Zukunft! Begeisterung für Geistiges! Das Seelische soll man für sich klären, sonst fressen sich die Dämonen satt! Das war Lievegoeds Methode.

Eigentlich hatte ich zu Bernard Lievegoed keine echte Beziehung und war in seiner Gegenwart immer ein wenig unsicher. Er konnte sehr gesellig und menschlich nahe sein, genauso aber sehr scharf und kritisch. Es bestand kein wirklich freies Verhältnis zwischen ihm und mir. Ich litt auch unter seinem Führungsstil. Er führte, indem er die Menschen begeisterte und die Kunden miteinander in Beziehung brachte. In der internen Organisation war seine Führung aber miserabel.

Wir hatten z.B. eine interne Leitungsgruppe, zu der auch ich gehörte. Dort mußten Entscheidungen getroffen werden, und zwar immer am Montagmorgen. Die Aufgaben waren viele, die Zeit war meist beschränkt. Dann kam Lievegoed herein und erzählte, welche tollen Sachen er am Wochenende gelesen hatte und daß das genau dasjenige sei, was wir alle bräuchten. Und dann begann er begeistert zu erzählen, was er alles entdeckt und geforscht hatte. Einerseits war das zwar begeisternd, aber gleichzeitig hatten wir die Verpflichtung, unseren Kunden mitzuteilen, unter welchen Bedingungen wir ihre Projekte annehmen würden. An diesem Beispiel kann man sowohl die Stärken als auch die Schwächen Lievegoeds erkennen.

Konflikte und kreative Lösungen

Natürlich gab es verschiedene Konflikte beim NPI. Meist entstanden die Konflikte dort, wo es um Geld ging. Eine meiner Initiativen, die zum Ziel hatten, NPI-Qualitäten auch den Menschen zugänglich zu machen, die weniger zahlen konnten, gelang nicht. Ein weiterer großer Konfliktpunkt waren die Ansprüche der Mitarbeiter. Als wir begannen, bedarfsorientierte Gehälter zu besprechen, wurde es schwierig. Wo geht Bedürfnis in Begierde über? Ich war damals in der Gehaltskommission und spürte, wie die Gehaltsansprüche immer höher stiegen, als es dem Institut finanziell besser ging. Mit einem Mal gab es größere Autos und bessere Anzüge – und dagegen habe ich mich innerlich immer gewehrt.

Meine Arbeit in Brasilien wurde auch sehr kritisch gesehen, und es entstand die Frage, ob das eigentlich Organisationsentwicklung oder Volkshochschule sei. Es gab auch unterschiedliche Meinungen darüber, wie explizit wir uns zur Anthroposophie bekennen sollten, auch wenn wir uns darüber einig waren, uns nicht plakativ als Anthroposophen zu präsentieren. Dennoch gab es Unterschiede in den Meinungen der Mitarbeiter, bis hin zu der Frage der Mitgliedschaft in der Anthroposophischen Gesellschaft und hinsichtlich der Frage, ob die Verantwortungsträger Klassenmitglieder sein sollten. Zwar wurde nie bezweifelt, daß die Anthroposophie unsere Quelle ist, aber wie wir sie handhaben sollten, blieb umstritten.

Und schließlich gab es immer wieder verschiedene Meinungen, wenn es darum ging, jemanden am Institut als Mitarbeiter einzustellen. Nach einem Jahr Probezeit sollte jeder Senior drei Fragen beantworten. Die erste lautete: Kann ich diesen Menschen als Werkgenossen sehen? Wie ist jemand handwerklich als Berater und als Seminarleiter zu beurteilen? Zweitens: Kann ich ihn als Schicksalsgenossen sehen?

Raum im NPI

Dabei ging es vor allem um die Einkommensgemeinschaft; denn was wir gemeinsam erwirtschafteten, wurde unter uns aufgeteilt. Es ging um soziales Verhalten bis hin zu den Gehaltsansprüchen. Drittens: Kann ich diesen Menschen als Initiativgenossen sehen? Damit war gemeint, ob ich mit ihm zusammen aus der gemeinsamen Quelle der Anthroposophie schöpfen könnte.

Es war also ein Lernfeld, mit all den unterschiedlichen Persönlichkeiten umzugehen. Es war eine Übung in Positivität und Toleranz. Eine solche Aufgabe stellt sich jedem Betrieb, in dem Menschen gleichberechtigt zusammenarbeiten. Ich ärgere mich über den Doppelgänger des anderen, wenn dieser z.B. immer wieder zu spät kommt, man darüber spricht, der andere es aber nicht ändern kann. Er versucht es, aber er schafft es nicht. Das auszuhalten und kreative Lösungen zu finden, muß man lernen.

Zu Beginn der 80er Jahre hatte ich einen Tiefpunkt, weil u.a. die Dynamische Urteilsbildung nicht vom NPI angenommen und auch mein Engagement in Brasilien nicht mitgetragen wurde.

Gleichzeitig wurde im Institut eine härtere Linie gefahren: Die Gehälter gingen nach oben, und ich empfand, daß die anthroposophische Arbeit dünner wurde. In dieser Zeit wurde ich schwer krank, bekam Rückenschmerzen und wachte eines Morgens nicht mehr auf. Das war für mich ein Zeichen: Ich will nicht mehr aufwachen! Ich war durch diese vielen Initiativen ausgebrannt. Ich mußte ein halbes Jahr aus dem Institut ausscheiden, begann danach aber wieder langsam anzufangen.

Ich gehörte nicht mehr dazu

R.H.: Wie verlief Dein endgültiger Abschied vom NPI?

L. Bos: In den 80er Jahren wurde die Gründergruppe allmählich pensionsreif. Ursprünglich waren wir der Meinung, daß Rente ein bürgerlicher Eingriff in das Leben sei. Auch wenn wir Vorsorge für das Alter getroffen hatten, so war unsere Grundstimmung doch, daß jeder so lange arbeiten sollte, wie er konnte. In Wirklichkeit ist das Rentenalter – eigentlich das 63. Lebensjahr – eine biographische Zäsur, vor allem unter planetarischen Gesichtspunkten. Die karmischen Erfordernisse sind erledigt, und es beginnt ein neuer freier Raum; dabei sollte man nicht an Altem hängenbleiben. Viele von uns führten es dann auch so durch und übernahmen andere Aufgaben. Ich war vor allem mit der Dynamischen Urteilsbildung und mit Brasilien beschäftigt.

Einmal im Jahr gab es ein Weihnachtstreffen zusammen mit den neuen Kollegen. Aber diese Treffen waren ziemlich desillusionierend. Es kamen keine Fragen auf, und das Institut geriet in eine Identitätskrise. Innerhalb von ein paar Jahren verschwanden viele Jahrzehnte Erfahrung – allein bei mir waren es 33 Jahre! Die zurückbleibende Gruppe mußte sich neu finden und sich fragen, ob sie an das Alte anknüpfen oder das Institut methodisch und inhaltlich ganz neu gestalten wollte. Insofern war es verständlich, daß sie die alten Hasen draußenlassen wollten.

Ich erinnere mich noch genau an einen bestimmten Moment nach meiner Pensionierung. Ich hatte mein Büro bereits leergeräumt, als ich am Lehrerseminar über die sieben Bedingungen der Geheimschulung referieren sollte. In dieser Woche kam das NPI zu einer internen Arbeitswoche zusammen, brauchte einen großen Saal für Ballübungen und mietete dafür in diesem Lehrerseminar einen Raum. In der Pause kam ich die Treppe herunter und sah meine ehemaligen Kollegen an einem großen runden Tisch sitzen. Ich hatte spontan das Bedürfnis, mich dazuzusetzen. Aber dann dachte ich: Nein, das ist nicht mehr deine Gruppe. Ich spürte ganz deutlich, daß ich nicht mehr dazugehörte und daß ich meine eigenen Zusammenhänge bilden mußte. Einerseits entstand Wehmut, andererseits auch Erleichterung, da ich nun nicht mehr für die Organisation, den Nachwuchs, die Zukunftsplanung und die Finanzen zuständig war, sondern nur noch mein eigenes Leben planen mußte. Das war auch wie eine Befreiung.

Wir entwickelten das Prozeßbewußtsein

R.H.: Was würdest Du dem NPI für seine weitere Entwicklung wünschen?

L. Bos: Das NPI hat einen großen Beitrag zur Sozialwissenschaft geleistet, sowohl in der Theorie als auch in der Praxis. Viele Menschen wissen nicht, daß wir uns in den

60er und 70er Jahren mit Dingen beschäftigt haben, die dann erst in den 80er und 90er Jahren in der wissenschaftlichen Literatur auftauchten. Es war z.B. in der herkömmlichen Welt völlig neu, den Entwicklungsgedanken auf Organisationen und Gruppen anzuwenden. Aber wir haben es schon früher praktiziert. Auch den Begriff „Soziale Ökologie“ gab es nicht, aber wir haben ihn geprägt und verwendet. Auch der Begriff „Lernende Organisation“ ist heute selbstverständlich, aber wir haben schon früher darüber gesprochen; ähnlich verhält es sich mit Prozeßmanagement. In Prozessen zu denken, auch da waren wir – in aller Bescheidenheit – Pioniere. Auch der Gedanken der horizontalen statt der vertikalen Organisation stammt von uns. Alles das erscheint in der heutigen herkömmlichen Literatur, häufig ohne Quellenangabe, aber es kommt vom NPI.

Auch in der anthroposophischen Szene haben wir einen Stein in den Teich geworfen. Es gab kein Prozeßbewußtsein, alles Soziale war im Grunde verpönt. Es könnte doch peinlich sein, wenn man sich zu nahe kommt. Man wollte nur über die Sachen reden, sich aber nicht persönlich aufeinander einlassen.

Für die Zukunft wünsche ich dem NPI, daß dieses Institut für den Zeitgeist offen bleibt und weiter die Quelle versorgt, aus der die Arbeit entsprungen ist. Es sollte sich nicht scheuen, den sozialen Impuls auch in ganz neue Gebiete zu tragen. Am Herzen liegt mir auch, daß das NPI bereit ist, bei weniger finanzkräftigen Kunden einzusteigen. Und außerdem hoffe ich, daß die weltweiten Beziehungen weiterhin lebendig bleiben.

Wenn ein Thema zu sprudeln beginnt

D.L.: Du hast viele Bücher verfaßt. Wie ist Deine persönliche Arbeitsweise beim Schreiben?

L. Bos: Es gibt immer ein erstes Mal, bei dem ein Thema in der Seele auftaucht. Und dann merkt man, daß es zu sprudeln beginnt. Dann eröffne ich ein Tagebuch, in das ich alles über dieses Thema hineinschreibe. Wenn ich einen Vortrag von Steiner lese, in dem mein Thema angeschlagen wird, dann schreibe ich das ebenfalls hinein; ebenso, wenn ich etwas in der Tageszeitung dazu lese oder in einer Gruppenarbeit erfahre. Während dieser Reifungszeit habe ich alle meine öffentlichen Vorträge und Workshops um dieses Thema kreisen lassen, und das Feedback der Teilnehmer war für mich richtige Nahrung. Jedes passende Detail schreibe ich auf. Auf diese Weise entsteht allmählich ein Heft mit Hunderten von Notizen, und wenn ich das Gefühl habe, daß ein Thema reif genug ist – und das ist ein sehr subtiler Vorgang –, dann beginne ich mit dem Schreiben. Wenn man zu früh anfängt, wird es zu intellektuell, wenn man zu spät beginnt, geht meist die Motivation verloren. Hier muß man den richtigen Moment abtasten. Findet man diesen Augenblick, dann wächst das Thema beim Schreiben weiter.

Ich setze mich dann hin und lese alle Notizen noch einmal durch, so daß beim Lesen in mir eine Struktur eines möglichen Buches entsteht. Einige Eintragungen haben ganz intime seelische Aspekte, andere organisatorische Komponenten, wieder andere sozialpolitische Aspekte. Ich numeriere die Eintragungen und ordne sie diesen Kategorien zu. Dann beginnt die innere Arbeit, und ich stelle mir Fragen: Kann ich die einzelnen Aspekte zusammendenken? Erscheint irgendwo ein Zusammenhang?

Irgendwann muß man mit dem Schreiben anfangen, denn man kann nicht immer nur nachdenken. Der Prozeß des Schreibens führt dann schon bald dazu, daß man z.B. eine Reihenfolge der Themen erkennt. Irgendwie finde ich immer meinen Weg beim Schreiben; es ist wie ein Weg durch eine Landschaft des jeweiligen Themas. Der Weg führt einen.

Meist ist das, was ich bei einem derartigen Prozeß schreibe, ziemlich druckreif. Es entsteht mit dem Bleistift auf dem Papier, ohne PC. Ich habe die Erfahrung gemacht, daß beim Schreiben mit dem PC immer wieder etwas gebastelt wird; man schreibt etwas hin und kann es immer nochmal umstrukturieren oder ergänzen. Und dieses Basteln spürt man dann auch an dem Text.

Man ist in einer Ganzheit anwesend

D.L.: Wie war es Dir möglich, bei Deinen vielen Tätigkeiten – Lehren, Beraten, Schreiben, Initiativen begleiten –, so leistungsfähig zu sein und so viele Schauplätze gleichzeitig zu bedienen?

L. Bos: Aus der Anthroposophie heraus findet man Gesichtspunkte, durch die alle Aufgaben zusammenhängen, ob das nun eine Bankgründung ist oder das Schreiben eines Buches. Äußerlich gesehen ist es etwas völlig anderes, aber innerlich gibt es meist eine große Verwandtschaft. Das verhindert, daß man sich verliert. Man ist ständig in einer Ganzheit anwesend.

Schicksalsgefährten

D.L.: Du hast uns Gesprächspartner genannt: Martin van den Broek, Peter Blom, Adriaan Bekman und Jos Schoenmaker, mit denen wir über Dich und Deine Arbeit gesprochen haben. Warum hast Du sie ausgewählt?

L. Bos: Alle vier sind Schicksalsgefährten von mir. Peter Blom war von Anfang an mit Triodos verbunden, und ich habe seine gesamte Entwicklung erlebt; wie er gereift und älter geworden ist. Er hat immer mehr Fähigkeiten und Übersicht gewonnen. Peter ist ein Mensch, mit dem ich sehr vertraut bin und der mich sehr beeindruckt hat. Immer wenn ich bei Triodos bin, schaue ich bei ihm herein, und wir sprechen miteinander. Bei ihm ist die Triodos-Initiative in guten Händen. Er ist Klassenmitglied und tief anthroposophisch verankert.

Bei Martin van den Broek ist es ähnlich. Er kam zu mir, um eine Initiative für die Dynamische Urteilsbildung auf den Weg zu bringen. Seitdem ist Martin mit Herz und

Seele bei der Sache. Er ist Schatzmeister der Stiftung, seine Frau führt das Sekretariat. Er ist eine Seele, die mir zugetan ist, und die Rolle, die ich in seiner Biographie spiele, ist erheblich.

Adriaan Bekman ist durch mich in das NPI eingeführt worden. Ich habe seine Originalität, seine Direktheit und seine Kreativität immer sehr bewundert, und ich empfinde auch, daß er meine Schicksalsaufgabe in Brasilien aufgreift. Dort arbeitet er mit Jos Schoenmaker zusammen, und ohne Jos hätte die Arbeit in Brasilien nie so aufblühen können. Er ist unternehmerisch begabt und hat einen tief christlichen sozialen Einsatz. Er ist eine urvertraute Seele.

Alle vier sind meine Schicksalsgenossen und verwandte Seelen. Sie tragen etwas von mir weiter.

R.H.: Was möchtest Du noch im Rückblick auf Dein langes Leben mitteilen?

L. Bos: Eigentlich nichts. Ich habe mein ganzes Leben so unendlich viel mitgeteilt, Hunderte von Vorträgen gehalten und viele Bücher geschrieben. Jetzt herrscht der Wunsch vor, bescheiden zu sein. Alles, worüber ich gesprochen habe, ist unendlich viel größer, tiefer und farbiger, als ich es sagen konnte. Ich habe über Sachen gesprochen und geschrieben, die eigentlich weit über meinen Kopf hinausgehen. Deshalb paßt es, auf eine solche Frage ein wenig zu schweigen. Außerdem bin ich in einer Lebenslage, in der ich weniger gefragt werde, weniger in die Welt hinausgehe, denn durch die Arbeit als Hausmann vollzieht sich eine Verinnerlichung.

Im Irrgarten

D.L.: Möchtest Du etwas zur Entwicklung der Anthroposophie und der Anthroposophischen Gesellschaft sagen?

L. Bos: Zu der in den letzten Jahren immer dichter diskutierten Konstitutionsfrage der Anthroposophischen Gesellschaft habe ich überhaupt keine Beziehung. Außer einem gewissen Gefühl von Treue habe ich versucht, mich in das Für und Wider hineinzuknien, aber dabei komme ich immer wieder in einen Irrgarten. Ich verstehe das Ganze nicht. Auf einmal ist da eine Gesellschaft, die nicht besteht, aber man ist doch Mitglied. Dann wird die gesamte Mitgliedschaft auf eine andere Gesellschaft übertragen, aber die besteht auch wieder nicht. Dabei fühle ich mich einfach verloren und weiß gar nicht, womit ich mich beschäftige. – Eigentlich sehe ich nur Menschen, die mehr oder weniger mit der Anthroposophie beschäftigt sind, und hier in Holland gibt es eine Anthroposophische Gesellschaft, die blüht und sich entwickelt. Und ich persönlich habe das Anliegen, an die Weihnachtstagung anzuknüpfen, denn damit hat Rudolf Steiner uns Geschenke gegeben wie z.B. den Grundsteinspruch und eine urbildliche Satzung. Das sollte uns für die Zukunft eine Orientierung geben.

Eine viergliedrige Übung

Für die Zukunft brauchen wir eine Methode des anthroposophischen Studiums, durch die soziale Substanz entsteht und die Herzen zu denken beginnen. Immer wieder habe ich in anthroposophischen Zusammenhängen erfahren müssen, daß man über geisteswissenschaftliche Inhalte diskutierte, sie damit intellektualisierte und daß zwischen den Menschen keine soziale Substanz entsteht. Aus dieser Erfahrung heraus habe ich eine Methodik entwickelt, die ich in einigen Ländern angewandt habe, wenn auch nicht in Holland.

Als Übungsmaterial nahm ich dazu einen kleinen Aufsatz von Rudolf Steiner aus seinem Buch „Die Schwelle der geistigen Welt" (GA 17). Zuerst las jeder den gesamten Aufsatz als Ganzes. Dann erzählten sich die Teilnehmerinnen und Teilnehmer in kleinen Gruppen die Essenz des Aufsatzes gegenseitig und stellten gleichzeitig dar, was für sie besonders wichtig war. In einem weiteren Schritt gingen wir Absatz für Absatz durch. Einer las in einer kleinen Gruppe, die anderen hörten zu. Dann wurde ein anderer aus der Gruppe gebeten, so genau wie möglich wiederzugeben, was er soeben gehört hatte, und die anderen mußten wiedergeben, was er referiert hatte und was davon nicht im Text stand bzw. was im Text stand, er aber nicht wiedergegeben hatte. Das sollte keine Kritik an der Auffassungsgabe der einzelnen Teilnehmer sein, sondern eine Übung, um sich bewußtzumachen, was ein Text wirklich enthält.

In einem weiteren Schritt wird der Aufsatz dann noch einmal gelesen, und gewöhnlich bemerken die Teilnehmer dann, um wieviel intensiver sie jetzt zuhören können. Dann wiederholt man diese Übungen drei- oder viermal, bis man den Text einigermaßen präsent hat.

In einer zweiten Stufe verfolgt man den Gedankengang Rudolf Steiners, welche Begriffe er verwendet, welche Polaritäten auftreten, welcher Gedanke sich in einen anderen metamorphosiert, ob er bestimmte Bilder gebraucht. Indem man diesen Gedankenweg beschreibt, kommt man in das Prozessuale des Textes, in die Denkbewegung hinein.

In einer dritten Stufe fragt man nach den Seelenqualitäten des Textes. Werde ich durch den Text in eine Spannung versetzt? Gerate ich in Zweifel? Gibt mir der Text ein Gefühl von Leichte? Lösen die Bilder seelisch etwas in mir aus? Wie wird der Astralleib von diesem Text berührt?

In einer vierten Stufe fragt man sich dann, was das Wesentliche des Textes ist, welches seine Botschaft ist.

Durch diese vier Übungen steigt man entlang der vier Wesensglieder immer tiefer in den Text hinein: Erst geht es um das rein Äußerliche des Textes, dann um das Prozessuale der Denkbewegung, dann um das Seelisch-Qualitative und schließlich um das Wesentliche. – Auf allen Stufen gibt es aber eine Spielregel: Es ist ausdrücklich verboten, etwas anderes zu referieren als das, was man im Text vor sich hat. Wer etwas aus anderen Texten heranzieht, verhält sich antisozial, da er zu etwas greift, was die anderen nicht vor sich haben. Durch diese Spielregel wird eine wirkliche Tiefe erreicht, und man liest ganz genau, was Rudolf Steiner wirklich aussagen will. Diese Übung sollte man allerdings nicht mit Vorträgen machen, sondern nur mit seinen geschriebenen Texten.

Man erarbeitet sich dabei nicht nur die Tiefe des Textes, sondern es geschieht auch sehr viel zwischen den Menschen. In Sao Paulo habe ich diese Übung einmal mit einem der Leitsätze Rudolf Steiners durchgeführt. Unter den Teilnehmern waren auch einige „alte Hasen", die aus Höflichkeit diese Übung mitmachten, obwohl sie den Text schon ganz genau kannten. Aber sie waren so ehrlich, mir hinterher zu gestehen, wie erstaunt sie über die neue Tiefe des Textverständnisses waren. Ferner über die neue Qualität, die zwischen den Menschen entstand.

Eine solche Übung gehört für mich zur Aufgabe der Anthroposophischen Gesellschaft, zur Pflege des seelischen Lebens auf Grundlage einer wahren Geisterkenntnis. Ich hoffe, daß immer mehr Menschen in der Anthroposophischen Gesellschaft ein solches methodisches Bewußtsein ergreifen oder auch nach anderen Methoden suchen.

Ein zweiter Wunsch von mir ist, daß die Anthroposophie im Arbeitsleben Fuß faßt, daß sie in Verbindung mit der unmittelbaren Lebenspraxis kommt. Die Kluft zwischen beiden ist noch zu groß. Auf der einen Seite ist der Zweig, auf der anderen der Arbeitsplatz.

Versäumnisse

D.L.: Gibt es etwas in Deinem Leben, das Du bereust?

L. Bos: Bereuen ist eigentlich unfruchtbar, denn man kann nichts ungeschehen machen. Vielleicht sollte man von Versäumnissen sprechen, und hier fällt mir als erstes der Schulungsweg ein, den ich sicherlich noch viel ernsthafter und konsequenter hätte verfolgen können. Ein weiteres Versäumnis sehe ich darin, daß meine Initiativkraft in vielen Situationen, in denen das Soziale unbefriedigend gestaltet war, nicht zum Tragen gekommen ist. Immer wieder gab es bei verschiedenen Projekten, in Vorstandssitzungen oder im NPI Situationen, in denen ich etwas Positives hätte beitragen können, in denen ich mich aber zurückgezogen habe. In der Rückschau er-

Lex und Johanna Bos bei ihrem Abschiedsfest im NPI 1990

lebe ich daran eine Unterlassungssünde. Das gleiche gilt auch für mein konfliktvermeidendes Verhalten. Es gab bestimmte Menschen, die ich eher gemieden habe und nicht mutig genug auf sie zugegangen bin. Außerdem bereue ich, daß ich beim Erlernen der portugiesischen Sprache nicht durchgehalten habe.

D.L.: Gibt es menschliche Begegnungen, von denen Du das Gefühl hattest, Entscheidendes schuldig geblieben zu sein?

L. Bos: Eigentlich in fast allen Begegnungen – mit meiner Frau, mit meinen Kindern, mit Kollegen und in den Initiativen. Meist war ich zu verschlossen und habe mein wirkliches Innenleben nicht gezeigt.

Sternstunden im Geistigen

D.L.: Konntest Du anderen Menschen etwas Besonderes mitgeben? Gab es Sternstunden der Begegnung?

L. Bos: Hin und wieder erfahre ich von Menschen, daß ich für sie ein Vorbild bin. Daß man eine solche Bedeutung für manche Menschen haben kann, ist mir meist nicht bewußt. Aber manchmal wird man darauf angesprochen, indem z.B. jemand sagt: Dieses Seminar, dieser Vortrag, dieser Satz war ein Wendepunkt in meinem Leben. Das sind allerdings keine Sternstunden der Begegnung, denn man erfährt davon meist sehr viel später.

Es ist typisch für mich, daß ich Sternstunden im Geistigen erlebe. Das geschieht z.B. im Gespräch, wenn jemand plötzlich etwas ausspricht, was über einer ganzen Gruppe schwebt. Solche Momente gab es immer wieder im NPI. Das sind für mich Sternstunden. Ähnliches erlebe ich auch beim Schreiben, wenn etwas wie ein Lichtstrahl herunterkommt.

Dankbarkeit

D.L.: Gibt es in Deinem Leben Dinge, auf die Du stolz bist?

L. Bos: 55 Jahre Ehe, das geht schon in diese Richtung. Dann die Beteiligung an der Gründung des NPI, der Triodos Bank oder die 25jährige Arbeit in Brasilien – so etwas erfüllt einen schon mit freudigem Stolz. Aber dieser Stolz ist immer mit Dankbarkeit verbunden. Ich bin dankbar dafür, daß es mir möglich war, eine Inkarnation zu leben, in der ich die Chancen zu diesen Initiativen bekommen habe, indem ich den richtigen Menschen begegnet bin und die richtigen Intuitionen hatte. Mein Grundgefühl dafür ist Dankbarkeit.

R.H.: Wie bereitest Du Dich auf Deinen Tod vor?

L. Bos: Auch hier habe ich ein leises Schuldgefühl, denn ich habe mich zu wenig mit den Verstorbenen beschäftigt, obwohl ich das immer wieder versuche. Es gibt eine

Reihe von Menschen, an die ich vor dem Schlafengehen denken will, für die ich einen Spruch sprechen möchte. Ich führe das immer eine Zeitlang durch, aber dann versikkert es wieder, und ich schäme mich dafür. Es gibt Menschen, die seit einiger Zeit verstorben sind, aber wenn ich ehrlich bin, dann denke ich hin und wieder mit einer gewissen Scham daran, wie selten ich wirklich an sie gedacht habe. Gerade wenn man als Anthroposoph um die Bedeutung weiß, die Verstorbene für uns haben, dann ist das ein echtes Defizit. Wirklich mit den Verstorbenen zu leben ist sehr schwierig.

R.H.: Wenn Du drei Wünsche für Deine nächste Inkarnation frei hättest, was würdest Du Dir beruflich, für Deinen inneren Schulungsweg, für Deine menschlichen Beziehungen wünschen?

L. Bos: Ich würde mir einen inneren Weg mit ganz wenig Substanz, aber sehr viel Tiefe wünschen. Rudolf Steiner hat einmal ausgesprochen, daß man sich eigentlich das ganze Leben nur mit dem Vaterunser zu beschäftigen brauche; das reiche aus. – Für die menschlichen Beziehungen würde ich mir größere gegenseitige Abhängigkeiten wünschen, in denen man wirklich miteinander ins Gespräch kommen muß. In diesem Leben habe ich noch zu sehr aus der Vereinzelung gelebt. Das NPI war eine Arbeitsgemeinschaft, aber es besaß keine tiefe gegenseitige Abhängigkeit. – Beruflich möchte ich mit der Erde arbeiten. In diesem Leben war ich weder Gärtner noch Handwerker. Ich spiele Cello, aber Handwerkliches liegt mir fern. Auch meine Sinneswahrnehmung ist dünn. Deshalb möchte ich im nächsten Leben die Natur, die Farben und die Töne viel voller und lebenskräftiger wahrnehmen.

D.L.: Welche Art von Empfindungen möchtest Du im Rückblick auf Dein Leben hervorheben?

L. Bos: Dankbarkeit für alles, was gelungen ist. Hoffnung im Hinblick auf die Siegeskraft des freien Geistes. Trauer, weil vieles besser, seelischer und bewußter hätte geschehen können und weil ich einigen Menschen manches schuldig geblieben bin.

Meine Bio-Bibliographie

von Lex Bos

In den Jahren zwischen 1953 und 1973, also noch vor meiner eigentlichen schriftstellerischen Tätigkeit, wurden um die 100 kleinere Artikel von mir veröffentlicht. Sie erschienen meist in niederländischer Sprache und sind als Fingerübungen für das Handwerk des Schreibens einzuordnen. Im Rückblick erwies es sich als biographisch interessant, daß die Themen, die später in meinen Büchern zur Reife kamen, mich im Keim schon zu dieser Zeit als Fragestellungen beschäftigten.

1964 erschien im „Merkblatt zur Gesundheitspflege" (Hrsg: Verein für ein erweitertes Heilwesen) ein Artikel von mir, der den Titel **„Meine Arbeit und ich"** trug.

Er handelte von Interesse, Anerkennung und Verantwortung. Damit wurde ein Thema sichtbar, das wie ein roter Faden durch meine gesamte schriftstellerische Tätigkeit der kommenden Jahre weiterverfolgt werden kann, nämlich die Suche nach sozialen Keimkräften in den verschiedenen Seelenbereichen.

1971 fand in Brno, in der damaligen Tschechoslowakei, eine Tagung zum Thema „Management Education" statt. Während dieser Tagung sollte Willem Berenschot, der Gründer des Rationalisierungs-Büros Berenschot geehrt werden. Ich wurde als ehemaliger Mitarbeiter des Büros Berenschot gebeten, die Gedenkrede zu halten, und wählte dafür ein Thema, das einerseits an die Hauptthematik der Tagung anschloß, andererseits unmittelbar auf die Tatsache einging, daß die Tagung hinter dem eisernen Vorhang in einem von Kommunisten regierten Gebiet stattfand.

Ich konnte also davon ausgehen, daß dort Menschen zugegen sein würden, die die Grundeinstellung haben, daß das Sein das Bewußtsein bestimmt, wie Marx es ausdrückte – Menschen, die die Gesetze des Wirtschaftslebens für bestimmend halten und alles andere für ideologischen Überbau. Aber der Titel meines Vortrages lautete: **„Management als Entwicklung eines neuen Bewußtseins".** Es gelang mir, in dem Vortrag aufzuzeigen, daß eine bessere wirtschaftliche Wirklichkeit nur aus einem sich wandelnden Bewußtsein heraus entstehen kann. Diesen Bewußtseinswandel und den durch ihn entstehenden Wandel der wirtschaftlichen Wirklichkeit beschrieb ich in drei Schritten. Der Vortrag wurde für die Tagungsteilnehmer ins Russische übersetzt. Die deutsche Version ist beim Autor erhältlich.

Ich bereitete mich durch intensives Studium des dialektischen Materialismus auf diesen Termin vor und entdeckte dabei, daß es eine Reihe gravierender Übereinstimmungen zwischen Anthroposophie und dialektischem Materialismus gibt. Nur war in der Anthroposophie der Ausgangspunkt eben ein spiritueller, im dialektischen Materialismus dagegen ein materialistischer.

In den Jahren nach den Turbulenzen der späten 60er Jahre entstand ein wachsendes Bedürfnis nach neuen sozialen Konzepten. Anfang der 70er Jahre waren Arnold Henny, Dieter Brüll und ich fast wöchentlich unterwegs, um öffentliche Vorträge über soziale Dreigliederung zu halten. Wir wurden oft nach Literatur und Material zu weiterem Studium zu diesem Thema gefragt – auch von den Studenten der 1971 gegründeten *Vrije Hogeschool*. Wir entschlossen uns deshalb, eine Reihe „Reader" mit Aufsätzen zu verschiedenen Aspekten der sozialen Dreigliederung herauszugeben. So erschienen nacheinander vier Reader, die in Holland bald als *BBH-Bücher* (Bos, Brüll, Henny) bekannt wurden.

1972 **„Gesellschaftsstrukturen in Bewegung"** (deutsche Übersetzung: 1976, Achberg-Verlag);
1974 **„Die dreigliedrige Gesellschaftsstruktur"** (keine deutsche Übersetzung);
1976 **„Leben mit Abhängigkeiten"** (keine deutsche Übersetzung);
1978 **„Mit Recht oder nicht"** (keine deutsche Übersetzung).

Im Jahre 1974 erschien meine Doktorarbeit in Holland unter dem Titel**: „Urteilsbildung in Gruppen – Polarität und Rhythmus als Schlüssel zur Entwicklung sozialer Organismen".** Inzwischen ist eine deutsche Fassung erhältlich.

Bei der Arbeit mit den Studenten der *Vrije Hogeschool* wurde klar, daß diese Studenten eine große Kluft zwischen sich und der Gesellschaft erlebten. Die Gesellschaft erschien ihnen als fremde Welt außerhalb ihrer selbst, auf die sie kaum Einfluß nehmen konnten. Ich faßte aufgrund dieser Beobachtungen den Entschluß, Vorlesungen mit Übungen zu verbinden, die in verschiedenen Lebensbereichen zeigen sollten, wie intim Mensch und Gesellschaft sich gegenseitig spiegeln und wo der Mensch sich unmittelbar aktiv an Veränderungsprozessen beteiligen kann.

Diese Vorlesungen führten zu einigen Artikeln in der Zeitschrift *Jonas* und wurden 1977 in dem Buch **„Soziale Spiegelbilder"** zusammengefaßt, das auch in deutscher Sprache erhältlich ist.

1980 hielt ich anläßlich der Pfingstfeier der anthroposophischen Gesellschaft einen Vortrag unter dem Titel: **„Die Templer, Impuls für eine moderne Sozialstruktur".** Der Vortrag erschien 1980 als Buch und 1982 in deutscher Übersetzung beim Verlag Urachhaus. – 1980 war das Gründungsjahr der Triodos Bank. Die Initiative zur Bankgründung kann man in gewisser Hinsicht als eine Art Templer-Impuls betrachten.

In der Zeitschrift der holländischen Anthroposophischen Gesellschaft erschien 1982 ein Artikel von mir unter dem Titel: **„Erdenerfahrung und Himmelsoffenbarung. Soziale Strömungen im Lichte der Weihnachtszeit".** Der Artikel wurde auch in die *Mitteilungen aus der anthroposophischen Arbeit in Deutschland* übernommen. Er befaßt sich mit der Thematik der Könige und Hirten. Im vierten Teil des Grundsteinspruchs, den Rudolf Steiner 1923/24 der neu gegründeten Anthroposophischen Gesellschaft gab, stehen diese beiden Menschheitsströmungen im Mittelpunkt.

Als 1980 die Triodos Bank gegründet wurde, tauchten in meinem Umfeld einige junge Unternehmer auf, die für ihre Initiativen um Kredite baten. Mir wurde klar, daß solche Initiativen in ihrer Existenz und Entwicklung gefährdet waren und der Unterstützung bedurften, ähnlich wie neugeborene Kinder. Die Gefahren, denen sie ausgesetzt waren, konnte man nach zwei Richtungen hin unterscheiden: Grundsätzlich besteht für junge Initiativen einerseits die Gefahr der Erdenflucht und andererseits diejenige der Erdensucht. Die Gefahr der Erdenflüchtigkeit besteht darin, daß sich der Unternehmer in seine Idee verliebt und die Realität aus den Augen verliert. Wenn andererseits der Opportunismus sich erdensüchtig durchsetzt, gerät die ursprüngliche Idee aus dem Blick – vor lauter Anpassung an die Realität.

Ich entdeckte zwölf Gegenkräfte und beschrieb sie als Drachen, von denen immer zwei im Sinne der Unterscheidung nach erdenflüchtig und erdensüchtig einander gegenüberstehen. Nachdem diese Beobachtungsergebnisse zuerst in der Zeitschrift *Jonas* als Artikelserie erschienen waren, kamen sie 1982 gebündelt als Buch unter dem Titel: **„Zwölf Drachen im Kampf mit sozialen Initiativen“** heraus. Das Buch wurde in mindestens zehn Sprachen übersetzt und wird besonders in Führungsgremien anthroposophischer Einrichtungen für die Selbstdiagnose und Selbstheilung genutzt.

Als acht Jahre nach dem Erscheinen meiner Doktorarbeit mein Modell der Dynamischen Urteilsbildung an verschiedenen Stellen seminaristisch, in der Beratung und bei Führungsaufgaben, angewendet wurde und sich in der Praxis bewährte, entstand die Notwendigkeit, einer Verflachung entgegenzuwirken. Es wurde wichtig, die geisteswissenschaftlichen Hintergründe, aus denen heraus die Arbeit befruchtet wurde, wieder neu ins Bewußtsein zu rücken.

Ich habe deshalb in den Jahren von 1982 bis 1984 jeden Monat einen Forschungsbericht an die Menschen verschickt, die mit der Dynamischen Urteilsbildung arbeiteten. In diesen **„24 Forschungsberichten“** wurde das Modell unter verschiedenen geisteswissenschaftlichen Hintergrundaspekten beleuchtet. Später bildeten diese Berichte die Grundsubstanz für die „Masterclasses“ zur Dynamischen Urteilsbildung, die ich zwischen 1997 und 2004 leitete. Die Berichte sind bei der *Stiftung Dialoog* auch in deutscher Sprache erhältlich.

1983 erschienen zwei Artikel von mir aus den deutschen *Mitteilungen*, die 1996 im Verlag am Goetheanum als Buch unter dem Titel: **„Christus-Wirken im Sozia-**

len“ erschienen waren. Ausgangspunkt dieser Artikel war die esoterische Betrachtung des Spruchs von Rudolf Steiner:

„Heilsam ist nur, wenn im Spiegel der Menschenseele sich bildet die ganze Gemeinschaft und in der Gemeinschaft lebet der Einzelseele Kraft.“

Dieser Spruch wird in vielen anthroposophischen Einrichtungen zu Beginn von Sitzungen gesprochen.

Der Verlag am Goetheanum veröffentlichte 1984 eine Reihe kleiner Schriften, in denen unter Titeln wie „Was ist Eurythmie?“, „Was ist biologisch-dynamische Landwirtschaft?“ usw. Informationen über die Anthroposophie und ihre verschiedenen Arbeitsgebiete enthalten waren. Ich trug zu dieser Reihe mit einem Büchlein unter dem Titel: **„Was ist Dreigliederung des sozialen Organismus?“** bei.

In dem 1984 erschienenen Reader **„Sicht auf Arbeit: Ideen und Erfahrungen“** wurden Erfahrungen aus der Arbeit des NPI in Aufsätzen verschiedener Mitarbeiter behandelt. Meine Beiträge waren überschrieben mit **„Lernen, Leben, Arbeiten“** und **„Innere Schulung an der Arbeit“**. Dieser Reader ist nicht in deutscher Sprache erhältlich.

In den Jahren zwischen 1979 und 1997 hielt ich in Brasilien bei sozialpädagogischen Seminaren viele Vorträge. Die ersten 20 Vorträge aus den Jahren 1979 und 1980 erschienen 1986 unter dem Titel: *„Desafias para una pedagogia social“*.

Weil das Thema nach wie vor aktuell blieb, erschienen diese Vorträge 1996 in deutscher Sprache unter dem Titel: **„Leitbilder für Sozialkünstler“.**

Im Michaeliheft der *Mitteilungen aus der anthroposophischen Arbeit in Deutschland* erschien 1987 ein Artikel von mir „**Über Theo Faiss**“, ein Kind, das während des Baus des ersten Goetheanums in Dornach bei einem Unfall ums Leben gekommen war. Rudolf Steiner beschrieb, wie er wahrnehmen konnte, daß sich kurze Zeit nach diesem Ereignis der Lebensleib dieses Kindes über den ganzen Bauplatz ausgedehnt habe und die Verwirklichung des Baus ungemein gefördert habe. Als ich während eines meiner Brasilienaufenthalte auf Verbindungen der Familie Faiss zu Brasilien stieß, wurde mein Interesse geweckt. Ich begann über Theo Faiss zu forschen; der Artikel von 1987 faßte die Ergebnisse dieser Forschung zusammen.

1989 erschien beim Verlag Pentagon ein Buch mit dem Titel **„Mysterien und Einweihungen im alten Europa und die neuen Mysterien.“** Das Buch bestand aus zehn Vorträgen verschiedener Redner. Mein Beitrag war überschrieben mit **„Das soziale Leben und die neuen Mysterien“** (nicht in Deutsch erhältlich).

Zu Beginn der 90er Jahre gab es in Holland ein Symposion der Anthroposophischen Gesellschaft zum Thema New Age-Bewegung. Ich hielt zu diesem Anlaß einen Vortrag, in dem ich versuchte, den Stellenwert der New Age-Bewegung in einer Entwicklungsperspektive zu sehen. Ungefähr zur gleichen Zeit gab ich in Brasilien ein Seminar, das die Teilnehmer in die anthroposophisch orientierte Christologie einführte. Diese beiden Vorträge wurden 1996 zusammen unter dem Titel **„Anthroposophie, Mystik und New Age – Metamorphosen der Wahrheit“** veröffentlicht.

Zwischen 1997 und 2001 erschienen fünf Bücher von mir, in denen ich versuchte, die grundlegenden Gestaltungskräfte im Sozialen zu beschreiben. Die Arbeit an den Themen dieser Bücher war eine Art biographischer Rückschau und Auswertung meiner vielfältigen Erfahrungen. Es handelt sich um Themen, die ich immer wieder in verschiedenen Ländern, u.a. in Vorträgen, behandelt hatte. In die Arbeit an den Büchern floß vieles ein, was von meinen Zuhörern an Reaktionen zurückgespiegelt worden war.

Das erste Buch dieser Reihe erschien 1997 und trägt den Titel:
„Vertrauen – Fundament für eine gesunde Gesellschaft“. Es folgten:
1998: **„Schenken und Danken – verwahrloste Qualitäten in einer überkommerzialisierten Welt“;**
1999: **„Grenzen ziehen und überwinden – über den Umgang mit Grenzen und das Finden des menschlichen Maßes“;**
2000: **„Fragebaken – über die Entwicklung einer neuen Fragekultur“** und
2001: **„Hintervorn – Über den Umgang mit der Vergangenheit mit dem Blick auf die Zukunft“.**
Die ersten vier Bände sind in Deutsch erhältlich. In Holland erscheint demnächst der sechste Band: **„Über Hierarchie und Gleichwertigkeit. Erneuerung aus den Fundamenten heraus“.**

Für das jährliche Treffen der ASO (*Association for Social Development* – das internationale Netzwerk des NPI) hielt ich 1999 in Brasilien einen Vortrag über den Impuls von Bernard Lievegoed. Die neuen Mitglieder der ASO wollten gerne von mir als NPI-Pionier, der das Institut mit Lievegoed und anderen gemeinsam aufgebaut hatte, etwas über diesen Impuls erfahren. Angeregt durch ein Buch von Lievegoed über Mysterienströmungen in Europa und neue Mysterien versuchte ich, sein Wirken in diesem Lichte zu beschreiben. Der Titel des Vortrags, der beim Autor erhältlich ist, lautet: **„Der Impuls Bernard Lievegoeds im Lichte der alten und neuen Mysterien“.**

☞

Im Jahre 2000 wurden zwei Vorträge als Buch gedruckt, in denen ich darstellte, wie eine Einrichtung sozial gesund wird, sobald in ihr die Repräsentanten der Hirten- und Königsströmung verständnisvoll zusammenarbeiten. Diese Vorträge sind nur in Niederländisch erhältlich.

Ein Kollege aus Frankreich, der dort mit der Dynamischen Urteilsbildung arbeitet, regte mich dazu an, eine knappe Zusammenfassung meines Modells als Buch herauszubringen. Dieses Buch erschien 2003 unter dem Titel: **„Urteilsbildung in Gruppen – ein Weg zur inneren Freiheit“.** Es ist auch in deutscher Sprache erhältlich.

Im Jahre 2003 lautete das Thema des jährlichen ASO-Treffens „Von der Wahrnehmung zum Begriff“. Ich hielt dazu einen Vortrag mit dem Titel: **„Wahrnehmung und Begriff im Kontext der Symptomatologie“.** Dieses Thema hatte ich schon in „Leitbilder für Sozialkünstler“, in meinen Forschungsarbeiten zur Dynamischen Urteilsbildung und in dem fünften Buch meiner Reihe über soziale Gestaltungskräfte unter dem Titel „Über das Umgehen mit der Vergangenheit im Blick auf die Zukunft“ behandelt.

Lex Bos am Cello 2004

Jesaiah Ben-Aharon
Die globale Verantwortung der USA
Individuation, Initiation und Dreigliederung
ca. 130 S., kt., € 15,–
ISBN 3-935679-19-X

Johannes Rogalla von Bieberstein
Die These von der Verschwörung 1776–1945
Philosophen, Freimaurer, Juden, Liberale und Sozialisten als Verschwörer gegen die Sozialordnung
216 S., kt., € 17,–
ISBN 3-926841-36-2

Jimmy Carter
Frieden schaffen im Gespräch
Ein Impuls für die nächste Generation
206 S., kt., € 17,–
ISBN 3-926841-71-0

Carola Cutomo
Medialität, Besessenheit, Wahnsinn
188 S., kt., € 11,–
ISBN 3-926841-19-2

Hans-Diedrich Fuhlendorf
Rückkehr zum Paradies oder Erbauen des Neuen Jerusalem?
Geschichtsbetrachtungen in apokalyptischer Zeit
352 S., kt., € 20,–
ISBN 3-926841-37-0

Wolfgang Gädeke
Anthroposophie und die Fortbildung der Religion
448 S.
Leinen, € 25,–
ISBN 3-926841-23-0
kt., € 19,–
ISBN 3-926841-24-9

Ludger Helming-Jacoby
Zeugnissprüche
und Sprüche aus dem Hauptunterricht einer Waldorfschule
2. Aufl., 188 S., kt., € 15,–
ISBN 3-926841-95-8

Dieter Hornemann
Geheimnisvolles Afrika
Anthroposophische Arbeit im Urwald
102 S., 32 farb. Abb., kt., € 14,–
ISBN 3-926841-60-5

Johannes Kiersch
Argumente für die Waldorfschule
Die Antwort auf PISA
2. veränd. Auflage, 160 S., kt., € 15,–
ISBN 3-926841-33-8

Peter Krause
Das Judasproblem
Von den spirituellen Hintergründen der Gewalt
128 S., kt., € 11,–
ISBN 3-926841-38-9

Peter Krause
Feuer in Tschernobyl
Die Ukraine nach dem SuperGAU
168 S., 37 farb. Abb., kt., € 15,–
ISBN 3-926841-58-3

Peter Krause, Faustus Falkenhahn (Hg.)
Einsam – gemeinsam
Jugend im Gespräch
192 S., kt., € 12,–
ISBN 3-926841-43-5

Henning Kullak-Ublick (Hg.)
Erziehung zur Freiheit – in Freiheit
Aktion mündige Schule
160 S., 15 farb. Abb., kt.,, € 10,–
ISBN 3-926841-94-X

Andreas Meyer (Hg.)
Seele und Geist
Ansätze zu einer spirituellen Seelentherapie
160 S., kt., € 14,–
ISBN 3-926841-47-8

Hans Philippsen
Götter, Hexen und Naturgeister
Sagen und Sagenhaftes der Insel Föhr
144 S., 16 farb. Abb., kt., € 13,–
ISBN 3-926841-84-2

Sidney Saylor Farr
Tom Sawyers Nah-Todeserfahrung und die Wandlung seines Lebens
2. Aufl., 204 S., kt., € 17,–
ISBN 3-926841-82-6

Wolfgang Weirauch
Im Spiegel der Finsternis
Roman für Jugendliche und Erwachsene. Ab 13 Jahren.
252 S., geb. € 17,–
ISBN 3-926841-86-9

Verena Staël von Holstein, Friedrich Pfannenschmidt (Hg.)
Gespräche mit Müller
Feinstofflicher Austausch mit Geistwesenheiten.
Band 1 und 2
Band 1: 324 S., geb. € 22,–
ISBN 3-935679-11-4
Band 2: 344 S., geb. € 22,–
ISBN 3-935679-12-2

FH 11
Über Tod und Sterben
4. Aufl., 232 S., kt., € 15,–
ISBN 3-926841-11-7

FH 13
Hexen, New Age, Okkultismus
3. Aufl., 196 S., kt., € 13,–
ISBN 3-926841-08-7

FH 14
Erneuerung der Religion
Die Christengemeinschaft, Sakramente, Kirche und Kultus
4. Aufl., 184 S., kt., € 12,–
ISBN 3-926841-07-9

FH 15
Waldorfschule und Anthroposophie
3. Aufl., 132 S., kt., € 8,–
ISBN 3-926841-00-1

FH = Flensburger Hefte
So = Flensburger Hefte Sonderhefte

FH 16
Kulturvergiftung: Rauschgift, Sucht und Therapie
2. Aufl., 228 S.,
kt., € 12,–
ISBN 3-926841-21-4

FH 17
Kulturvergiftung: Alkohol
2. Aufl., 160 S.,
kt., € 12,–
ISBN 3-926841-34-6

FH 18
Biologisch-dynamische Landwirtschaft, Ökologie, Ernährung
2. Aufl., 184 S.,
kt., € 13,–
ISBN 3-926841-03-6

FH 19
Musik
2. Aufl., 184 S., kt., € 12,–
ISBN 3-926841-06-0

FH 20
Sexualität, Aids, Prostitution
2. Aufl., 170 S., kt., € 12,–
ISBN 3-926841-09-5

FH 22
Erkenntnis und Religion
Zum Verhältnis von Anthroposophischer Gesellschaft und Christengemeinschaft
132 S., kt., € 12,–
ISBN 3-926841-13-3

FH 23
Engel
3. Aufl., 196 S.,
9 farb. Abb., kt., € 15,–
ISBN 3-926841-15-X

FH 24
Direkte Demokratie / 1789–1989
240 S., kt., € 12,–
ISBN 3-926841-16-8

Siehe auch die folgende Seite.

FH 25
Rechtsleben und soziale Zukunftsimpulse
Von der Dreigliederungsidee Rudolf Steiners zur Volksgesetzgebung
244 S., kt., € 12,–
ISBN 3-926841-17-6

FH 26
Michael
Januskopf Bundesrepublik
184 S., 8 farb. Abb.,
kt., € 12,–
ISBN 3-926841-22-2

FH 27
Strafprozeß, Strafvollzug, Resozialisierung
224 S., kt., € 12,–
ISBN 3-926841-20-6

FH 28
Naturwissenschaft und Ethik
204 S., kt., € 12,–
ISBN 3-926841-25-7

FH 29
Freie Schule
248 S., kt., € 13,–
ISBN 3-926841-28-1

FH 30
Märchen
2. Aufl., 212 S.,
kt., € 15,–
ISBN 3-926841-29-X

FH 31
Biographiearbeit
5. Aufl., 232 S.,
7 farb. Abb., kt., € 15,–
ISBN 3-926841-31-1

FH 32
Anthroposophen und Nationalsozialismus
168 S., kt., € 12,–
ISBN 3-926841-32-X

www.flensburgerhefte.de

FH 33
Destruktive Kulte, schwarze Magie, Sexualmagie
232 S., kt., € 14,–
ISBN 3-926841-40-0

FH 34
Alte und neue Seelenfähigkeiten
192 S., kt., € 13,–
ISBN 3-926841-41-9

FH 35
Die Christengemeinschaft heute
Anspruch und Wirklichkeit
212 S., kt., € 13,–
ISBN 3-926841-42-7

FH 36
Schwangerschaftsabbruch
212 S., kt., € 14,–
ISBN 3-926841-44-3

FH 37
Indianer
212 S., 6 farb. Abb., kt., € 14,–
ISBN 3-926841-45-1

FH 38
Konfliktbewältigung
2. Aufl., 220 S., 10 farb. Abb., kt., € 14,–
ISBN 3-926841-50-8

FH 39
Christus
184 S., 16 farb. Abb.,
kt., € 14,–
ISBN 3-926841-51-6

FH 40
Ausländerhaß, Nationalismus, Rassismus
188 S., 13 farb. Abb.,
kt., € 14,–
ISBN 3-926841-52-4

FH 41
Anthroposophie und Rassismus
212 S., kt., € 14,–
ISBN 3-926841-54-0

Abo- und Bezugsbedingungen s. Impressum, 2. Umschlagseite. Alle Titel auch im Buchhandel erhältlich. Preisänderungen vorbehalten.

FH 42
Sind wir noch zu retten?
Zerstörung oder Verwandlung der Erde?
224 S., 26 farb. Abb.,
kt., € 14,–
ISBN 3-926841-56-7

FH 43
Gebet heute
168 S., kt., € 14,–
ISBN 3-926841-57-5

FH 44
Scheidung – warum?
Partnerschaftsprobleme und ihre Bewältigung
2. Aufl., 228 S.,
11 farb. Abb., kt., € 15,–
ISBN 3-926841-59-1

FH 45
Hüter der Schwelle
Der Mensch am Abgrund
172 S., kt., € 14,–
ISBN 3-926841-61-3

FH 46
Jugendideale
208 S., kt., € 14,–
ISBN 3-926841-62-1

FH 47
Übungen zur Selbsterziehung
2. Aufl., 216 S., 16 farb. Abb.,
kt., € 15,–
ISBN 3-926841-65-6

FH 48
Angst
188 S., 16 farb. Abb.,
kt., € 14,–
ISBN 3-926841-66-4

FH 49
Depression
200 S., 8 farb. Abb.,
kt., € 14,–
ISBN 3-926841-67-2

FH 50
Erziehung
188 S., 8 farb. Abb.,
kt., € 14,–
ISBN 3-926841-68-0

FH 51
Nah-Todeserfahrungen
Rückkehr zum Leben
2. Aufl., 180 S.,
kt., € 15,–
ISBN 3-926841-72-9

FH 52
Auferstehung
Von der Gegenwart Christi
168 S., 8 farb. Abb.,
kt., € 15,–
ISBN 3-926841-73-7

FH 53
Gedächtnis und Erinnerung
184 S., kt., € 15,–
ISBN 3-926841-74-5

FH 54
Ernährungsfragen
176 S., kt., € 15,–
ISBN 3-926841-75-3

FH 56
Über Reinkarnation und Karma
Erfahrungen früherer Erdenleben
188 S., kt., € 15,–
ISBN 3-926841-78-8

FH 55
Naturgeister
Vom Wirken der Elementarwesen
2. Aufl., 192 S.,
16 farb. Abb., kt., € 15,–
ISBN 3-926841-76-1

FH 57
Die Welt im Umbruch
Globalisierung und Kampf aller gegen alle
196 S., 29 farb. Abb.,
kt., € 15,–
ISBN 3-926841-79-6

FH 58
Wirkungen der Musik
204 S., kt., € 15,–
ISBN 3-926841-80-X

FH = FLENSBURGER HEFTE

FH 59
Umgang mit dem Sterben
204 S., 8 farb. Abb.,
kt., € 15,–
ISBN 3-926841-81-8

FH 60
Die Impulse des Bösen am Jahrtausendende
196 S., kt., € 15,–
ISBN 3-926841-83-4

FH 61
Die Hintergründe von 666
196 S., 8 farb. Abb., kt., € 15,–
ISBN 3-926841-85-0

FH 62
Arbeitslosigkeit
Weg ins Ungewisse
184 S., kt., € 15,–
ISBN 3-926841-87-7

FH 63
Feldzug gegen Rudolf Steiner
Über O.T.O.-, Rassismusvorwürfe und Angriffe auf die Waldorfschulen
240 S., kt., € 15,–
ISBN 3-926841-88-5

FH 64
Liebe – Die Sonne der Welt
200 S., 8 farb. Abb.,
kt., € 15,–
ISBN 3-926841-90-7

FH 65
Doppelgänger
Der Mensch und sein Schatten
228 S., 8 farb. Abb.,
kt., € 15,–
ISBN 3-926841-91-5

FH 66
Hellsehen
Der Blick über die Schwelle
192 S., kt., € 15,–
ISBN 3-926841-92-3

So = FLENSBURGER HEFTE Sonderhefte

FH 67
Esko Jalkanen – der Heiler aus dem Norden
Vom Zauber finnischer und baltischer Kultur
184 S., 19 farb. Abb., kt., € 15,–
ISBN 3-926841-89-3

FH 68
Liebe Leben
Homosexualität und die Vielfalt der Lebensformen in Zeiten der Individualisierung
192 S., kt., € 15,–
ISBN 3-926841-93-1

FH 69
Islamische Impressionen
Brücken zwischen Orient und Okzident
228 S., 12 farb. Abb., kt., € 15,–
ISBN 3-926841-96-6

FH 70
Träume
Was wollen sie uns sagen?
192 S., kt., € 15,–
ISBN 3-926841-97-4

FH 71
Einblicke in die Anthroposophie
200 S., kt., € 15,–
ISBN 3-926841-99-0

FH 72
Es ist an der Zeit
Aspekte der Anthroposophie
216 S., kt., € 15,–
ISBN 3-935679-00-9

FH 73
Eurythmie
Aufbruch oder Ende einer jungen Kunst?
204 S., 12 farb. Abb., kt., € 15,–
ISBN 3-935679-01-7

FH 74
Abgründe und Chancen in Zeiten des Egoismus
192 S., kt., € 15,–
ISBN 3-935679-02-5

Siehe auch die folgende Seite.

FH 75
Einsamkeit
Wege des Ich
216 S., 20 farb. Abb., kt., € 15,–
ISBN 3-935679-04-1

FH 76
Kampf der Kulturen?
Eine andere Welt ist möglich
204 S., kt., € 15,–
ISBN 3-935679-06-8

FH 77
Gegen das Elend der Welt
Eine Reise nach Afghanistan
200 S., 16 farb. Abb., kt., € 15,–
ISBN 3-935679-07-6

FH 78
Familie im Wandel
192 S., kt., € 15,–
ISBN 3-935679-08-4

FH 79
Was die Naturgeister uns sagen
Naturgeister 1
Im Interview direkt befragt
4. Aufl., 208 S., kt., € 15,–
ISBN 3-935679-09-2

FH 80
Neue Gespräche mit den Naturgeistern
Naturgeister 2
3. Aufl. in Vorb., 196 S., kt., € 15,–
ISBN 3-935679-10-6

FH 81
Die neue Weltordnung
Der Irak-Krieg und seine Folgen
200 S., kt., € 15,–
ISBN 3-935679-13-0

FH 82
Aspekte anthroposophischer Psychotherapie
208 S., kt., € 15,–
ISBN 3-935679-14-9

www.flensburgerhefte.de

FH 83
Werte
Was bestimmt unser Tun und Lassen?
228 S., kt., € 15,–
ISBN 3-935679-15-7

FH 84
Eine andere Welt erbauen
Das WeltSozialForum in Mumbai
244 S., kt., € 15,–
ISBN 3-935679-16-5

FH 85
Sucht
Neue Drogenwirkungen, Onlinesucht, Beziehungssucht
240 S., kt., € 15,–
ISBN 3-935679-20-3

FH 86
Schuld...
...immer nur die anderen?
240 S., kt., € 15,–
ISBN 3-935679-21-1

FH 87
Individualität
Ich sein oder Ich haben?
228 S., kt., € 15,–
ISBN 3-935679-22-X

FH 88
Lügen
196 S., kt., € 15,–
ISBN 3-935679-23-8

FH 89
Lex Bos – ein Lebensbild
Form kann Freiheit schaffen
192 S., kt., € 15,–
ISBN 3-935679-24-6

So 1
Partnerschaft und Ehe
5. Aufl., 212 S., kt., € 15,–
ISBN 3-926841-04-4

Abo- und Bezugsbedingungen s. Impressum, 2. Umschlagseite. Alle Titel auch im Buchhandel erhältlich. Preisänderungen vorbehalten.

So 2
Das Geheimnis der EAP
212 S., kt., € 9,–
ISBN 3-926841-05-2

So 4
Partnerschaft und Ehe II – Briefe
2. Aufl., 72 S.,
kt., € 8,–
ISBN 3-926841-14-1

So 5
Volkssouveränität und Volksgesetzgebung
Die Kernpunkte der Demokratiefrage
338 S., kt., € 14,–
ISBN 3-926841-18-4

So 7
Kunst
368 S., 25 farb. Abb., kt., € 16,–
ISBN 3-926841-26-5

So 8
Anthroposophen in der Zeit des deutschen Faschismus
164 S., kt., € 12,–
ISBN 3-926841-27-3

So 9
Zehn Jahre real-existierendes freies Geistesleben
Zur Geschichte der Gädeke-Studie
92 S., kt., € 12,–
ISBN 3-926841-39-7

So 10
Biographiearbeit II
Grundlagen, Praxis, Ausbildungen
2. Aufl., 184 S.,
8 farb. Abb., kt., € 15,–
ISBN 3-926841-48-6

So 12
Schwarze und weiße Magie
Von Satan zu Christus
2. Aufl., 184 S., kt., € 14,–
ISBN 3-926841-55-9

So 13
Waldorfschulen in Not
244 S., kt., € 14,–
ISBN 3-926841-63-X

VORANKÜNDIGUNG

FLENSBURGER HÖRBUCHER 1

HB01

Zwei Interviews mit: Dr. Volker Fintelmann

1. Interview:
Umgang mit dem Sterben
2. Interview:
Individualität – Ich sein oder Ich haben?
3 CDs, € 17,-
ISBN 3-935679-25-4

Mit der Reihe der Flensburger Hörbücher möchten wir Ihnen die Anthroposophie und das Zeitgeschehen durch das gesprochene Wort nahebringen. Lernen Sie die Autoren und Interviewpartner des Flensburger Hefte Verlages durch ihre Originalstimmen kennen. Erleben Sie mit ihnen die Anthroposophie undogmatisch, lebendig und konkret; werfen Sie mit ihnen einen kritischen und weltoffenen Blick in das Zeitgeschehen.

Das Interview „Der Tod als Höhepunkt des Lebens" ist dem Flensburger Heft 59, „Umgang mit dem Sterben", entnommen, das Interview „Das Ich ist urgesund" dem Flensburger Heft 87, „Individualität".

Gesprochen von Volker Fintelmann und Wolfgang Weirauch

Flensburger Hefte Verlag · Holm 64 ·
D-24937 Flensburg
Fax 0461 / 2 69 12

So 14
Mensch und Computer
156 S., kt., € 14,–
ISBN 3-926841-64-8

So 16
Die Schande Europas
Der Krieg auf dem Balkan
200 S., kt., € 15,–
ISBN 3-926841-70-2

So 17
Ita Wegman und die Anthroposophie
Ein Gespräch mit Emanuel Zeylmans
216 S., kt., € 16,–
ISBN 3-926841-77-X

So 18
Erfahrungen im Umgang mit Tod und Sterben
Beiträge von Leserinnen und Lesern
180 S., kt., € 15,–
ISBN 3-926841-98-2

So 19
Die Welt am Abgrund
Jeder Mensch eine Bombe?
200 S., kt., € 15,–
ISBN 3-935679-03-3

So 20
Wortgetreu und unverfälscht?
Haben wir in der Gesamtausgabe Texte Rudolf Steiners?
76 S., kt., € 8,–
ISBN 3-935679-05-X

So 21
Naturgeister 3
Von Rauchwesen, Wiesenwesen, Torfwesen und Maschinenwesen
196 S., kt., € 15,–
ISBN 3-935679-17-3

So 22
Naturgeister 4
Fragenkompendium
236 S., kt., € 15,–
ISBN 3-935679-18-1